ORIENTAL FANTASY STORY
건드리고고 신무협 장편소설

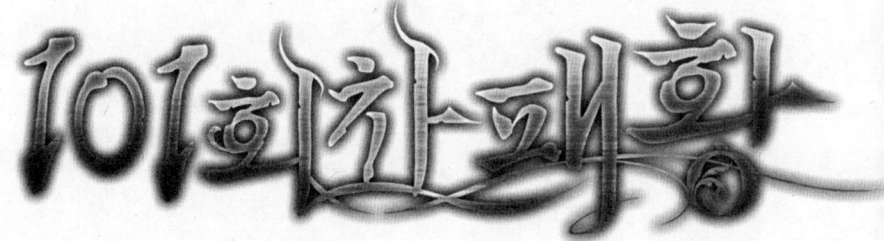

101회차 패황 제3권

초판 1쇄 인쇄일 | 2025년 07월 30일
초판 1쇄 발행일 | 2025년 08월 06일

지은이 | 건드리고고
발행인 | 조승진

편집기획팀 | 이기일, 김정환
출판제작팀 | 이상민

펴낸곳 | 데이즈엔터(주)
주소 | (07551) 서울, 강서구 양천로 570, NH서울축산농협 NH서울타워 19층(등촌동)
전화 | 02-2013-5665(ft) | **FAX** 032-3479-9872
등록번호 | 제 2023-000050호
홈페이지 | www.daysenter.com
E-mail | alldays1@daysenter.net

ⓒ 2025, 건드리고고

이 책은 데이즈엔터(주)가 작가와의 계약에 따라 발행한 것이므로
본사의 서면 동의 없이는 어떠한 방법으로도 이용할 수 없습니다.

ISBN 979-11-427-1855-7
ISBN 979-11-427-0380-5 (세트)

※잘못된 책은 본사나 구입처에서 교환하여 드립니다.
※저자와의 합의하에 인지를 붙이지 않습니다.

3

101회차 패황

건드리고고 신무협 장편소설
ORIENTAL FANTASY STORY

※ 본 작품은 픽션입니다.
본 작품에 등장하는 인물, 단체, 지명, 국명, 사건 등은 실존과는 일절 관계가 없습니다.

101회차 패황

제1장 소통	009
제2장 불화	038
제3장 소문	073
제4장 야반도주	104
제5장 결자해지	149
제6장 가복의 역설	200
제7장 요괴단	227
제8장 추적 참 뭣같이 하네	255
제9장 속죄	302

제1장
소통

 용이 승천하듯 하늘을 관통하는 깎아지른 9개의 봉우리, 그 아래로 수십의 계곡이 줄기처럼 형성되어 마을로 이어진다. 작디작은 시내가 합쳐져 강줄기를 이루었다. 1년 내내 흐르는 물줄기는 건기와 가뭄에도 마르지 않는다.
 북천현 구룡산.
 태산, 화산, 숭산, 항산, 형산의 오악이나 황산과 같은 대륙 제일 절경과 견주기엔 부족하지만, 승천하는 용의 맥동은 마르지 않는 생기를 뿜어낸다.
 계절마다 변화하여 산의 이름조차도 수 가지나 되는 현묘한 산으로, 오랜 수련 끝에 승천한 이무기의 전설처럼 숭배를 받는다.
 소문난 명산으로 꼽히진 않아도, 쉬이 오르는 것을 허락하진 않는다. 실제로 산의 정상까지 오르는 길이 험준했다.

중턱에 오르기도 수월치 않은 데다, 꼭대기에 도달할수록 기암괴석과 벼랑으로 된 지형이었다.

익숙한 약초꾼에게마저 중턱까지만 허락된 산의 최정상에 천우와 가복이 있었다. 구룡산의 아홉 봉우리 중 칠봉의 경사면으로 이어지는 부근, 가려져서 보이지 않는 동굴의 앞이었다.

정면으로, 깎아지른 절벽과 솟구치는 거석은 보기만 해도 아찔하다. 다행히 동굴 앞은 5장 내외의 평평한 지형이라 딛고 서기엔 불편함이 없다. 그걸 보여 주듯 벼랑에 매달린 마당엔 작은 오두막이 지어져 있었다.

"체력과 회복력을 키우려면 훈련을 좀 더 늘려야겠군."

"무슨 그런 무지막지한 농을 하십니까?"

"농이 아니면 되나?"

"그냥 농으로 하시죠. 하하하!"

웃음으로 때우려던 가복의 시도는 씨알도 먹히지 않았다. 언제부턴가 도련님께선 본인이 하고자 하면 마이동풍이 되었다. 종복의 말을 들으면 자다가도 떡이 나온다는 정설마저 외면하셨다. 이리 독선적이면 훗날 폭군이 되실 텐데, 종복으로서 심히 걱정되었다.

'대체 얼마나 더 해야 하는 거냐고요.'

와 본 적도 없는 기암괴석의 험준한 산악의 꼭대기를 한 시진 만에 주파했다. 산을 오르기란 평지를 걷는 것과는 비교조차 되지 않는다.

그럼에도 우쭐할 수 없는 현실이다.

'대체 어떻게 하신 거지?'

대공자의 무위는 둘째 치고, 체력이 말도 못 했다. 뒷짐을 쥔 채 천천히 걸어가는데도, 따르기는커녕 겨우 쫓았다.

그뿐이면 말을 안 한다.

대공자는 깎아지른 듯한 벼랑에서 산보를 즐기셨다. 그 뒤를 입에서 단내가 나고, 몸에서 소금이 나도록 뛰어야 했다.

그러니 더 이상하지.

방구석의 백옥 같은 대공자셨다.

일례로 도련님이 체력 단련 하는 꼴을 본 적이 거의 없다. 상행 때 시범적으로 보여 주신 걸 제외하면 구가장으로 돌아와선 농땡이를 피우셨다. 체력이 기본이라고 하시지만, 정작 본인은 등한시했었다.

그런데도 이런 차이라니, 솔직히 납득하기 힘들다.

무공만 강했으면 모르겠는데, 체력까지 월등하니 종복으로서 자괴감이 든다. 도련님과 달리 종복의 하루는 일각이 부족할 만큼 바쁘다. 매일 방구석에 처박혀 세월아, 네월아 한 도련님과 비교하는 것 자체가 어불성설이었다.

"도련님, 비법이라도 있으면 좀 알려 주십시오. 비겁하게 혼자만 아시지 말고요."

"요령은 이미 배웠을 텐데."

"예? 배우긴 뭘 배웁니까? 톡 까놓고 말해서 제 눈썰미가 좋아서 이만큼이라도 따라온 거지, 경공은 배우지도 않았잖아요!"

"회피 훈련도 늘려야겠군."

"……알겠습니다. 그렇군요. 다음부터는 그리하겠습니다!"

가복은 일단 알겠다고 대답한 후, 곰곰이 되짚어 보았다. 아무 이유 없이 회피 훈련을 언급하진 않았을 테고. 뒷짐을 지고 여유롭게 걷던 도련님을 복기했다.

'마치 다음에 내디딜 곳을 미리 알고 있는 것 같았…… 아!'

회피의 기본은 예측에 있었다. 공격할 방향을 읽어 내고, 그에 맞추어 반응해야 한다. 이는 무위의 격차가 클수록 중요하다. 알고 맞는 것과 모르고 맞는 것의 차이였다.

회피 훈련을 통해 가복은 최대한 덜 아프게 맞는 법을 나름대로 터득했다. 잘 맞는 법을 요령이라고 한다면 괜히 눈물이 날 것 같았다.

"내디딜 곳을 확인하고, 그에 맞추어 보신을 조정했었군요!"

"아직은 요령을 피울 때가 아니다."

기본 역량이 되지 않은 상태로 응용부터 하게 되면 모래 위의 공든 탑에 지나지 않았다. 역량을 최대한으로 끌어올린 후에 요령을 습득해야 한다.

가복에겐 도련님의 현명한 조언이 충고처럼 들리진 않았다.

'망할, 결국 더 구르라는 소리잖아!'

안 구르고 싶어도, 굴릴 잔혹한 도련님이었다.

예전의 그 어벙하고, 톱니 하나 빠진 도련님이 그리웠다. 그때는 인간미라도 있었는데, 이제는 냉혈살인마도 한 수 접어주었다. 그 짧은 사이에 죽은 사람들의 숫자만 해도 제정신이 아니었다.

"천기 도련님과 천예 아가씨는 분명히 농땡이를 피우고 있을 겁니다. 대공자께서 하신 말씀처럼 이 중요한 시기를 소홀히 보낼 순 없지 않습니까?"

"성취가 부족하다면 그에 합당한 대접을 해주면 그만이다."

"도련님의 큰 뜻을 깊이 헤아리지 못했습니다. 그 숭고한 대의에 이 불민한 종복이 한 손 보태도 되겠는지요?"

"좋을 대로 해라."

종복 혼자만 강해질 순 없지.

가복은 작은도련님과 아가씨와도 나누고 싶었다. 다 같이 강해져 화합을 이루어야 했다.

'독선은 옳지 않아!'

가복은 무엇이 됐든 도련님께 받은 선물을 골고루 나눠주고 말겠다는 의지를 불태웠다. 홀로 독차지하는 이기심을 버리고, 솔선수범을 보이고 말리라.

"그런데 언제까지 기다려야 하는 겁니까?"

"이제 됐다."

"예?"
"피하는 게 좋을 거다."
"무슨?"
"여유를 부릴 때가 아니다."
가복은 서둘러 자리를 피했다.
도련님이 괴랄하게 변하긴 했어도, 허튼소리는 하지 않을 분이었다.
꽈아아앙!
푸아아아!
천지개벽의 굉음이 터지고, 동굴에서 시작한 파문이 삽시간에 봉우리 전체로 번져 붕괴했다.
아니, 씨발!
이럴 거면 진작 말해 줬어야지.
가복의 원망 어린 외침은 굉음에 묻혔다.
천우로선 익숙한 상황이기에 대수롭지 않았다. 하물며 이 정도의 폭발에도 견디지 못할 만큼 나약하게 키우지 않았다.
패황의 종복이라면 어떠한 극한에서도 살아남을 생존력을 갖추어야 했다. 매회차마다 패황의 주변은 언제 칼을 맞아도 이상하지 않을 사선의 연속이었다.
시종일관 투덜거리지만, 가복은 증명하고 있었다.
헐!
피했어?

가복은 믿기 힘들었다.

사람은 죽기 직전 주마등과 함께 믿지 못할 기적을 만든다고 하더니, 하늘을 장막처럼 뒤덮은 돌 파편을 피해내고 바닥에 착지했다. 이전까지는 보지 못했던 경지에 발을 들였다. 시야 내 영역이 느려지는, 무인이 벽을 넘는 초월 영역이었다.

'이게 진짜로 되네!'

그동안의 훈련이 헛되지 않아서 환장할 지경이다.

성과는 분명히 인지하고 있었지만, 실전에서도 이리 잘 통하면 빠져나갈 구멍이 없잖아.

'잠깐, 혹시! 나도 도련님 못지않은 거 아냐…… 아니네!'

가복은 강해졌다는 걸 체감한 후, 느려지는 시간의 흐름 속에서 도련님을 보았다.

아는 만큼 보인다고 누가 그랬던가?

이전까지 보이지 않았던 도련님의 실체가 느껴진다. 그럴수록 거대한 흐름에 휘말려 도저히 닿지 못할 막막함에 봉착했다.

'……저게 말이 돼?'

착각의 연속이었다.

현실감이 없는 광경이 펼쳐지고 있었다. 피할 수 없는 곳에 서 있는데도, 쏟아지는 돌 파편에 맞지 않는다. 운이 좋다고 하기엔 초월 영역에 들면서 흐릿하나마 흐름이 보인다.

'공간을 통제해 흘려보내고 있잖아!'

보일수록 말도 안 되는 광경이었다. 하나도 아니고, 쏟아져 내리는 무수히 많은 돌 파편을 흘려 내고 있었다.

중구난방의 돌 파편을 전부 읽어 내고 있다는 건데. 예측에 이은 통제, 그로 인한 완벽한 회피였다.

'다른 거 다 떠나서, 저 통제력 뭐냐고!'

차라리 압도적인 공력으로 공간 자체를 지배하거나 돌 파편을 부수어 버렸다면 이처럼 놀라진 않았을 것이다. 막대한 내력을 쏟기는커녕, 최적화된 공력만 사용했다.

지금도 저럴진대, 만약 공력이 부족하지 않다면? 상상만 했는데도 오금이 저려 온다.

우우웅!

천우의 고개가 허공으로 향했다.

산봉우리를 날려 버린 중년인이 내려다보고 있었다. 기운이 외부로 드러나지 않았음에도 일대를 장악하는 거대한 힘이 전해진다.

천우와 중년인의 시선이 허공에서 마주한다.

일순 뇌성벽력이 울린다.

파아앗!

쩌어엉!

내력이 아닌, 본신의 기도와 기세의 충돌이었다. 존재를 마주하여 패도를 과시한다. 패도군림, 누가 위인지를 가리듯 거친 파문을 일으켰다.

꿈틀!

천우의 패도를 읽은 중년인의 미간에 깊이 파인 내천(川) 자가 새겨진다.

"네놈이구나!"

십수 년의 적공이 결실을 맺는 찰나 새로운 깨달음을 얻었다. 이전과는 비교도 하기 힘든 경지의 상승에 몸서리를 치며, 고양감이 심신을 장악했었다.

-본좌의 앞길을 누가 막겠는가!

깨달음의 결실을 만끽하며 패도를 발산했었다. 그 여파로 동굴은 무너지고, 봉우리까지 날려 버렸다.

크흠.

상기할수록 쥐구멍에라도 들어가고 싶은 낯부끄러운 외침이 아니던가.

도대체 왜 이런 사태가 벌어졌는지 이해가 되지 않았다. 자신은 분명 청정의 극의를 초월하여 선계에 발을 들이려고 했었다.

웬걸, 선계를 구경하기도 전에 방향이 뒤바뀌며, 전혀 다른 의미의 깨달음이 구축되었다. 다시 태어난다고 해도 이런 식의 극적인 변화는 찾아오기 힘들었다.

그렇다고 되돌리기엔 너무 늦고 말았다.

심상에 각인된 패도가 워낙 강렬했다. 실상, 강렬하다는 말 그 이상의 지배력이었다. 평생을 일군 청정무극의 여의선기가 패도무극에 동화되어 만상여의패도기로 화했다.

완전한 극과 극.
어이가 없었다.
평생의 수행을 이런 식으로 망치게 될 줄 누가 알았으랴.
방향이 잘못되었다면 되돌리기라도 하지, 경지를 구축한 이상 상스럽게도 낙장불입이었다.
대체 누가?
이는 절대 자연스럽지 않았다.
의심이 든 그때 내려다보았다. 이제 막 젖살이 빠진 청년이 올려다보고 있었다. 시선이 마주쳤다. 상식적으로 말이 되지 않지만, 무의식적으로 깨달음을 분출했다.
비록 내력을 사용하진 않았더라도, 여의패도결의 위험성은 충분히 인지하고 있었다. 패도기에 짓눌린 채 심(心)이 견디지 못하고 부서져 버릴 것이다.
그래야 했는데.
공명했다.
청정무극의 여의선결이 포용이라면, 패도군림의 여의패도결은 독패였다.
잡았다, 요놈!
인내의 바다을 친 적만성은 포효했다.
우우우웅!
여의패도결이 패기를 담으며 분노를 표출한다.
무극에 도달한 만상여의패도기는 인간이 견뎌 낼 수 있는 영역을 벗어났다. 봉우리 전체가 적만성의 패도에 장악

되었다.

부르르르!

평생의 수양을 방해하고, 일생일대의 목표인 우화등선에 실패했다. 그 허무함과 낙심의 원흉이 저 아래에 있었다.

단매에 쳐 죽여도 시원치 않으리라.

어디서 본 놈 같지만, 적만성은 상관하지 않았다. 평생의 적공이 무너졌는데, 그딴 게 눈에 들어오겠는가.

그래야 하거늘.

"외증조부님을 뵙습니다."

천우는 정중히 예의를 갖추었다. 짓누르는 패도에도 아랑곳하기는커녕 무덤덤할 뿐이다. 패도의 공명을 이룬 이상, 우열은 경지가 아닌 깨달음이 결정한다.

4만 년의 패도와 대적하기엔 외증조부의 패도는 이제 막 탄생한 신생아에 불과했다.

멈칫!

손을 매섭게 쓰려던 찰나, 적만성은 귀를 의심했다.

뭐가 어쩌고, 저째?

일생의 총화를 망치고, 결실마저 청정이 아닌 패도가 되었다. 우화등선은커녕 천하를 패도로 지배하고 싶은 욕구가 솟구쳤다. 기저에 남은 청정무극이 이성의 끈을 붙잡았기에 망정이지, 상상하기도 끔찍한 결과를 초래할 뻔했다.

이 모든 사달의 원흉이 누구라고?

말이 되는 소리를 해야지.

적만성은 코웃음을 치며 무시하려고 했다.
"매화나무, 손녀, 청정, 여의, 부정, 우화등선."
……?
평생의 숙원을 박살 낸 원흉을 끝장내려고 했거늘.
적만성의 동공은 그 어느 때보다 흔들리고 있었다. 부정하려고 해도, 저 단어에 담긴 시기, 사연, 의미가 명백했다.

가문의 근간이 화산파의 상징과 비슷하긴 해도, 매화가 만개하여 아름다움을 과시했다. 매화나무 아래서 손수 손녀를 가르치며 얼마나 행복해했던가.

그러나 가진 재능과 달리 손녀는 청정과 여의를 온전히 담지 못했다. 가문의 비의를 이룩할 수 있는 유일한 재능이라 여겼기에 배신감이 컸었다.

그러던 차에 청정무극의 깨달음이 찾아왔었다. 순응, 균형, 조화를 이룩하여 우화등선할 기회였다. 손녀가 아닌 자신이 직접 여의선결의 극의를 이룩하기로 다짐했다.

"……어떻게?"
알았대?
왜 알아?
손녀에게도 속 시원하게 털어놓지 않은 비밀이었다. 누구도 알지 못하는 속내를 정확하게 꿰뚫고 있었다. 이를 부정해 봤자, 자신을 속이는 기만에 불과했다.

"……너 뭐 하는 놈이야? 귀신이면 훠이 물럿거라!"

"외증조부께선 당황하지 마십시오."

천우는 외증조부의 격한 반응에도 태연했다.

이전에도 90차례나 겪어 본 상황이었다. 그때마다 사연을 들어 줬고, 적당히 응수했었다. 물론, 회차를 거듭할 때마다 최단의 멸악패도를 위해서 소통 시간을 최소화했다.

처음에는 종일 걸렸던 소통을 줄이고, 줄이다 보니 현재에 이르렀다. 굳이 설득할 필요가 없이 단어 하나하나에 의념을 새겨 공명하면 그만이었다.

"……그럴 리가 없다!"

"외면하지 마십시오."

적만성은 현실을 부정하고 싶었지만, 천우를 볼수록 손녀의 모습이 비쳤다. 더욱이 우화등선하기 전에 천우를 본 적이 있었다. 아기 때와 비교할 순 없어도, 그때의 느낌이 남았다.

어찌 이럴 수가!

하늘이 자신을 버리지 않고서야.

우화등선을 위해 평생을 바쳤거늘, 그걸 박살 낸 원흉이 외증손이라니!

악몽이라면 깨고 싶지만, 빌어먹게도 절대경의 흐름이 현실을 직시한다.

결국, 인정하지 않을 수 없었다.

"어찌하여 등선을 방해하였느냐?"

"외증조부님이 필요합니다."

적만성은 기가 막혔다.

우화등선을 기원해 줘도 부족할 판국에 어찌 저리 뻔뻔하단 말인가? 살날이 얼마 남지 않은 노인을 부려 먹겠다고 청정을 부수고도, 양심의 가책 따윈 보이지 않는다. 이기적인 요구였다.

그런데도 당연히 그리해야 한다는 태연함이었다.

"……아주 판에 박았구나!"

"피는 물보다 진한 법입니다."

"……망할 놈이!!"

혈육을 부정해 봤자, 제 얼굴에 침을 뱉는 격이다.

한편으로 기가 막힐 노릇이었다. 말을 할 때마다 정곡을 찔러서 반박조차 하지 못하게 했다. 마치 자신이 어찌 나올지 알고 맞춤 대응을 하는 것 같았다.

코가 막히고, 귀가 막히고, 숨이 턱턱 막히는데도 이 답답한 심정을 토로할 수도 없게 했다.

미래를 보기라도 한 것이더냐?

그런 말도 안 되는 의문이 들었다.

하아!

깊은 한숨과 함께 적만성은 현실을 받아들였다.

이 빌어먹을 놈은 내 외증손자가 맞다.

어디서 자기 같을 걸 낳아 온 손녀를 원망했지만, 그런들 무슨 소용이 있단 말인가.

이미 우화등선은 물 건너간 지 오래였다. 다시 수행한들 선계에는 발도 내밀지 못하게 되었다.

"수소문해서 찾았습니다."

"아주 그냥 내 머릿속에 들어가 있구나!"

"수신제가 치국평천하라, 가문을 지키기 위해선 불가피한 선택이었습니다."

"령아라면 그리하고도 남을 년이지."

손녀한테 실망해서 가문을 떠났거늘, 집요하게 따라와서 말년을 괴롭히고 있었다. 절이 싫어 중이 떠난다고 끝나는 문제가 아님을 파계승이 증명하지 않았던가. 대대로 파계승은 소림의 집요한 추적을 받았었다.

그렇더라도, 이놈은 대체 뭐지?

손녀의 아들이면, 여의선결을 익혀야 했다.

하지만 이 녀석의 무공은 여의선결과는 결이 다르다 못해 아예 다른 방향을 지향하고 있었다.

게다가 이놈의 패도는 극의마저 초월한 영역이었다. 자신의 청정을 일순간에 무너뜨린 것이 그 증거였다.

절대경을 파괴하는 패도라니!

'그런데 경지에 이르지 못했어!'

불합리함의 극치였다. 깨달음을 경지가 따르지 못하고 있었다. 이를 상식적으로 이해하기란 불가능했다.

한데, 그마저도 이제는 가늠하기가 어렵다. 이 녀석이 자신을 드러냈을 때만 보였다.

"넌 대체 뭐냐?"

"구천우입니다."

"누가 그걸 물어봤어? 경지가 심득을 따르지 못하고, 육체가 받쳐 주지 못하잖아! 아예 다 안 맞아! 이런데도 어떻게 통제하고 있는 거냐고?"

"삼라만상 아래 제가 통제 못 할 흐름은 없습니다."

"패도 그 자체인 놈이로다!"

내 핏줄에서 이런 놈이 태어났을 거라고는.

하늘의 변심이었다.

그렇다고 이제 와 어찌한단 말인가, 돌이킨들 이미 벌어진 현실에 지나지 않았다.

"그럼 시작하겠습니다. 삼초 양보 바랍니다."

"이놈이 진정, 내 머릿속에 있구나!"

"승리하면 제 청을 무조건 들어주셔야 합니다."

"오냐, 이놈아!"

천우는 안다.

외증조부는 말로 해서 통하지 않는다. 설득했다고 여기는 순간, 언제나 사내의 대화를 원하셨다. 이는 패도의 부작용처럼 보이나, 꼭 그렇지는 않았다.

순응, 균형, 조화가 도인의 필수 덕목이긴 해도, 성격마저 그렇다고 보긴 힘들다. 각자의 개성이고, 외증조부께선 겪어 보지 않고서는 확실하게 믿지 않았다.

"오냐, 어디 한번 와 보거라!"

"패황무도의 관천입니다."

천우는 정권을 내지르는 기본자세를 취했다. 그저 나아가기를 기다리고 있을 뿐이지만.

헉!

적만성은 숨이 턱 막히는 답답함을 느꼈다.

마치 거대한 산악에 비견하는 주먹이 정면을 가로막고 있는 것 같았다. 나아가기도 전이거늘, 점점 심신을 옥죄어 온다.

절대경의 무인이 당황하는 것이 이상할 수도 있으니, 천우는 태연했다. 관천은 멸악천리안을 기반으로 하늘을 꿰뚫는 초식이자 심상의 무도였다.

패황경에 도달하진 못했어도, 육체가 완성되진 않았어도.

4만 년의 심상무도는 온전했다.

101회차의 깨달음에 영력을 실었다. 심득이 높을수록 막대한 영향을 받는다. 4만 년의 압축된 패도무극이었다. 외증조부가 느끼는 부담은 당연했다.

우우우우!

온 우주의 거력이 주먹에 담긴다고 해야 할까?

적만성이 체감하는 압박감이 그러했다. 막아 내기는커녕 피한다는 것마저 잊어버릴 흉포한 패도였다.

"가겠습니다."

"……잠깐!"

이놈이 시작부터 이러는 건 너무하잖아.

삼초 양보를 강요하여 반격에 제한을 두었다. 받지 않을 수 없는 외통수에 적만성은 치를 떨었다.

한편으로 자연히 일어선 여의패도결에 절망했다.

쩌어엉!

툭!

끊어졌다.

의식을 잃은 몸뚱이가 맥없이 쓰러진다.

천우는 다가서서 외증조부를 조심스럽게 받쳤다. 이마저도 수도 없이 해 왔기에 자연스러웠다.

다만.

주르르!

천우의 심신은 적지 않은 부담을 느꼈는지, 땀이 비 오듯이 흐르고 있었다. 패황경을 완성하지 않은 채 영력을 쏟은 대가였다.

게다가 시간의 흐름을 훨씬 앞당겼다.

외증조부는 마지막 단계에 도달했다고 여겼겠지만, 실제로는 여의선결의 시작에 불과했다. 그 이후로도 폐관은 장장 3년을 더 갔었다.

3년 후의 천우와 현재의 천우는 차이가 있었다.

지금에서야 부족함이 보였을 뿐, 패황의 무도는 완성되었다고 봐도 무방했다. 외증조부도 3년 후엔 더욱 완숙한 경지에 도달했지만, 패황무도 앞에선 바람 앞의 등불에 지나지 않았다.

'쉽진 않군.'

물론, 이후에는 그렇다는 거다.

현재의 천우는 절대경과는 격차가 있었다. 완성되지 않은 상태로 심상무도를 썼으니 적지 않은 부담이 되었다.

무엇보다 외증조부는 이제 막 절대경에 들어섰다. 여의패도결도 흠결이 없다곤 해도, 체득이 완벽하진 않았다. 좀 더 보완하여 완숙한 형태였다면 불완전한 심상무도로는 비집고 들어가지 못할 수도 있었다.

'게다가 방심한 것도 컸지.'

절대경에 들어선 데다 청정무극이 아닌 패도무극을 이루었다. 심결의 성향에 따른 오만함이 외증조부에게 영향을 주었다. 그러니 작금의 대결은 패배할 수가 없었다.

하나, 패황은 강함을 증명하지 않는다. 멸악패도의 승리를 위해서 살아왔을 뿐이다.

지글지글!

숯불에 잘 익은 고기를 맛보았다.

음.

천우는 종복을 다시 보았다.

식도락을 분별없이 즐기진 않으나, 먹는 즐거움마저 잊진 않았다. 멸악패도를 휘두르려면 잘 먹고, 잘 쉬는 것도 중요했다.

멧돼지 고기는 맛있었다.

질기지도 않고, 잡내는커녕 깊은 풍미마저 느껴진다. 별다른 양념도 없이 소금만 사용한 것 같았거늘.

"훌륭하다, 가복아."

"허, 만날 개복, 개복거리시더니 이거 너무하는 것 아닙니까?"

"앞으로도 이렇게만 해라."

"저, 누구랑 말하는 겁니까?"

천우는 아랑곳하지 않았다.

칭찬을 해 준 이상, 종복은 영광으로 알고 더욱더 매진해야 했다. 그것이 올바른 주종 관계였다.

"그래도 놀랍구나."

"자고로 사내라면 요리를 잘해야 아내한테 사랑받는다고 했습니다."

"주지육림과는 어울리지 않는군."

"저는 가능하거든요!"

"응원하마."

"아~! 왜요?"

가복은 의아했다.

보통 종복이 삼처사첩에 주지육림을 바란다면 미친놈 소리를 듣기 마련이다. 가당치도 않은 헛꿈 꾸지 말고 네 일이나 잘하라고 타박하지 않으면 다행이었다. 이상한 쪽으로 관대한 도련님의 처사에 의문이 들었다.

"한 접시 더 가져와라."

"저, 누구랑 대화하는 겁니까?"

천우는 가복이 주지육림을 하든, 삼천궁녀를 사귀든 관심이 없었다. 일부다처제가 허용된 세상이니만큼 능력이 된다면, 하면 되는 일이었다.

하나, 그 모든 일을 이루는 데 조금이라도 악을 행한다면 멸악패도의 서슬이 향할 것이다.

멸악패도는 누구에게나 공평했다.

악을 행한 자.

죽인다.

배신을 한 자.

죽인다.

죄가 크다고 하여 고통스럽게 죽이진 않았다. 그럴 시간에 악인을 하나라도 더 죽이는 게 효율적이었다. 편안하든, 고통스럽든, 멸악패도 앞에선 한결같았다.

-내가 한 짓이다!

-내가 더 많이 죽였어!

-이것도 내가 한 짓이야!

-아니야, 내가 했다고!

-내가 더 나쁜 놈이다!

-아냐, 내가 더 나빠!

간혹, 깊은 원한을 사서 고통스럽게 죽을 바에 패황을 찾으란 말이 있었다. 간결하고 깔끔하게 죽을 수 있었다. 소문대로 패황은 언제나 순식간에 보내 주었다.

물론, 패황이 직접 나서진 않았다. 잡것들한테 일일이 시간을 소비하진 않는데도, 소문이 그리 났다.

어쨌든 시키는 일만 잘하면 종복의 인생에 왈가왈부하진 않았다.

쿵쿵!

의식을 잃은 채 누워 자던 적만성이 코를 벌렁거리며 입맛을 다셨다. 악몽과 현실을 구분하지 못하는 듯 식은땀을 흘리기도 하고.

"시장하신 것 같은데요."

"한 점 드려라."

가복은 고기를 썰어서 입맛을 다시는 적만성의 혓바닥에 넣어 주었다. 자면서도 먹을까? 아니면 일어날까? 호기심이 드는 순간이었다.

쩝쩝쩝!

벌떡!

수면신공이 극의에 도달했는지, 자면서도 홀린 듯 일어서서 멧돼지 고기를 정확히 노렸다.

우적, 우적!

걸신들린 사람처럼, 멧돼지를 뼈째 씹어 먹는다. 나이가 들어도 건실한 치아였다. 다리뼈를 연골처럼 씹어 먹는 걸 보고 있자니, 감탄이 절로 나왔다.

"무인은 자다가도 저런답니까?"

"벽곡단의 후유증이다."

"과연, 사람은 고기를 먹어야 하는군요."

"균형은 중요하지."

우화등선을 위해 벽곡단만 먹었으니, 고기 냄새를 맡은 육신이 이성을 장악한 선식의 역효과였다. 도인의 덕목이 자연과의 조화라지만, 인간의 육체는 선식과 화식의 조화가 필요하다. 부족함을 부정해 봤자, 걸신들린 아귀가 될 뿐이다.

"대체 언제까지 저러실까요?"

"의식은 돌아왔다."

"저는 모르겠습니다!"

눈치 빠른 가복은 고개를 돌렸다.

괜히 알은체하다가 뻘쭘해질 수가 있었다. 이럴 때는 아무것도 모르는 편이 신상에 이로웠다.

멈칫!

게걸스럽게 고기를 뜯어 먹던 적만성. 그의 입에서 허탈한 탄식이 흘러나왔다. 무의식에 한 점 맛본 고기는 천상의 맛이었다. 평생 먹어 본 그 어떤 고기보다 깊은 맛을 자아냈다.

'이 빌어먹을 외증손 놈!'

먹다 보니 어느새 의식은 돌아왔지만, 사태의 심각성을 깨달았다. 어떻게 해야 할지 몰라 일단 무의식으로 일관했더니, 씨알도 먹히지 않았다. 대뜸 의식이 돌아왔다고 하니, 이제까지 연기를 한 꼴이 되었다. 세상 처음으로 느껴

보는 창피함에 어찌할 바를 모를 지경이었다.

끄응!

부정한들, 의미가 없어졌다.

이리되자, 적만성은 창피함을 잊었다.

"고기가 참으로 맛있구나."

"가복아, 하나 더 잡아 와라."

"이 밤중에요?"

서로 대화가 맞물리지 않는데도, 상황상 절묘하게 이어졌다.

궁합이 좋다고 하기에는 적만성은 헛기침했고, 가복은 잽싸게 자리를 피했다. 천우만이 올곧이 자기 그릇에 담긴 고기를 맛보았다.

하아!

적만성은 한숨을 내쉰 후, 흐트러진 감정을 제어했다. 처음부터 끝까지 자신의 흐름을 만들기는커녕 천우에게 일방적으로 휘둘렸다.

그래서일까.

천우가 다시 보였다.

나이를 고려한다면 말도 안 되는 성취였다. 어미 배 속부터 수련한다고 해도 얻을 수 없는 절대의 심득이었다.

천재.

그런 표현 따윈 외증손에게 실례였다. 제아무리 천재라도 닿지 못할 영역이 있었다. 약관도 되지 않은 나이에 절대경의 심득을 바라본다면 그걸 대체 사람이라고 할 수 있 겠는가.

인외(人外)를 넘은 천외(天外)였다.

누가 감히 비교할 수 있을까? 소림의 태조, 그도 아니면 마의 하늘? 그런 자들조차 저 나이에는 절대경을 맛보기는 커녕, 근처도 가지 못했을 것이다.

그나마 경지는 인간적이라고 해야 하는데, 그마저도 기절하기 직전의 광경을 상기하니 천외천이었다.

"심상무도였느냐?"

"그렇습니다."

"대체 어떻게?"

"수없이 노력했습니다."

"……내가…… 노력이 부족했었구나~~."

저딴 걸 대답이라고 할 수 있나? 사람 놀리는 것도 아니고. 상식적인 범주에선 이해하고 넘어가기 힘들었다. 세상에 노력하지 않는 사람이 어디 있다고.

"령아도 아느냐?"

"그렇습니다."

"뭐라던?"

"받아들였습니다."

손녀나 외증손이나.

이성적인 판단과는 거리가 멀다 못해 아예 생각 자체를 하지 않았다. 단순하다고 해야 할지, 어쨌든 피는 물보다

진함을 증명했다.

하아!

적만성은 노년이 순탄치 않게 되었다는 걸 깨닫자, 피로가 몰려왔다.

"기연을 얻었다고 될 일은 아니었을 텐데."

"나름대로 갈고닦았습니다. 원하신다면 심득을 나누어 드리겠습니다."

"나눠 주겠다고?"

"같은 심득이라고 하여 같은 결과를 가져오진 않습니다."

무인에게 있어 심득은 목숨과도 같았다.

비인부전, 온당한 자질을 갖추지 않았다면 핏줄을 이었다고 하여 배울 순 없다. 이를 대수롭지 않게 여기는 외증손의 도량에 적만성은 혀를 내둘렀다.

그럼에도 체감하고 있었다.

누구도 따르지 못한다는 자신감.

아량이 아닌 패도였다.

"천하제일이 따로 없구나."

"천하제일은 누가 되든 상관없습니다."

멸악패도로서 승자의 역사를 만들어 갈 뿐, 누가 최강인지는 중요하지 않았다. 물론, 패황은 언제나 고금천하무적이었다. 그 사실은 400년의 태평천하가 증명했다.

쇠뿔도 단김에 빼라고.

전수.

성공적.

허어!

일부의 심득이거늘, 여의패도결의 완성도가 일순간 올라갔다. 적만성은 완전해지는 여의패도결에 혀를 내둘러야 했다.

'이놈은 진짜 뭐지?'

부족하다고 생각하진 않았지만, 심득을 들을수록 부족함이 메워지고 있었다. 마치 자신을 위해서 만들어진 심득처럼 완벽한 궁합을 보였다.

우우우웅!

심득의 부족함이 채워지자, 깨달음이 전신으로 퍼지며 여의패도결의 성취가 오른다. 절대경의 초입에서 일순간 중반의 깨달음에 도달한다. 완벽하진 않더라도, 실로 놀라운 발전 속도였다.

파아앗!

기운의 흐름이 요동을 쳤다가 갈무리되어 완성된다. 적만성은 솟아오르는 고양감을 제어했다.

'이젠 빼도 박도 못 하겠구나!'

설상가상이었다.

대체 얼마나 부려 먹으려고 자꾸 경지를 끌어올리는 건지 부담될 지경이었다. 방향이 다르긴 해도, 현재의 무위는 대적할 자가 많지 않았다.

"외증조부님이 있어 든든합니다."
"이놈이, 아주 작정하고 찾아왔구나!"
"가문이 위태로운 것보단 낫지 않습니까."
"끄응, 말이나 못 하면."

적만성은 우화등선하겠답시고 가문을 뛰쳐나와 동굴에서 십수 년을 살았다. 그때만 해도 일생일대의 대의였으나, 되짚어 보면 자기만족을 위해 가문을 버린 것이나 마찬가지였다.

그러다 문득.

위태롭다고?

이해가 되지 않는다. 이놈이 있는데, 어째서 위태롭단 말인가? 강호에 대전이라고 불릴 만한 사건이라도 터졌나? 그것이 아니라면 사천의 실세들이 격돌이라도 했나?

그 정도가 아니라면 천우의 적수가 될 턱이 없을 텐데.

혹, 대문파나 명문세가와 척이라도 진 것이냐? 그렇다면 혼자서는 감당하기 어려운 일이었다.

"네 어미는?"
"화경에 올랐습니다."
"아, 화경에 올랐구나. 참 다행……이 아니고, 그러면서 왜 나까지 불러?"
"다다익선, 유비무환입니다."

떡 본 김에 제사를 지낸다고 해야 하나?

차라리 제사만 지내지 그랬냐?

우화등선이라도 하게.

웬만한 적들로는 가문의 담벼락도 넘지 못했다. 강호 공적이라도 됐으면 모를까, 굳이 자신까지 있을 필요는 없을 텐데.

"그리도 위험한 게냐?"

……

평소대로 천우는 침묵으로 일관했다. 자세한 내막은 구가장으로 가서 해도 늦지 않았다.

'도대체 얼마나 위험하기에?'

통상적으로 침묵은 긍정으로 받아들이지 않나.

제2장
불화

부글부글!
적만성은 속에서 열불이 터졌다.
가문으로 돌아가려고 황급히 산에서 내려왔거늘, 혼자만의 망상에 지나지 않았다.
종복의 말을 들어 보니 위기는커녕 혼자서 닥치는 대로 죽이고 다녔단다. 더욱이 구가장은 거래처와 상권을 늘리며 최고의 성세를 달리고 있었다.
외증손의 간악한 꾐에 넘어가 섣불리 넘겨짚고, 제풀에 넘어진 격이었다. 하소연한들 엎질러진 물에 지나지 않았다.
이제 우화등선은 물 건너갔고, 산에선 내려왔으니 돌이키기엔 너무 멀리 왔다.
"저는 분명 유비무환이라고 했습니다."

"그래, 너 잘났다!"

천우는 대답하지 않았다.

한두 번 들어 본 것도 아니고.

식상했다.

허!

겸손을 바라진 않았으나, 반박은커녕 오연한 태도에 적만성은 헛바람을 삼켰다.

'아니라고 할 수도 없고!'

지나치게 잘난 외증손으로 인해 적만성의 속만 터졌다.

억지로 부정해 본들, 외증손보다 잘난 놈이 없었다. 어디에 내놓아도 압도적인 재능으로 누구든 짓뭉개 버릴 녀석이었다.

'하물며 낭중지추라고 했지.'

주머니 속의 송곳은 언제든 튀어나오기 마련인데, 이게 반드시 좋은 결과로 이어지진 않는다. 자질 못지않게 이 시대는 배경이 중요했다. 모난 돌이 정을 맞듯, 상인이 무림에 발을 들인다면 풍파에 휩쓸리기 마련이다.

날고뛰는 천재들이 기득권에 매몰되어 사라지는 불상사가 허다했다. 기존 세력은 구도를 위협할 신성의 등장을 반기지 않는다. 어찌 보면 천우의 선택은 지극히 합리적이었다.

"우화등선만이 상선의 도는 아닙니다."

"그렇다고 한들, 네 뜻을 강요하진 말거라."

"다시 가족을 볼 수 있지 않습니까."
"한 마디를 안 지는구나."
날카로운 창처럼 적만성의 폐부를 찔렀다.
가족이 위기에 처한 줄 알고 설레발을 친 이상, 미련이 남아 있지 않다면 거짓말이 되었다.
"그나저나 저 녀석도 범상치 않구나."
"대단친 않습니다."
적만성은 산에서 내려오는 동안 가복의 운신을 살폈다. 종복치곤 뛰어난 재량을 넘어섰다. 가문의 위태로움에 속아 속도를 냈음에도 뒤처지지 않았었다.
'하긴 너에 비하면 누군들 대단하겠느냐.'
비교 대상이 지나치게 높아서 평범해 보일 뿐, 가복은 기재라 불려도 손색이 없는 기량을 갖추었다.
요리 솜씨도 뛰어난 편이고.
멧돼지 요리를 산속에서 척척 해내는 것만 봐도 보통 솜씨가 아님을 증명했다. 요리를 해 본 사람이라면 안다. 멧돼지는 조금만 잘못 조리해도 노린내가 나고, 쇠심줄처럼 질겼다.
'그런데 이 옷은 대체?'
외증손은 가증스럽게도 옷을 챙겨 왔다.
갈대 문양의 단조로운 형태지만, 청색의 비단 경장이었다. 폐관 직전에 즐겨 입었던 옷인 데다, 치수가 딱 맞았다.
그래서 이상했다.

절대경의 깨달음을 얻어 환골탈태는 아니더라도 육체의 변화가 있었다. 그런데도 맞춤 제작한 옷처럼 어디 하나 부족함이 없었다.

'설마 이마저도 예측했다는 건가?'

적만성은 고개를 황급히 저었다. 아무리 그래도 현실성이 너무 없었다. 한데, 이놈 자체가 비현실적이긴 했다.

따지고 보면 하나부터 열까지 전부 다 비정상적이었다. 평소처럼 대수롭지 않음이 오히려 이질적으로 보인다. 종복마저 그 정도는 아무것도 아니라는 듯 태연했다.

"혹, 구가 놈의 수작은 아니겠지?"

"아버지는 외증조부님이 등선하길 바라셨습니다."

"그래, 그래야지…… 응?"

순간 좋다가 묘한 느낌을 받은 적만성이었다. 자신은 분명 우화등선하길 바랐다. 한데, 구가 놈도 바랐다고 하니 이상하게도 화가 치밀었다.

"령아는 아느냐?"

"어머니껜 말하지 말라고 신신당부했습니다."

천우는 아버지와의 약속대로 어머니에겐 말하지 않았다. 그러니 외증조부에겐 사실대로 전했다.

빠득!

적만성은 이를 갈았다.

"그랬단 말이지."

"그렇습니다."

이런 괘씸한!!

이 망할 구가 놈이 집으로 모시기 싫어서 자신이 죽기를 바랐던 것이다. 이렇게 된 이상, 구가장의 귀신이 되는 한이 있더라도 붙어 있어야겠다. 최소한 구가 놈이 먼저 뒈질 때까지 살아 있으리라.

'헐!'

도련님의 사악한 계략에 가복은 감탄을 금치 못했다. 서로를 이간질하지만, 본인은 거짓을 한 점도 보태지 않았다.

사실만으로 사람 하나 보내 버리는 것도 능력이라면 능력이었다. 더욱이 상대의 속내를 간파할 목적으로 무적권인 침묵을 적절히 이용했다.

'방구석에서 대체 뭘 배우신 거냐고요?'

천우는 한술 더 떠 외증조부에게 솔깃한 제안을 했다. 마냥 거절하기에는 돌아가는 사태가 심상치 않다는 걸 강조하면서.

얌전히 있던 철혈성과 사황성을 언급했다.

"그 미친놈들을 왜?"

"복호상단이 화정상단을 이용해서 구가장을 노렸기 때문입니다."

적만성은 화정상단은 잘 모른다. 구가장과 경쟁하든, 말든 어차피 상계의 일에 지나지 않았다.

하지만 복호상단이라면 사천을 삼분하는 대상단임을 알고 있었다.

그래, 여기까지만 해도 상계의 치졸한 계략으로 치부하면 그만이었다. 하지만 초원 놈들이 개입했다면 얘기가 달라진다. 제국이 망하면서 초원으로 쫓겨나긴 했으나, 죽기 위해 싸우는 초원 전사의 지독함은 여전히 회자되었다.

"초원 놈들은 가문과 관련 있다고 치자. 사황성은 또 왜?"

"아우의 부탁이라 거절하기 힘듭니다."

"그딴 부탁을 하는 것도 아우더냐? 대체 어떤 정신 나간 새끼야?"

"후갭니다."

굶어 죽어도 시원찮을 거지새끼들이라고 욕을 해야 마땅하나, 적만성은 차마 입을 놀리지 못했다. 그러기엔 개방이란 단체의 무게감이 만만치 않았다.

일례로 다른 어떤 문파와 척을 진다고 해도, 개방과는 악연을 만들지 말라는 속설이 있었다. 역사적으로 개방과 척을 진 곳은 강호의 온갖 추잡한 소문의 주인공이 되곤 했다. 죽어서도 두고두고 욕을 먹을 수 있었다.

하물며 개방의 후개였다.

거지 같은 약속이지만, 반드시 지켜야 했다.

"안 들키면 됩니다."

"그러다 들키면?"

"저는 외증조부님을 믿습니다."

"……망할 놈이!!"

그래, 들키지만 않으면 되는 일이다. 그러나 세상이 어디 맘대로만 흘러갈까. 낮말은 새가 듣고, 밤말은 쥐가 듣는다고 했다. 영원한 비밀이 어디 있겠는가. 구중심처에서 벌어지는 암투도 결국에는 드러났는데.

'썩을!'

천우에게 완전히 코가 꿰인 적만성은 이번에도 땅이 꺼져라, 숨을 쉬었다. 도저히 빠져나갈 구석이 없는 깊은 수렁이었다.

아니, 이놈은 대체 어떤 삶을 살았기에 이러지?

평범한 삶을 살았다고 하기엔 지나치게 파란만장한데도, 이를 절묘하게 통제하고 있었다. 수많은 경험과 연륜이 쌓이지 않고서는 보지 못할 통찰력이었다.

'심득부터 말이 안 되긴 하지.'

그게 어디 열여덟 살의 심득이란 말인가?

태어난 이후로 한시도 쉬지 않고 혹독한 수련과 실전을 경험하지 않고서는 얻을 수 없는 영역이었다.

그래서일까?

오만한 외증손이 가련해 보이기도 했다. 여태까지 얼마나 고생했을지 훤히 보였다.

'독한 년!'

자기는 수련이 싫다고 시집으로 도망간 주제에 아들을 잡고 지랄이었다. 어릴 때부터 얼마나 달달 볶았으면 애가 이리되었을꼬.

"고생이 많았구나."
……
천우는 대답하지 않았다.
적만성은 침묵을 긍정으로 받아들였다.
그걸 지켜보는 가복은 복장이 터졌다. 입이 있어도 말을 못 하니, 답답해 죽을 지경이다.
과거 귀가 컸다는 황제가 떠올랐다.

천우는 외가를 방문했다.
갑작스러운 방문이 되지 않도록 사전에 외증조부를 찾아 같이 가겠다고 서신을 보냈었다.
허!
적천후의 목소리에 당황이 묻어 나왔다.
생전 서신 따윈 보내지 않았던 외손주의 서신이 반갑긴 해도, 그 내용의 진의에는 반신반의했었다.
우화등선하겠답시고 집을 나간 아버지였다. 십수 년을 연락은커녕 어디에 있는지도 몰랐다. 제사를 지내진 않았지만, 죽었다고 단정하고 살아왔거늘.
아버지는 멀쩡하게 살아 돌아왔다. 그것도 젊은 시절의 모습 그대로를 간직한 채. 같이 서 있으면 형·동생으로 불려도 이상하지 않을 지경이다.
부글부글!
적천후는 당황스러움과 동시에 화가 치밀었다. 자기 멋

대로 자식 버리고 나갈 때는 언제고, 이리 태연히 돌아온단 말인가. 얼굴은 화색이 돌고, 머리카락엔 윤기가 흐르는 걸 봐선 밖에서도 잘 먹고, 잘 산 모양이었다.

사람을 걱정하게 하고, 속을 태웠으면서 어찌 저리 태연하단 말이더냐. 뻔뻔함에도 정도가 있었다.

적만성도 염치는 있기에 일단은 사과했다.

"미안하다고 하지 않느냐."

"미안하면 답니까? 서신 한 장에 달랑 몇 줄 남기고 사라졌으면서!"

"사람이 살다 보면 피치 못한 사정이 생기는 거지, 사내답지 못하게 뭘 그렇게 꽁해 있는 게냐."

"누구나 사정은 있겠지만, 자식을 버리진 않지요."

"다 큰 자식을 버리긴 누가 버려!"

"방귄 뀐 사람이 성낸다더니, 지금 저한테 역정을 내시는 겁니까?"

아비 말이라면 껌벅 죽던 아들도 나이가 들더니 이제는 자기 뜻을 내비칠 줄 알았다. 버럭버럭 대드는 신선함에 적만성은 세월의 감개무량을 느꼈다.

다만, 언제까지 실랑이를 벌여야 할지 몰라 답답했다. 이러려고 우화등선을 깨고 집으로 온 게 아니다.

게다가 인과를 따지면 이 모든 일들은 천우로 인해서 벌어졌다.

누가 오고 싶어서 왔나?

생각해 보니 화가 치미네.

"후야."

"왜 그러십니까, 아버지?"

"맞을래?"

"이제는 그딴 협박은 통하지 않습니다!"

"통하는지, 안 통하는지 식구들 보는 앞에서 개처럼 맞아 볼래?"

이런 무식한!

장성하다 못해 같이 늙어 가는 자식을 모두가 보는 앞에서 패겠다니.

"아버지, 왜 그러세요? 일단 진정하시고 무조건 말로 하시면 됩니다. 저는 다 이해할 준비가 되어 있습니다."

"그렇지?"

"……아무렴요."

적천후는 잊고 있었던 과거를 떠올리며 흐르는 땀을 훔쳤다. 그 시절의 아버지는 외골수적인 무인, 그 자체였다. 원하는 목적을 위해서라면 물불을 가리지 않았다.

더욱이 무공에는 재능이 없었던 아들과 손자에게 실망한 아버지는 훈련을 빙자한 구타를 아낌없이 베푸셨다.

잠시 화가 나서 이성을 잃었다.

나이가 들어서 이빨 빠진 종이호랑이가 되었다면 모를까, 회춘해서 돌아온 아버지 앞에서 언성을 높였다니, 후회가 물밀듯이 밀려왔다.

'또 훈련을 시키진 않겠지?'

성취는 없었지만, 훈련은 별개의 문제였다. 심적으로 걱정이 되긴 했어도 아버지가 가출하고 난 후 솔직히 몸은 편했다.

성공한 사람들은 말한다, 정신만 똑바로 차리면 하지 못할 게 없다고. 한데, 몸이 불편하면 쉽지 않았다. 평범하게 살아가는 대다수는 육체의 편안함에 편승했다.

적만성도 지은 죄가 있어 예전처럼 아들을 대하진 않았다. 그럴 마음도 없었고. 흠칫 놀라며 급히 태세를 전환한 아들이 씁쓸하기도 하고.

"아들아, 성질 돋우지 말자. 나도 지금 많이 참고 있는 거야. 알지?"

"최대한 편히 모실 테니, 때리지만 마세요."

"이놈이, 내가 언제 또 때렸다고 하는 거야? 무인으로서 성장하기를 바랐을 뿐이야. 그런 선량한 아비를 폭력적인 사람으로 몰아? 천우가 오해하잖아."

"아무렴요! 저는 훈련을 받은 거지, 절대 맞은 적이 없습니다. 천우야, 오해는 하지 말거라."

천우는 오해하지 않았다.

외증조부는 교관으로서 뛰어난 능력을 갖추고 있었다.

가르침에 있어서는 외증조부를 따를 사람이 많지 않았다. 외증조부께서 손을 썼다면 피치 못할 사정이 있거나, 외조부의 재능이 부족한단 뜻이었다.

전자보다는 후자에 무게를 두는 것은 외조부의 자질이 무가치곤 현저히 부족하기 때문이기도 하고. 그나마 여의선결이 4성에 오른 것도, 외증조부의 헌신이 있기에 가능했을 것이다.

'어머니한테 기대가 컸던 것도 이해가 되는군.'

장남이 기대를 충족하지 못하자 장손에게 희망을 품었겠지만, 그마저도 실망한 이후로 어머니를 집중적으로 가르친 것이다.

물론, 어머니는 외증조부의 지나친 간섭의 돌파구로 시집을 택했었다. 아버지가 외증조부를 모시는 데 적극적이지 않은 연유였다.

'기대가 크면 실망도 큰 법이지.'

외증조부께서 우화등선에 목을 맨 것도, 그만큼 실망이 컸기 때문이다. 그마저도 천우로 인해 매회 우화등선하지 못했었다.

돌이켜 보면 외증조부의 인생도 되는 일 없이 꼬일 대로 꼬였었다.

그런데도 천우는 101회차 이전까진 관심을 기울이진 않았다. 두 분 사이의 내막도 사실 오늘 처음 알았다.

천우는 처음으로 외증조부와 외조부를 위로했다.

위로될는지는 모르지만.

"외조부께서 도기를 배운 건 신의 한 수였습니다. 그러니 오해할 이유는 없습니다."

"……이해해 주어서 고맙구나!"

적천후는 외손주의 관대함에 한숨을 돌리면서도, 묘한 찝찝함을 맛보았다. 대화를 되돌려 볼수록 자질의 부족함을 인정한 꼴이 되었다. 무공보다 도기를 빚는 것이 좋기는 하다만, 무가의 후예로서 자존심을 건드렸다.

'원래 이런 성격은 아니었는데.'

외손주인 천우는 외가를 자주 찾진 않았다. 아주 어렸을 때 이후로는 구가장을 방문했을 때나 보았다. 그마저도 오늘처럼 긴 대화는 하지 않았다. 지나치게 내향적이라 방구석을 벗어나지 않는다고 들었거늘.

다시 본 천우는 그 당시의 기억과는 확연히 달랐다. 눈도 마주치기 싫어서 피했던 녀석이 이제는 똑바로 바라보며 자기 할 말을 하고 있었다. 사내로서 성장한 모습이 대견하긴 한데, 묘한 이질감이 전해진다.

"못 본 사이에 사내다워졌구나."

"감사합니다."

"한데, 무공을 배운 게냐?"

"그렇습니다."

적천후는 천우의 성격뿐만 아니라, 외견도 많이 달라졌음을 보았다. 여리디여렸던 얼굴엔 젖살이 빠지면서 선이 생겼고, 키가 크고 근육이 생기면서 외형적으로 이전과는 확연히 달랐다.

'한사코 무공은 가르치지 않겠다고 하더니.'

고생은 자기만 하면 된다며, 자식들에겐 무공을 가르치지 않겠다고 선언했던 딸이었다. 그렇다고 놀랍진 않았다. 하루에도 변덕이 죽 끓듯 했던 녀석이라.

'그래도 너무 건방지구나. 무공을 배운 지 얼마 되지도 않았거늘.'

적천후는 천우의 오만함을 고쳐 줄 겸 시험해 보고 싶었지만, 아버지의 개입으로 시도조차 하지 못했다.

"아서라, 누가 누굴 가르치려는 게냐?"

"아버지, 제가 비록 무에 자질이 없긴 해도 천우 정도는 가르칠 수 있습니다!"

"이렇게나 보는 눈이 없어서는. 네가 상대가 안 된다고. 손끝 하나 건드릴 수 있으면 이제부터 네가 내 아비다, 이 자식아!"

"그게 무슨 말도 안 되는 소립니까? 천우가 무공을 배운 건 길어 봤자 1년도 되지 않았습니다!"

"……?"

적만성은 말문이 막혔다.

자신이 지금 제대로 들은 게 맞나 귀를 의심해야 했다. 아들이 주제도 모르고, 천우를 시험하려고 하기에 망신당하지 말라고 훈계했을 뿐이거늘.

살면서 농담을 해도 정도가 있었다. 아들이 미치지 않고서야, 상식적인 선을 넘었다. 사실대로 받아들이면 1년을 배운 무공으로 절대경의 심득을 가르쳐 주었다는 뜻이 되는데, 그걸 어떻게 믿냐고.

"이놈이, 오랜만에 봤다고 이 아비를 놀리는 게냐? 지금 당장 예전의 기억이 떠오르게 해 줘!"

"제가 살면서 아버지한테 한 번이라도 거짓을 입에 담은 적이 있습니까? 하물며 예전보다 무섭게 변한 아버지한테 언감생심 그런 짓을 하겠습니까?"

"……그렇긴 하지."

눈을 부릅뜨고 대들자, 적만성은 긴가민가했다.

나이가 들어서 오락가락한다고 하기엔 회춘한 육신이 또렷하게 부정하고 있었다.

휙!

적만성은 천우를 직시했다.

사실이 아니라고 부정해 주기를 바랐다. 그래야만 조금이라도 납득을 하지. 열여덟 살이니 18년 동안 수련을 했다고 해도 납득하기 어려웠다. 그런데 고작 1년 만에 그런 심득이라니, 삼라만상이 장난을 치지 않고서야.

……

평소대로 천우는 대답하지 않았다.

물어본다면 답하겠지만, 굳이 긁어 부스럼은 만들지 않는 주의였다.

허어!

침묵을 긍정으로 받아들인 적만성은 혀를 내둘렀다.

이걸 대체 어디서부터 믿어 할지 감도 오지 않는다. 그렇다고 아니라고 하자니, 천우는 버젓이 존재하고 있었다.

'아니, 령아! 이런데도 받아들였다고?'

모성의 위대함이라고 해야 하나? 하나도 이해가 되지 않지만, 적만성은 불합리함을 받아들여야 했다.

아버지가 받아들였다고 오해한 적천후가 다시 나섰다.

"이제는 제가 좀 가르쳐도 되겠습니까?"

"맘대로 하려무나. 별로 권하고 싶진 않다만."

허탈함에 진이 빠졌는지 적만성은 아들이 뭘 하든 강하게 만류하진 않았다.

스윽!

적천후는 외손주를 넌지시 보며 말했다.

재능 넘치는 딸에게 무공을 배우면서 자신감이 올랐겠지만, 이럴 때가 가장 위험하다. 초장에 잡아 주지 못하면 자칫 험한 꼴을 당하거나, 죽을 수도 있는 곳이 무림이었다.

뎅강!

적천후가 막 일어서려는 그때, 찻잔이 반으로 매끄럽게 잘렸다. 잘려 나간 찻잔 앞에 천우의 검결지가 있었다.

이미 외총관을 효과적으로 설득했던 공인된 방도였다. 굳이 힘들게 입씨름할 필요가 없으니 아주 효율적이었다.

"어떻습니까?"

"……훌륭하구나!"

"저는 이만 나가 보겠습니다."

"그러려무나."

천우가 방에서 나간 후에도 적천후는 넋이 나간 채 반으로 쪼개진 찻잔을 바라보고 있었다. 현실과 비현실의 공존이 무너지고, 받아들일수록 말문이 막혀 왔다.

그러다 한 귀로 듣고, 한 귀로 흘린 소문이 떠올랐다.

적백쌍협을 죽이고, 독두삼귀와 암살자를 죽여 의룡이라 불리게 된 구가장의 장남에 대해.

소문은 으레 과장이 되기 마련이고, 상식적인 선에서 받아들일 수가 없었다. 훈련은커녕 방구석에서 나오지를 않는 녀석이었다. 어느 날 갑자기 용의 칭호를 받은 신성이 되었다니, 당연히 헛소문으로 치부했다.

구가장과 연관된 소문은 하나부터 열까지 정상적이지가 않았다. 이 모든 게 꾀가 많은 사위의 기만술이라고 보았다.

헛소문은커녕 사실은 더했다.

"아버지, 이럴 수가 있는 겁니까?"

"없겠지."

"어떻게 이런 일이?"

"처맞지 않은 걸 다행으로 여기거라."

삼초 양보의 미덕을 보였다가 개망신을 당한 적만성이었다.

적천후는 아버지의 말을 흘려듣지 못했다. 외손주를 가르치려다가 망신이라도 당하지 않으면 다행이었다.

'도기를 이토록 깔끔하게 잘라 내다니!'

다른 건 몰라도 적천후는 도기의 단단함에서 있어서는 자부심이 있었다. 어지간한 충격에도 깨지지 않는 내구성을 갖추었다. 그런 찻잔이 너무도 매끄럽게 잘렸다. 마치 원래부터 그리 만들어진 것처럼, 붙여 보니 딱 맞는다.

"할 얘기가 있으니 그만 놀라고 앉아라."

"내 손주가 의룡이었다니!"

"외손주다, 이놈아."

"내 손주가 의룡입니다!"

"나는 절대경이다, 이놈아!"

"에이…… 정말요?"

가출 전에도 괴물처럼 강했던 아버지가 이제는 죽지도 않는 요괴가 되어 돌아왔다.

적가장의 뿌리라 할 수 있는 천선문은 무려 3천 년의 역사를 자랑한다. 하나, 강호 무림에 획을 그어 본 적이 있었냐고 물어본다면 고개를 갸웃하게 했다.

천선문은 도가 문파로서 우화등선을 최종 목표로 한다. 개인의 수양에 매진하는 경향이 강해 무림과는 담을 쌓았다. 문파 내부적으로도 개개인의 성향이 다 달라 전승되는 구결이 세월이 흐르면서 변질되었다.

적지 않은 세월 종파처럼 갈라진 심결은 여러 도문에 영향을 주었지만, 결과적으론 흡수되어 사라져 버렸다.

실제로 전진, 무당, 화산, 청성, 공동 등 적지 않은 도문에 전승이 되었으나. 그 뿌리가 천선문임을 아는 사람은 세월 속에 잊혔다.

여러 도문의 발전에 기여했음에도, 뿌리를 잊은 채 흡수되었으니 천선문이란 문파가 있었는지도 모르게 되었다.

그렇다고 적가장이 천선문의 근본이라고 주장하기도 모호했다. 위로 몇 계단만 조사해 보면 천선문은커녕 농민의 후예였다.

우연히 천선문의 분파 중 하나를 이은 도인에게 밥을 주고 얻은 건강도인법이 외가의 근본이었다. 이를 적만성의 전전 세대에 이르러서야 여의선결이란 구색이 갖추어졌었다.

따지고 보면 적만성이야말로 적가장의 초대 종사라고 봐야 했다. 적가장에서 적만성만큼 여의선결을 깊이 판 이가 없었던 것도 있고.

그렇기에 적만성은 가문의 전신이 천선문임을 주장했다. 그래야 근본 없는 가문의 역사를 포장할 수 있기 때문이다.

3천 년 동안 희석되어 사라졌으니, 천선문임을 주장하는 문파가 없다는 것도 한몫했다. 설령 있다고 해도, 서로 천선문의 후예임을 주장하지도 않는다.

"아니, 그걸 들키면 어떻게 합니까?"

"난들 천우가 알고 있을 줄 알았겠느냐. 부정하려고 해도, 속속들이 다 알고 있어서 한마디도 못 했다."

"사위가 알면 내 입장이 어떻게 됩니까? 그간 뼈대 있는 가문이라고 그렇게 말했는데."

"꼭 그렇지도 않단다."

"그건 또 무슨 말입니까?"

"구가장이 원래 백가장이었다더라."

외증손은 구가장이든, 백가장이든 의미를 두지 않았다. 근원보다 중요한 건 현재라며, 낯부끄러워하는 외증조부를 위해서 가문의 비사에 대해 알려 주었다.

허!

쩝!

적만성, 적천후 부자는 피장파장의 현실에 탄성과 함께 이맛살을 찌푸렸다. 부정하려고 해 봤자, 이제는 자기 얼굴에 침을 뱉는 짓이 되었다.

결과적으로만 보면 근본 없는 가문의 결합이었다. 끼리끼리, 유유상종이 되었다. 이 사실은 무덤까지 들고 가야 했다.

물론, 외부에 알려진들 큰 파장을 몰고 올 만큼 구가장과 적가장이 대단하진 않았다. 그저 자식들 보기에 민망할 따름이었다.

"약점 제대로 잡히셨군요."

"나만 좋자고 한 일이냐. 너도 좋았잖아. 근본 있는 가문이고 싶다며. 그래서 뼈대 좀 만들어 줬을 뿐이다, 나는."

"령아가 알면 가만있지 않을걸요."

"그건 곤란하구나!"

거짓된 근본으로 손녀를 달달 볶았었다. 이제 와 우리 가문은 뼈대는커녕 소작농이었다고 밝히면 어떤 말을 듣겠는가. 가뜩이나 어릴 때부터 반항기가 심했던 손녀였다.

"아버지야 절대경이라 그나마 낫지, 저만 죽게 생겼잖아요."

"아무리 나라도 화경에 이른 손녀가 화나면 무섭지."

"……잠깐, 화경이라고요?"

"그렇다고 하더라."

"아버지와 령아까지 경지에 이르렀다면, 우리 가문이 뼈대는 확실히 있다고 봐야 하는 거 아닌가요."

"못 본 사이에 많이 긍정적으로 변했구나."

여하튼 사실을 아는 사람은 천우뿐이다. 손녀사위만 모르면 뼈대 있는 가문으로서 체면을 유지할 수 있었다. 아들에겐 밝히지 않았지만, 천우에겐 신신당부했다.

제발 그것만은 밝히지 말라고.

더욱이 등선 실패를 전적으로 천우의 탓이라고 할 수도 없었다. 무공을 배운 지 1년도 안 된 녀석에게 휘둘려서 등선을 실패했다고 말해 봤자 치졸한 변명에 지나지 않았다.

그런 데다 근본 없는 가문의 역사까지 알려진다면 어떻게 얼굴을 들고 다닌단 말인가!

그간 입버릇처럼 말하고 다녔던 과거가 발목을 잡았다. 이럴 줄 알았으면 닥치고 수련에만 힘을 썼을 텐데. 마을 사람들이 알면 얼마나 수군댈지, 벌써부터 얼굴이 후끈거린다.

"이사하지 않으면 말하겠단 협박처럼 들리는데요."

"천우라면 아버지한텐 차마 거짓을 고하진 못하겠다고 하겠지."

"예전이라면 모를까, 지금이라면 충분히 그러고도 남을 것 같긴 합니다."

"단순히 무공만 강해진 게 아니다. 까딱 잘못하면 잡아먹힐 것이야."

"이미 먹힌 거 아닙니까?"

"……아니다, 이놈아!"

차마 현실을 부정하지 못하는 부자(父子)였다. 아니라고 해 본들, 의미가 없어졌다. 뼈대 있는 집안의 후예로서 가문을 버릴 수 없다는 명분은 사라진 지 오래였다.

"그래도 그렇지, 아주 괘씸합니다."

"어차피 이 근방에서도 마찰을 빚고 있다며."

"제가 도기에 재능이 있을 줄 누가 알았답니까? 아버지께서 미리 알고 있었다면 이런 일도 없었을 텐데 말이죠."

"이 아비가 말이다. 아주 많이 참고 있단다. 등선을 실패한 부작용인지 몰라도 가만있는데도 울화가 막 솟구치고 그래."

"그랬으면 좋겠다, 라는 바람이었습니다. 하하하!"

적천후는 늦은 나이에 도기를 배웠다.

늦게 배운 도둑질에 밤새는 줄 모른다고, 불철주야로 도기를 빗고 구웠었다. 취미로 시작했지만, 그 재능이 실로 눈부셨다. 만들어진 작품을 조금씩 내다보였고. 알음알음 알려지면서 암암리에 귀족들이 찾게 되었다.

널리 알려지지 않은 게 오히려 장점으로 작용하고 있었다. 희소성 높은 도기는 고가의 관상용이라, 제대로 된 도기 하나만 팔아도 남는 장사였다.

다만, 적가장은 규모가 작은 데다 도기를 양산할 시설을 갖추어지지 않았었다. 본격적으로 도기를 생산한 시기는 사위에게 지원받은 이후부터였다.

그렇다고 매번 사위의 손을 빌릴 순 없는지라. 판로가 생기고, 수익이 나자 받은 것을 갚아 나갔다. 이대로만 유지해도 가문을 건사할 순 있을 줄 알았거늘.

결국, 돈이 문제였다.

적가장에서 수익을 내기 시작하자 기존의 도공들은 시기하고, 탐하는 자들은 어떻게든 자기들을 거치기를 바랐다.

이럴 바엔 적금상단에 판로를 맡기는 편이 나았다. 탐탁지 않은 사위지만, 상재와 신용 하나만큼은 믿을 수 있었다.

"또, 사위한테 손을 내밀게 되는군요."

"같이 팔려 가는 처지에 신세 한탄은 그만하거라."

"처가살이는 들어 봤어도, 사위살이는 듣도 보도 못 했습니다!"

"네가 만들면 되지 않느냐."

없다고 하기엔 사람마다 사정은 천차만별이었다. 그러니 과욕을 부리거나, 과시하지 말아야 했다. 언제 업보가 되돌아와서 욕을 당할지 모른다.
 "결정이 났군요. 바로 이사 준비를 하면 됩니까?"
 "당분간은 가만히 있으란다."
 "아니 왜요?"
 "내가 그 녀석 머릿속에 있는 것도 아닌데, 어떻게 알아?"
 "아버지가 언제부터 시키는 대로 고분고분했습니까?"
 본인 맘에 안 들면 다 된 밥에 재를 뿌리던 아버지가 외손주의 말에는 껌뻑 죽으니 기가 찰 일이다.
 저리 말 잘 듣는 분이 나한테는 왜 그랬대?
 "너라도 고분고분했으면 하는데, 들어주겠느냐?"
 "……옙!"
 주먹이 들려 있었다.
 그것도 흉흉한 권환이 맺혔다.

 당분간이긴 해도 외가에 머물러야 했다. 천우는 외조모, 외숙부, 외숙모를 찾아 인사를 올렸다.
 외증조부께는 못다 한 시간을 나누도록 배려했다. 티격태격하기는 했어도, 가족 간의 유대에 간간이 미소를 지으셨다.
 '아무것도 몰랐군.'

패황 시절 천우는 외증조부께 전적으로 일임한 후, 외가에는 관심을 끊었었다.

수신제가로 선회한 후에야 볼 수 있었다. 그 전까진 관심은커녕 알지도 못했던 사연이었다. 솔직히 외증조부와 외조부가 애증의 관계였을 줄은 미처 몰랐다.

'설득한 줄 알았는데.'

실제로는 외증조부의 일방적인 결정이었다. 별다른 문제가 없었기에 그런 줄로만 알고 있었다.

더욱이 천우로선 멸악패도에 방해가 되지 않기 위한 사전 작업에 지나지 않았다. 외가의 삶이 어떠했는지는 관심이 없었다.

-이제야 말하지만, 나는 네가 무서웠다.
-이해하기 힘들군요.
-이해를 바라진 않는단다. 하지만 너를 돌아보거라.
-저는 멸악패도면 족합니다.
-그렇겠지.

외증조부가 돌아가시기 직전 천우를 찾은 적이 있었다.

그때마다 했던 말들을 떠올렸다.

왜 그런 말을 했는지, 지금에서야 조금은 알 것 같기도 했다. 다만, 구가장이 멸문한 당시 외가도 참화를 피할 순 없었다. 외증조부께서 살아 있었다면 벌어지지 않았을 일이었다.

천우는 외가를 살리고, 내실을 튼튼히 하기 위해선 외증조부의 등선을 막아야 했었다.

-고마웠다.

-압니다.

-사양하지 않는구나, 하긴 너답구나.

-저는 변하지 않습니다.

-장담하진 말거라.

목적이 바뀌었을 뿐, 천우는 여전히 그때와 다르진 않았다. 그저 다시 돌아보는 계기가 된 것에 만족했다.

'그거면 됐지.'

외증조부께서 가족과 회포를 푸는 동안, 천우는 적가장에 대한 소문을 사전에 흘렸다. 대단한 소문은 아니고, 가문의 근본을 세우기 위해 장원의 규모를 키우겠다는 포부였다.

외조부께는 따로 허락을 구했다.

그간 해 놓은 말들이 있어서 반대할 명분은 없었다. 그래서인지 현 내에 떠도는 소문에 대해서 사람들도 의심은 하지 않았다.

'슬슬 오겠군.'

정리는 바로바로 해야 했다. 미루고 미루다 보면 습관이 되어 다른 것도 하지 못한다. 악인은 독버섯과 같아서 언제 어디서 무럭무럭 자라날지 모른다. 그러니 제초 작업은 필연이었다.

멸악패도를 위해 사전 작업을 했듯이 수신제가도 마찬가

불화 63

지였다. 실제로도 아주 효율적이었으며, 효과도 탁월했다. 사전 작업을 마칠수록 태평천하는 더더욱 빨라졌으니까.

"형!"

"오빠!"

올 사람은 오지 않고, 남매가 앞을 가렸다.

열일곱 살 적우선, 열네 살 적우영.

적이문 외숙부의 자녀로 구가장에선 구천기, 구천예와 비슷한 처지와 성향이었다. 그럴 수밖에 없는 것이 어머니는 친정에 갈 때마다 천기와 천예를 데리고 갔었고, 적지 않은 시간을 보냈었다. 영향을 받지 않았다면 그게 더 이상할 것이다.

"형, 왔으면 냉큼 찾아왔어야지. 이 몸이 연장자를 우대하는 관대한 성격이라 천만다행인 줄 알아. 버르장머리를 실종한 천기였으면 진짜 국물도 없었어."

"오빠, 천예랑 나 둘 중에 누가 더 귀여워? 이번에는 분명히 말해 줬으면 좋겠어."

"넌 빠져, 귀하신 이 몸이 먼저 묻고 있잖아."

"얘는 병신이니까, 오빠는 신경 쓰지 마!"

"이게 오빠한테 지금 뭐라고 했어?"

"병신을 병신이라고 하지, 뭐라고 해!"

유유상종치곤 누구한테 영향을 받았는지 헷갈렸다. 이쯤 되면 애들이 더 문제였다. 과연, 어머니의 친가답게 남의 말을 듣지를 않는다. 주관이 지나치게 확실해서 서로 자기

할 말만 할 뿐, 남의 말은 귓등으로도 듣지 않는다.

-만나지 않는 게 정신 건강에 이로울 거다.

외숙부의 난처한 표정이 이제는 이해가 되었다.

천기, 천예에겐 그나마 어머니라도 있지, 얘들은 잡아 줄 사람이 마땅치 않았다. 외가의 돌아가는 사정을 보면 외숙부와 외숙모도 반쯤 포기한 듯했다.

천우는 외숙부의 고충을 통감하기에 덜어 주기로 마음먹었다. 미끼를 물기까지는 시간이 있기도 하고. 구가장의 평화를 위해서라도 선결되어야 하는 일이었다.

"천기는 이제 정신을 차리고 바르게 크고 있단다."

"걔가? 차라리 개가 똥을 끊는다고 하지!"

"객관적으로 천예가 더 귀엽다."

"오빠, 팔은 안으로 굽는다지만, 그건 아니거든!"

"너희들은 천기와 천예의 상대가 되지 않는다."

"형, 이 몸은 적우선이야!"

"오빠, 선 넘지 마, 지금도 위험천만해!"

남매 못지않게 천우도 할 말만 하고 있었다. 서로 다른 말을 하는데도, 대화가 되는 신기한 광경이 펼쳐졌다.

"형, 다시 말해 봐."

"오빠, 현명한 대답을 해야 할 거야!"

우선, 우영 남매는 소문을 믿지 않았다. 아버지와 마찬가지로 흘려들었다. 하루아침에 강호의 신룡이 되었다고 하는데, 믿는 것도 이상하지.

불화 65

차라리 남이면 잘 모르니까 긴가민가하지, 아니까 더더욱 믿지 못했다. 선입견이라고 하기엔 불과 1년 전까지만 해도 천우는 방구석에 처박혀 나오지를 않았었다.

이번에는 제대로 된 말을 기대하는 남매였다.

"너희들보다 내 동생들이 더 낫다."

천우는 확실하게 선을 그어 주었다. 굳이 남매의 입맛에 맞는 당과를 주지 않았다. 언제까지 좌정관천에 머물 수는 없다. 이후로는 경쟁이 필요한 시기였다.

'발전하려면 경쟁은 필요해.'

여기에 치열하면 더 좋다.

그렇다고 누가 더 치열하다고 단정할 순 없다.

각자가 처한 상황에 따라 다를 뿐.

기실 천우는 천하 패권을 두고 전쟁을 해 왔지만, 회차를 거듭할수록 시시한 결전이 되었다.

그래서일까?

하수들의 싸움이 훨씬 더 치열하고, 살벌했다.

천기, 천예, 우선, 우영의 자질은 비범은커녕 범인에 불과했다. 누가 더 낫다고 하기엔 도토리 키를 재는 격이다. 그러나 시작이 초라하다고 하여 끝이 창대하지 말란 법은 없었다.

치열하게 경쟁하다 보면 의외의 결과를 만들어 낼 수도 있었다. 이런 방면으로 천우는 일가견이 있었다.

물론, 얘들이 우물 안을 벗어나지 못한다고 해도 대세에는 전혀 지장을 주지 않는다. 자질이 특출 나지 않다면 범인처럼 살다 가도 그만이었다.

언젠가는 협객이 되겠지?

"시험해 볼 테냐?"

"하라고 하면 못 할 줄 알아. 그 전에 알고는 있어야 할 거야. 난 실전파거든. 삼초 양보 같은 건 바라지도 마!"

"오너라."

"우선 그 개밥 쉰내 나는 말투부터 확실하게 고쳐 줄게!"

적우선은 뼈대 있는 집안의 장손으로서 큰형의 근본 없는 허세에 혀를 찼다. 동년배라 죽이 잘 맞는 천기지만, 냉정하게 실력으로만 본다면 자신이 훨씬 강했다.

왜냐고?

내공을 수련하지 않은 천기와 달리 여의선결을 어릴 때부터 꾸준히 익혔다. 하물며 천기한테도 대접받지 못하는 큰형이 자신을 이길 리 만무했다.

'내 현란한 보법을 보면 귀신이 곡을 하다못해 눈알이 튀어나오겠지!'

가문 제일의 기재는 고모지만, 출가외인이었다. 작금의 적가제일은 자신이 분명했다.

이번 기회에 증조부의 눈에 들어서 여의선결의 극의를 깨치리라.

파파팟!

여의신행(如意神行)을 밟았다.

마치 여의봉처럼 늘었다, 줄었다 어디를 공략해야 할지 정신이 없을 것이다. 천우 형에겐 과분하겠지만, 실전파답게 방심은 하지 않는다. 단숨에 사각을 점해 필살기로 승부를 볼 것이다.

'옆구리에 빡! 끝!'

모든 건 계획대로.

빡!

꿈보다 해몽이 좋았던 걸까?

우선은 옆구리가 아파 왔다. 마치 살과 뼈가 한순간에 숭덩! 날아가 버린 충격이었다.

우웩!

우선은 작년 이맘때 맛있게 먹은 오향장육이 고스란히 튀어나오는 줄 알았다. 휘청이는 신형을 간신히 부여잡은 위기관리를 아주 높게 샀다. 자신이니까 버텼지, 천기였다면 어림도 없는 백절불굴의 정신력이었다.

응?

숙였던 시야를 들어 올렸었다. 우선은 내리찍히는 팔꿈치를 보았다.

'저건 맞으면 죽겠는데!'

그런 생각이 뇌리를 번개처럼 스쳤었다. 위기를 느낀 생존 본능이 발버둥을 치지만, 안타까운 현실과 마주했다.

이상과 현실은 엄연히 달랐다.

뻐억!

머리를 내리친 팔꿈치.

닭 모가지 비틀듯 목이 돌아가지 않은 걸 다행으로 여겨야 할 판이었다. 그나마 고통을 맛보기 전에 의식은 끊어졌다.

안타깝게도 찰나에 불과했다.

내리치는 팔꿈치와 동시에 무릎이 하늘로 솟구쳤다.

퍼억!

가출했던 정신이 되돌아와 고통을 확인한다.

크아아아악!

참고 참았던 고통이 폐부에서부터 솟구치며 공간을 크게 울린다.

휘청, 철퍼덕!

바르르르!

극심한 고통을 인식하지만, 의식은 오락가락하고 있었다. 귓방망이를 정통으로 맞았다. 균형을 잡지 못한 채 고주망태처럼 휘청이다가 바닥을 침대 삼았다.

"실전파치곤 엄살이 심하구나."

……?

엄살이라니!!

지금 사람이 죽어 가고 있다고요!

차라리 의식을 잃었으면 했지만, 위험하다는 경고성이 새해를 알리듯 우선의 뇌리를 연신 타종했다.

"팔다리가 전부 잘린 것도 아니고, 눈도 멀쩡한데. 하나쯤 없어도 괜찮겠지."

"……흐에에엑!"

저절로 알 수 없는 의미의 비명이 터져 나왔다. 진심은 아니겠지, 라는 의심은 불필요했다. 허공을 가리는 그림자는 대가리를 노리고 있었다.

꽈아앙!

쩌저적!

밟힌 족적이 선명했다.

파괴력을 과시하듯 균열이 번졌다.

꿀꺽!

일어서긴 했다.

하나, 보고서 일어섰다기보다는, 살고 싶은 발악에 지나지 않았다. 조금이라도 늦었다면 족적이 아니라 뇌수와 선혈로 끔찍한 광경이 펼쳐졌을 것이다.

"움직임이 확연히 좋아졌군."

"……잠깐…… 크악!"

천우는 진각을 밟은 후, 개구리처럼 튀어 오른 우선의 목을 잡고 바닥에 다시 찍었다.

꾸웩!

바닥에 팽개친 개구리의 최후처럼, 혓바닥을 소처럼 길게 내뺀 채 기절했다.

"다음."

"나도?"

"너도 할 수 있다."

"누가 하고 싶대!"

"말투가 거슬리는구나."

"저는 처음부터 오라버니를 믿고 있었습니다! 그러니 말로 하셔도 충분해요!"

외조부의 기질을 이어받은 건 다른 누구도 아닌 우영인 모양이다.

"천예도 했다."

"……?"

앞으로도 이해가 안 되고, 뒤로도 이해가 안 되는 우영이었다. 대체 뭔 소리를 저리 당당하게 하는 거야?

천예는 동생이잖아.

나도 동생이고.

저벅!

천우가 다가오자, 우영은 치를 떨어야 했다. 저 미친 인간이 진짜로 하려는 것 같았다. 이러다간 자신도 병신 같은 오빠와 같은 처지가 될 수 있었다.

그렇다고 정면 대결로는 승산이 없다는 걸 모르지 않았다.

우영은 배를 부여잡으며 고개를 숙였다.

"오라버니, 갑자기 배가!"

"괜찮으냐?"

천우가 인간미 없이 묻자, 우영은 그 순간을 노렸다. 방심하는 이때 발로 발등을 찍은 후, 눈깔을 노리면 끝!

팡!

휙!

바닥을 찍고, 허공을 찔렀다.

회심의 수가 실패로 돌아간 우영은 망연자실했다. 처음부터 그럴 줄 알았는지, 하나도 통하지 않았다. 혼자 허공에 대고 수작질을 한 꼴이었다.

"이 인정머리 없는 미친…… 까악!"

"나는 하찮은 미물일지언정 방심하진 않는다. 너를 호적수로 대할 뿐이다."

하찮은 미물이라니! 외가는 가족도 아니냐!

우영의 마지막 외침은 소리조차 나지 않았다. 일격, 이격, 삼격을 처맞고 남매는 나란히 누웠다.

제3장
소문

 천우는 청사(廳事)에 앉았다.
 준비된 종복, 가복이 차를 가지고 와서 대령했다. 남의 집에서도 내 집처럼 종복의 의무를 다하고 있었다.
 후륵!
 깊이 우린 녹차를 음미하며.
 이각이 지났다.
 크억, 까악!
 마치 예약된 시간처럼 남매가 동시에 정신을 차리며 비명을 질렀다. 멈춰졌던 고통이 일순간 파도처럼 밀려와 인내력의 임계점을 거침없이 넘어섰다. 애초에 참을성과는 거리가 멀기에 고래고래, 일각 동안 비명을 지르고 나서야 힘이 빠졌다.
 "기막쳤다."

"크아아…… 뭐?"

"까아아…… 뭐요?"

이렇게 소리를 지르다 보면 누구라도 찾아올 줄 알았거늘. 얄팍한 수작 따윈 애초에 통하지 않았다.

괜히 목만 아팠다. 자칫하다가는 의도치 않게 피를 토하며 득음할 뻔했다.

'방금, 기막이라고 했어?'

'오빠가 고수였다고?'

무인의 경지를 정확히 판단할 안목은 없지만, 기막을 치려면 내력의 수발이 원활해야 한다는 것 정도는 알고 있었다. 남매로선 아직은 꿈도 꾸지 못하는 경지였다. 적가장의 여포와 초선으로서 울부짖어 봤자, 현실은 냉혹했다.

"천기와 천예는 지금도 강해지고 있지."

"걔들이 그럴 리가……요!"

"천기는 천하최강을, 천예는 천하제일협객을 노리는 중이다."

"아니, 무슨 그런 얼토당토않은 꿈을 꾼답니까!"

"아닌 것 같으냐?"

"사실이면 너무 불공평하잖아……요!"

대번에 부정하기엔 방구석 대공자란 훌륭한 표본이 있었다. 불과 1년 전만 해도 낯빛도 어둡고, 새하얗던 천우였다. 이제는 그런 모습이 기억나지 않을 환골탈태를 이루었다. 그렇다면 마냥 헛꿈이라고 치부할 수 없었다.

허!

가복은 큰도련님의 수작에 혀를 내둘렀다.

몇 번을 봐도 빠져나가기 힘든 함정의 연속이었다. 그러면서도 거짓을 입에 담진 않았다. 나중에 따지려고 한들, 이공자와 막내 아가씨는 강해지는 중이긴 했다. 실현 가능성과는 별개로 천하최강과 천하제일협객을 노리는 것도 사실이고.

말마따나 꿈은 꿀 수 있잖아.

설령 이루지 못할 미련한 희망 사항일지라도.

"나도 가르쳐 줘…… 주세요!"

"나도 훈련받을 거야……요. 천예만 협객이 되게 할 순 없다고요!"

눈먼 질시와 경쟁이 이렇게나 무섭다. 옆에서 보면 별것도 아닌 잡것들이지만, 당사자에겐 천지개벽할 심각한 문제였다.

하물며 같은 수준도 아니고, 확실하게 아랜 줄 알았는데 위로 치고 올라가 버린다면 참아 내기 힘들었다.

한마디로 배알이 꼴린다.

"약조하면 돌이킬 수가 없다. 너희들이 그만한 근성이 있을지도 모르겠고."

"형이 몰라서 그러는데, 내가 한다면 하는 사람이야……요!"

"나도 근성 없다는 소린 들어 본 적도 없다고……요!"

예상대로 부질없는 자존심이 남아 있었다.

외숙부와 외숙모를 위해서라도 질풍노도가 아닌 질풍효도로 바꾸어야 했다.

"가복아."

"예, 대공자."

모든 일이 그렇듯 계약은 반드시 증거를 남겨야 했다. 상인의 후예로서 계약을 위한 문서를 항시 품에 지니고 있었다. 기본적인 사항을 적어 놓고, 필요시에 새로운 조약을 적을 수 있도록 여유 공간을 남겨 둔다.

-이 계약은 구천기와 구천예를 이겼을 때 해제된다.

-구천기, 구천예와 동일한 수련을 해야 한다.

-계약을 어길 시 위약금 1,000냥을 금자로 지급한다.

설명이 따로 필요 없을 만큼 계약 내용은 간단했다.

우선과 우영은 망설이지 않고 계약서에 수장을 찍었다. 위약금이 걸리긴 하지만, 천기와 천예도 하는 수련이었다. 자신들이 하지 못할 리 없다는 경쟁심이 크게 작용했다.

"이제 어떻게 하면 되는데요?"

"나도 오빠처럼 강해지고 말겠어!"

일방적으로 깨졌음에도 자신감 하나는 천하제일의 남매였다. 본격적으로 수련하면 고수가 될 수 있다고 자신하는 모양이다.

머리는 좋은데 노력하지 않아서 그렇다고 핑계 대는 유형이었다. 현실적인 외숙부와 외숙모에게서 허무맹랑한 남매가 나온 것도 신기했다. 아무리 노력해도 자식을 뜻대로 키우기가 어렵다는 방증이었다.

"준비된 교관은 앞으로."

"존명!"

이럴 때 보면 노련한 군인처럼 한 치의 빈틈없이 제식이 완벽했다. 칼날처럼 예리한 각을 유지한 가복은 하나에 멸악, 둘에 패도를 군더더기 없이 보여 주었다.

……

뭐지?

우선, 우영은 어리둥절했다. 방금 뭘 한 것 같기는 한데, 이걸 대체 뭐라고 해야 할지 갈피를 못 잡았다. 자세와 움직임엔 절도가 있기는 한데.

가복은 괘념치 않았다.

"처음 보면 다들 그렇게 생각합니다만, 그것도 일종의 편견입니다. 하다 보면 적응되고, 달라지는 스스로를 보게 될 겁니다."

"그 꼴 같지도 않은 율동을 우리한테 가르치겠다고?"

"못 믿으시는 거 압니다. 하지만 수련을 받아 보면 저처럼 강해질 수 있습니다."

"이제는 하다 하다 종놈까지 지랄하네. 큰형이 너하고 같은 줄 알아!"

"쯧쯧쯧, 계약서를 똑바로 보지 않으셨네. 거기, 마지막에서 위로 다섯 번째 줄을 보세요. 교관의 말엔 전적으로

복종한다. 어길 시 교관은 언제든 제재 수단을 동원할 수 있다고."

"큰형! 아무리 그래도 이건 아니잖아요!"

우선의 부름에 천우는 대답하지 않고, 자리를 피해 주었다.

자고로 주인은 지시하는 자다. 사사로운 일은 종복이 알아서 하도록 자율권을 주었다.

간혹, 종복이 자율권을 남용할 때만 훈육하면 된다. 옛말에 종복은 보름에 한 번은 패야 한다고 했었다.

"대신, 절 이기면 수련하지 않아도 됩니다."

"야, 멀대! 그 말 반드시 지켜야 할 거야!"

"종복은 자기 분수에 맞게 행동해야 하는 거라고!"

가복은 인신공격에도 전혀 타격을 받지 않았다. 이 시대의 종복에게 이런 일은 비일비재했다. 상대가 어리다고 하여 맘 상하는 순진함은 10년 전에 버렸었다.

다만, 오늘따라 주먹이 아주 매웠다.

빠악, 크억!

빠악, 까악!

가복은 한 손은 뒷짐을 지고, 한 손만 사용했다.

점잖게 타이르듯.

"나는 교관이고, 너흰 훈련생이다. 교관은 하늘이고, 훈련생은 땅이다. 알겠느냐?"

"……몰라!"

"그럴 줄 알았어. 천기도 그랬거든."

"……천기가 네 친구냐…… 크악!"

천기와 천예가 옆에 있었다면 함부로 나불대지 않았을 텐데, 우선과 우영은 매를 벌었다.

매 앞에 장사 없다는 건 만고불변의 진리였다.

"……교관님!"

"진정성이 없어."

"……이 미친놈이 가지가지 하고 있어!"

"나는 너희들을 알아."

"……알긴 뭘 알아!"

누가 일각은 여삼추라고 했어!

1만 년 같았다.

"하나."

"멸악!"

"둘."

"패도!"

구가장의 명물이 적가장에도 나타났다.

처음에는 얼굴이 팔려서 낯을 못 들고 다녔지만, 하다 보니 이제는 그딴 것에 신경을 쓰지 못한다.

장난 같은 율동이 막상 해 보면 그 어떤 훈련보다 혹독했다.

마냥 힘들기만 한 훈련은 혹사지만, 근육의 성장과 뼈대를 강화하는 데 이보다 효과적인 훈련도 드물었다.

수련이 되는 만큼, 고통의 수반은 당연했다.

피, 땀, 눈물의 향연이었다.

동시에 철면을 얻을 수 있었다.

이제 어지간한 일에는 치욕을 느끼지 않는 철면피가 될 수 있었다.

무인으로서 살아남으려면 수단과 방식을 가려선 안 된다. 체면과 자존심은 단명의 지름길이었다. 어떻게든 살아남아야 다음을 기약할 수 있는 법이다.

"우선 훈련생, 지금 옆에 봤나?"

"보긴 뭘 봐!"

"어허, 방금 교관에게 반말을 지껄인 것이냐?"

"아무리 그래도 넌 종복…… 크악!"

"훈련 시간 동안 나는 교관이다. 그래, 안 그래?"

"그렇습니다!"

천기, 천예를 교보재로 삼은 가복은 일절 실수 없이 우선, 우영을 다그쳤다. 주변의 시선 따위는 아랑곳하지 않았다. 되레 보는 사람들이 민망해서 고개를 들지 못하게 했다.

저 사람이 우리 집안의 도련님이다.

저 사람이 우리 집안의 아가씨다.

라고 누구도 당당하게 밝히지 못했다. 차라리 남의 도련님과 아가씨였으면 하는 바람이었다.

음.

모처럼 바람이라도 쐬러 나왔던 외숙부도 힐끗 보다가 눈이 마주칠까, 집으로 들어가 버렸다.

저 애들이 내 자식이다, 라고 당당히 말할 자신이 없었던 것이다. 부모와 자식 관계마저도 어색하게 만드는 경이로운 훈련이었다.

헐.

적만성은 증손주들의 훈련에 말문이 막혔다.

무공이란 남에게 보여 주는 것이 아니라, 개인의 수양에 있다고 가르쳤었다. 언제든 보여주기식을 벗어나 진정으로 본인에게 맞는 수련을 해야 한다고 했다.

여의선결의 가르침을 항시 마음에 품고 있었으나, 저걸 보고 있자니 보여 주는 것도 중요하단 걸 깨닫는다. 남을 의식하지 않으려고 해도, 저절로 시선이 가고 있었다.

"저런 건 도대체 어디서 배운 것이냐? 서장이나 천축이더냐? 혹은, 동영?"

"참고는 했지만, 제 독자적인 수련법입니다. 범재를 가르치기엔 이만한 수련법도 없지요."

수련법에 자부심을 느끼는 것 같아서 골치가 아프다. 적만성은 차라리 서장이나 천축의 독창적인 수련법이기를 바란다.

"그렇다고 해도 저런 괴상망측한 걸 가르쳐!!"

"지금의 저를 만든 훈련입니다."

자기도 해 봤다고 하니, 적만성은 차마 더는 묻지 못했다.

'마냥 무시할 수도 없겠지.'

적만성은 훈련의 진의를 꿰뚫어 보았다.

가문의 망신이라기엔 외공의 기본 정수가 담긴 내력과 합일을 위한 최적화된 훈련이었다.

하체만 단련되는 마보를 개선하고, 상·하체의 균형을 유지하는 여의선결의 순응, 균형, 조화와도 일맥상통한다.

'인정…할 수밖에는 없군은, 개뿔!'

가내에서만 해도 되는데, 왜 적가장을 돌고 난리냐고?

그런데도 만류하지 못하는 것은 이유가 참 그럴듯하기 때문이다.

무림에선 체면보다 호신이 먼저다.

범은 죽어서 가죽을 남기고, 호랑이는 죽어서 이름을 남긴다지만, 죽은 사람에겐 전부 부질없는 소리였다.

내가 죽고 사라졌는데, 이후에 어찌 되든 무슨 상관이랴. 살아서 욕을 먹지 않을 인심이면 족했다.

'차마 권유하고 싶진 않구나.'

적만성은 천우의 훈련을 차용하면서도 최대한 수치스럽지 않은 수련법을 창안하기로 다짐했다. 저런 식의 훈련을 고집하다가 누구한테 배웠냐고 했을 때, 본인 이름이 나온다면 다시 동굴로 돌아가고 싶어질 테니.

"내 방식대로 바꾸어도 되겠느냐?"

"가문의 훈련은 외증조부께 맡기겠습니다."

적만성은 안도의 한숨을 속으로 내쉬었다. 이놈이 싫다고 고집을 부리면 반박할 수단이 떠오르지 않았다.

"저놈은 아주 쓸 만하구나. 벌을 주기에도 용이하고."

"훈련에 필요하다면 언제든지 빌려 드리겠습니다."

적만성은 천우만큼이나 가복에게도 놀라고 있었다.

저와 같은 균형 잡힌 내외력을 1년도 안 돼서 만들었다면 범상치 않은 자질이었다. 실제로 증손주들보다 훈련의 난이도가 높은데도 별다른 어려움 없이 수행했다.

"외력은 그렇다 치고, 영약이라도 먹인 게냐?"

"영약을 취하진 않았습니다. 폭주시킨 내력으로 외력을 자극해 균형을 맞추었을 뿐입니다."

"그러다 균형이 안 맞으면?"

"폭주의 말로는 아시지 않습니까?"

"저놈은 그걸 알고 있는 거냐?"

"압니다."

"그런데 어떻게?"

"무인이 되려면 그만한 각오는 있어야지요. 저는 그렇게 해 왔습니다."

말이 좋아 훈련이지, 조금만 어긋나면 육체가 견디지 못한다. 그걸 아무렇지 않게 사용한 천우의 각오에 적만성은 헛바람을 삼켜야 했다.

"저 아이들이 그 정도의 무인이 될 수 있다고 보는 것이냐?"

"아니요."

"훈련을 한다면 성과가 나오기는…… 아니라고? 그런데 왜?"

"재능이 없어도, 수련할 순 있지요."

"애초에 기대를 안 하는구나."

"그렇습니다."

천우의 지독히도 냉혹한 판단에 적만성은 한숨이 절로 나왔다. 자질이 부족하더라도 노력하면 대성할 수 있다고 해야 마땅하나, 현실이 어디 그런가.

개천에서 용이 나고, 밑바닥에서 절대경의 무인이 탄생할 순 있다.

그러나 가능성을 본다면 뛰어난 자질, 훌륭한 배경, 절대의 신공이 갖추어졌을 때 절대경이 탄생할 수 있었다.

하물며 절대경이 아닌, 화경과 초절정만 해도 자질이 뒷받침되지 않으면 오르지 못하는 경우가 허다하다.

사람의 가능성을 미리부터 재단하는 것만큼 어리석은 것도 없다 하나, 자질은 경지를 가늠하는 가장 확실한 잣대임을 부정하지 못한다.

적만성이 보기에도 증손주의 자질은 많이 쳐줘 봐야 범인보다 조금 더 나은 정도에 불과했다.

밝힐 수 없는 조상의 근본, 농사에나 어울릴 법하다. 그 시절에 태어났으면 소작농으로서 열심히 살아갔을 텐데. 따지고 보면 돼지 목에 진주를 안겨 준 격이었다.

'내가 그걸 따질 처지는 아니구나.'

부족하긴 해도 가르치면 성과를 낼 수 있다고 주장한들, 자신의 과거를 돌이켜 보면 자승자박에 지나지 않았다. 아들의 부족함에 실망했고, 손녀의 선택에 지쳐서 가문을 등지듯 도망쳐 우화등선에 목을 맸었다.

 답답한 현실을 극복하기는커녕 외면한 주제에 그런 말을 어떻게 한단 말인가.

 "굳이 강호에 나서지 않아도, 현실을 깨닫겠지요. 조만간 호신이나 하며 무병장수하는 편이 낫다고 생각할 겁니다."

 "저 애들이 그걸 바라겠느냐?"

 "세상은 바란다고 해서 이룰 수 있는 곳이 아니라는 걸 아시지 않습니까?"

 "그러는 네놈은?"

 "저는 원하는 걸 위해서라면 무엇이든 합니다."

 천우의 무심함 속에 담긴 패도는 일반적이지 않았다. 쌓이고, 쌓인 무시무시한 독기가 전해졌다.

 허!

 적만성은 심신을 짓누르는 오싹한 전율에 소름이 돋았다. 절대경에 들어서면서 의념으로 공간을 제어할 수 있거늘. 그런데도 마주한 천우의 패도를 재단하지 못했다.

 "너는 자질이 부족해도 결국엔 될 놈이구나!"

 "그렇습니다."

 허!

겸손이라고는 일절 보이지 않는다. 이만한 나이 때는 자신감이 변질되어 오만이 되기도 하나. 외증손에겐 이보다 더 어울리는 건 없을 것 같았다. 마치 그러한 태도가 제 옷을 입은 듯 딱 맞았다.

"하나, 사람의 재능을 함부로 재단해선 안 되느니라."

"그럼에도 재능 있는 자가 경지에 오를 가능성이 높지요."

"재능만 있고, 신의가 없다면 결국엔 어찌 되겠느냐? 무공 이전에 사람이 되어야지."

"외증조부님의 말씀이 옳습니다."

"하아! 아주 그냥 내 머리 꼭대기에서 노는구나."

외증손의 수작이 분명함에도 적만성은 차마 받아들이지 않을 수 없었다. 자질이 부족하다고 포기한다면 혈육의 바람을 외면한 매정한 어른이 된다.

하나에 멸악, 둘에 패도!

저 구호처럼.

아이들은 강호의 명망 높은 고수가 되기를 바라나, 냉혹하게도 현실과 이상은 엄연히 다르다. 이대로는 허망하게 목숨을 잃거나, 실패하고 현실에 절망할 터. 그것도 아니라면 밖으로 나가지도 못한 채 좌절하겠지.

그걸 뻔히 알면서도 지켜보라고?

이놈은 말하고 있었다.

가만히 있을 수 있냐고?

자기 손으로 후손의 창창한 미래를 만들어 보지 않겠느

냐고.

협박이나 다름이 없었다.

"제 종복을 넘어설 수 있겠습니까?"

"……지독한 놈이로다."

자기는 재능 있는 놈을 가르치고선 범인으로서 능가할 수 있냐고 묻는다.

일반적으론 불가능하나, 여의패도결을 깨치면서 인간의 잠재력을 다시 살펴보게 되었다. 새로운 심득을 지금 재정립하는 중이다. 중간에 시행착오가 생겨 나중으로 미룰까, 고민하고 있었거늘. 이제는 그럴 수가 없게 되었다.

"가문을 위한 일입니다."

"말이라도 못하면, 밉지나 않지."

"제게 고마워하시지 않습니까?"

"이제 와 묻는 것도 이상한데, 혹시 독심술도 익혔느냐?"

"그렇진 않습니다."

적만성은 1년 사이에 천우에게 무슨 일이 있었는지 궁금했다. 사람이 갑자기 변하면 죽는다고 하는데, 대오각성이라도 한 것이더냐?

'가르쳐 주지 않아도, 배우지 않아도 스스로 깨닫는 천성이 있다고는 하나…….'

천우의 무위는 스스로 얻었다고 하기엔 그 깊이가 남다르다. 오랜 세월 쌓고, 부수고를 무수히 반복한 순도 높은 결정처럼 굳건했다.
 '도통 모르겠군.'
 외증손에 대해서 알아 갈수록 오리무중이었다. 방구석 대공자로 불렸던 것도 믿을 수가 없고.

 토지에 대한 소유권은 처음부터 꼼꼼하게 처리해야 한다. 대충 유야무야 적당히 넘어갔다간 나중에 얼마든지 발목을 잡힐 수 있다.
 그러나 토지 정리란 게 생각처럼 간단하진 않았다. 세월이 흐르면서 토지의 기준이 달라지고, 대장의 면적도 변한다. 나라가 바뀔 때마다 도량형이 제각각인 점도 있었다.
 다만, 국호가 달라져도 특별히 문제가 없다면 과거의 문서를 현령의 허락을 받아 직인을 찍으면 인정을 해 주는 편이다. 또한, 현령이 바뀌더라도 관례처럼 허용했다.
 그것이 문제다.
 관례란 과거에서 현재까지 이어진 관습이다. 하지만 법적으로 확실하게 명시를 해야 한다면 얘기가 달라진다.
 귀에 걸면 귀걸이, 코에 걸면 코걸이란 속어가 괜히 나오지 않았다. 지금까지는 허용되었을지 몰라도, 현재의 도량형으론 맞지 않는 부분이 있었다.
 통상적으론 이런 사소한 문제까지 걸고넘어지진 않는 편이다. 척도가 맞지 않은 부분만 허물거나, 우회해서 지으면 그만이기 때문이다.

하나, 적가장 내 조상의 위패를 모시는 사당이 토지대장과 관의 장부를 비교하니 달랐다.

현령이 이를 문제 삼았다.

건물을 허물고, 그간 내지 않았던 세금을 내라고 공문을 보내왔다. 그럴 수 없다면 토지를 사라고 했다.

그 비용이 적지 않았다.

관례상 10년 내외로 세를 물게 되어 있지만, 100년으로 명시되어 있었다. 하나, 불합리함을 따지기엔 법적으로 불리했다. 기간은 현령의 직권으로 정하라고 표기되어 있기 때문이다.

억울할 수도 있지만, 적가장은 300년 이상 이 자리에 있었다. 삼분지 일로 줄여 주었다고 공문에 적혀 있으니 어이가 없을 지경이다.

관원이 공문을 전달하고, 하루 뒤 송화문에서 무인이 찾아왔다. 그는 상자를 열어서 균열이 가고, 파편이 생긴 다기를 꺼냈다.

"검수를 마치고 판 물건입니다. 그때 당시 같이 있었던 현령께서도 괜찮다고 하셨습니다."

"혹시 본문과 현령님이 짜고 거짓으로 책임을 묻고 있다는 겁니까?"

"이미 판 물건입니다. 다기의 주인은 송화문이니, 본가의 책임은 아닙니다."

"불량품을 팔고도 뻔뻔하군요. 근본이 없어서 그러나,

도공으로서의 자부심도 없소?"
 분명한 억지였다.
 적가장은 대량의 도기를 팔지 않는다. 보통은 만들어 놓은 소량을 내놓고, 손님이 맘에 들면 사도록 했다. 주문 제작한 도기는 극히 일부였다.
 적천후는 물건을 팔 때마다 손님 앞에서 검수하고, 확인 문서를 받아 놓았다. 설령 물건에 불량이 생기더라도, 이런 경우는 손님의 책임이었다.
 문제는 그날 현령이 직접 괜찮다고 하는 바람에 확인 문서를 받지 못했다는 것이다.
 더욱이 송화문은 현 내에서 세력을 과시하는 문파였다. 여러 이권 사업을 벌이고, 관과도 밀접한 관련이 있었다. 때마침 내려온 관의 공문만 봐도 의도가 뻔히 보였다.
 "어찌하길 바라는 겁니까?"
 "불량품을 팔았으면 합당한 위로금과 새 제품을 만들어 주는 것이 인지상정이 아니겠습니까?"
 위로금이라고 하기엔 판 물건의 10배나 되었다. 그런데도 새 제품으로 다시 만들어 달라고 했다. 대놓고 물건만 빼앗지 않았지, 날강도나 다름이 없었다.
 "현령께서도 이 문제에 관해서 관심을 기울이고 있더군요. 아끼는 찻잔이 불량품이면 얼마나 서운하시겠습니까."
 "준비할 말미를 주십시오."
 "오래는 못 기다립니다."

현 내에서 장사를 계속하고 싶으면 위약금을 내라는 엄포였다. 다른 곳으로 가서 장사하겠다면 말리지 않겠지만, 관과 송화문이 짜고 이런 식으로 나온 이상 물건을 파는 것 자체가 불가능했다. 적금상단을 통해 도기를 판다고 해도, 어떤 해코지를 할지 알 수 없었다.

송화문의 무인이 떠났다.

허!

적천후는 어이가 없어서 실소가 터져 나올 뻔했다.

별다른 소문은 아니었다. 이제부터 도기 생산을 늘리고, 확장하겠다고 했을 뿐이다. 그런데 마치 이때를 기다렸다는 듯 먹잇감을 노리는 살쾡이처럼 달려들어 물어뜯고 있었다.

"어떻게 안 것이냐?"

"도기를 보니 답이 나오더군요."

"엎드려서 절 받는 심정이구나."

"그만큼 훌륭합니다."

알음알음 알려진 적천후의 도공은 능히 장인으로 불려도 손색이 없었다. 색다르면서도 균형적인 미각이 특히 빼어났다.

천우는 도기에 여의선결이 사용되었음을 파악했다. 균형을 통한 조화에 특출 난 기법이 섞여 오묘한 미를 풍겼다. 새롭고 독창적이면서도 정석의 도기가 가진 중후함이 있었다.

일확천금의 재능이 탐이 나지 않는다면 거짓말이었다.

"처음부터 적가장을 노리고 있었구나."

"규모와 거래처를 늘리게 되면 손을 쓰기가 번거롭다고 본 겁니다."

소량으로 판매할 때와 달리 규모가 늘게 되면 변수가 발생할 수밖에 없다. 자신들만 노린다고 하기엔 도기가 워낙 매력적이었다. 그 전에 어떻게든 손안에 두려고 계획을 세워 놓았을 테고. 그런 와중에 소문이 났으니 조급해질 수밖에.

"취미로만 할 걸 그랬군."

"그러기엔 이 특유의 기법과 유약의 비율, 굽는 시간까지도 지나치게 독창적입니다."

"칭찬이 아니라 뼈를 때리는구나."

"적당히 타협했으면 번거로운 일은 없었을 겁니다."

세상은 모난 돌을 가만히 두지 않는다. 같이 하지 않으면 어떻게든 다듬어 놓으려고 한다. 그마저도 안 된다면 완전히 부수는 것이 인간이다. 황금 알을 낳는 거위의 배를 가르는 것만 봐도 알 수 있는 대목이었다.

"이제부터 어떻게 하면 되느냐?"

"뼈대 있는 가문을 지키셔야지요. 그간 쌓아 놓은 공덕이 있으시니 어렵진 않을 겁니다."

"그만하거라. 이 할아비의 얼굴이 닳아 없어지기를 바라는 것이더냐!"

"탄로 나기 전에 끝날 테니, 심려하지 않으셔도 됩니다."

적가장의 연원을 아는 사람은 현재로선 없다. 그러나 시간을 두고 조사를 한다면 찾아낼 수는 있었다. 그런 와중 소문이 돌아 상대적으로 다급하게 돌아가는 형국이었다. 저들로선 미처 그 부분까지는 고려하지 못했을 수도 있었다.

'평소에 대체 무슨 생각으로 사는 게냐?'

적천후는 이 모든 사태가 우연이 아님을 알수록 천우의 심계에 놀람을 감추지 못했다. 무위만 해도 믿지 못할 일이거늘, 한순간에 아예 다른 사람이 되어 있었다.

한편으로 사람을 잘못 봤다는 자책감이 들었다. 현령과 송화문이 이리 나올 줄 꿈에도 몰랐다. 맘에는 들지 않았지만, 원만한 관계를 위해서 적지 않은 선물을 바쳤었다. 그걸로 족할 줄 알았다. 욕심에 물든 인간의 몰염치함을 간과한 불찰이었다.

"그런데 꼭 그리해야 하느냐?"

"그래야 후환이 없습니다."

외손주의 냉혹함에 적천후는 헛바람을 삼켜야 했다.

'령아, 애를 대체 어떻게 키운 것이냐?'

교육이 훌륭하다고 하기엔 바늘로 찔러도 피 한 방울 흐르지 않을 무심함이었다. 그렇다고 무작정 딸을 탓하기엔 외손주의 성취가 실로 놀라웠다. 모든 걸 다 가지려고 한다면 과욕이었다.

'융통성이 없는 것 같으면서도 있는 건 또 뭐지?'

달라진 천우를 보고 있으면 부러지지 않을 철벽 기둥처럼 흔들림이 없었다. 한데, 상황에서 따라서 자신을 숨길 줄도 알고, 계략도 쓸 줄 알았다. 오해로 인한 선입견까지도 효율적으로 이용하고 있었다.

"본가에선 지원할 수 없다고 하겠습니다."
"하아, 팔자에도 없는 광대 짓을 하게 생겼구나."
"제 훈련법으로 적가장을 한번 도시겠습니까?"
"……광대 짓 할 수 있지, 얼마든지!"

도약만세삼창의 위력이었다.
내향성이 강한 사람에겐 즉효였다.

위약금을 마련하기 위해 적가장주가 동분서주하고 있다는 소문이 돌았다.

그럼에도 허탕을 친 적가장주는 마지못해 사위에게도 손을 벌렸다. 적금상단에선 상품 개발과 거래처 확보로 지금 당장 빌려줄 수 없다고 했었다.

적가장으로선 무척이나 난처한 상황이었다.

그런 데다 관에서는 그간 납부하지 않은 세를 내라고 독촉하는 형국이었다. 이대로라면 적가장을 팔아야 할 판인데, 적천후는 조상 대대로 이어 온 뼈대 있는 가문을 팔 수 없다며 버티는 중이었다. 시일이 늦어질수록 이자가 늘고 있어 현명하지 못한 선택이 되었다.

저벅, 저벅!

세 명의 사내가 걸어가고 있었다.

걸음이 불편해 보이는 노인이 중심이었다. 얼굴을 뒤덮은 주름에 세월의 풍파가 느껴져 적지 않은 연륜을 풍겼다. 곁을 따르는 중년인들도 고된 세월이 보였다.

"이제 끝난 거나 마찬가집니다."

"아무렴요, 여기서 뭘 더 할 수 있겠습니까?"

"마지막일수록 신중해야 하는 법일세. 하물며 적가장은 무가지 않나."

"직계 전승은 요즘 도공도 하지 않습니다."

그들은 적가장을 대단하게 여기지 않았다. 무공을 익혔다고 해도, 사장되기 쉬운 직계 전승일 뿐. 그리 대단한 무가였다면 사천 전역에 명성이 자자해야 했다. 또한, 송화문의 위세에도 쩔쩔매진 않았을 것이다.

"적가장주는 몰라도 그 딸은 익히 알려지지 않았나."

"크흠! 출가외인이 아닙니까."

적가장의 명물은 다른 누구도 아닌, 적이령이었다. 지금이야 성질을 죽여서 그렇지, 북천현에서 그녀를 모르면 세작이란 말이 있을 정도였다.

북천제일미, 현 내 제일로 불리면서 온갖 사내들의 시선을 끌었었다. 항간에는 송화문의 큰아들도 적이령을 노렸다는 풍문이 돌았었다. 그래서 이번 일에 더더욱 적극적으로 나왔을 수도 있었다.

"말조심들 하게, 작은 구설이라도 나오면 곤란해."

"그토록 애지중지하는 가문을 지키려면 우리와 손을 잡는 것이 최선입니다."

"그놈의 가문이 뭐기에, 참으로 멍청한 작자가 아닙니까!"

"도공이라면 그만한 자부심은 있어야지."

노인은 적가장주의 고지식하지만 우직한 품성을 인정했다. 가문에 정성을 쏟는 만큼, 도공으로서 자존심을 지킬 테니 말이다.

'그럴수록 빠져나가기가 힘들지.'

적가장 앞에 도착했다.

"북천도방에서 왔네."

"이리로 오시지요."

북천현은 농산물이 전부라 특산물은 손에 꼽혔고, 도기가 그나마 잘 팔리는 축에 속했다. 개인이 도기를 제작해서 팔기에는 여러 문제가 있어 도공들이 연합체를 만들었고, 그것이 북천도방이었다.

꼬장꼬장해 보이는 노인이 북천도방의 방주 조목승이었다.

일방의 방주라면 대단한 위치처럼 보이나, 실상 세가나 대문파가 아닌 이상 그 정도의 권세를 가지진 않았다. 설령 그만한 힘과 자금이 있다고 해도 감추는 편이 이득이었다.

그들은 적가장의 장주실로 안내를 받았다.

조목승은 뒷짐을 지며 여유롭게 장주실로 들어섰다.
응?
장주실에 적천후만 있지 않고 웬 청년이 앉아 있었다.
조용히 협상하려고 했는데, 방해꾼이 있으니 편치는 않았다. 고집이 담긴 주름에 힘이 실렸다.
"선객이 있었군."
"잠시만 기다려 주시면 안 되겠습니까?"
"지금은 그럴 때가 아닐 텐데."
"잠시면 됩니다."
"정 그렇다면 먼저 하시게."
조목승은 안달하지 않았다. 여기까지 와 준 것만으로도 적천후는 고마워해야 했다. 자리에서 일어나서 정중히 예를 차려도 부족할진대, 손님 접대가 형편없었다. 차후의 불이익을 자초했으니, 자신을 원망해선 안 되었다.
"500냥도 외조부라서 봐 드린 겁니다."
"본가는 유구한 역사와 전통을 자랑하는 명문이란다. 최소한 600냥은 받아야겠다."
"빚이 늘어서 좋을 건 없을 텐데요, 이러는 연유가 뭡니까?"
"본가의 가치를 훼손한다면 조상님을 뵐 면목이 없지 않느냐. 그분들이 쌓아 올린 가치만큼은 받아야겠다."
천우는 의심스러운 눈초리로 의중을 추궁했지만, 외조부는 한사코 가문의 역사와 긍지를 내세웠다.

음.

 밖으로 나가서 느긋하게 기다리려고 했던 조목승과 도공들은 신속히 자리에 앉았다. 돌아가는 흐름이 예상과는 달랐기 때문이다.

 소문으론 적금상단에서 더는 여력이 없다고 했었다. 더욱이 적천후의 반응을 보면 갚을 방도가 있는 게 분명하다. 그렇지 않고서야 저리 많이 빌리진 않을 테고.

 "적금상단은 예산이 없다고 하지 않았느냐?"

 "노인네가 예의가 없군. 방금 밖에서 기다린다고 하지 않았나?"

 "이놈이, 내가 누군 줄 알고…… 음!"

 천우의 눈과 마주한 조목승과 도공들은 목공 인형처럼 굳어지며 입이 떨어지지 않았다. 한 마디만 더 해도 짓눌린 채 부서져 버릴 것만 같았다.

 사위를 장악한 천우가 물었다.

 "누구지?"

 "……북천도방의 방주 조목승입니다!"

 "외조부와 대화 중이니 예의를 지키도록."

 "너그러운 아량에 감사드립니다!"

 조목승과 도공들은 앉은 자리에서 일어나서 급히 예의를 차렸다. 그렇게라도 하지 않으면 다시는 회복하지 못할 것 같은 위압감이었다.

 '아니, 이게 무슨?'

저 꼬장꼬장한 노인네가 저러는 걸 본 적이 없었던 적천후였다. 솔직히 무공도 익히지 않은 노인네가 무슨 배짱으로 자신을 그리 대하는지 이해가 되진 않았다.

그러나 가진 배경과 상황을 빌미로 사람을 압박하는 데 일가견이 있는 자였다. 저 수를 알 수 없는 주름으로 얼마나 사람을 달달 볶던지.

고지식하고, 욕심 많은 북천도방의 저자세에 적천후는 만감이 교차했다. 자신도 힘으로만 한다면 얼마든지 그럴 수 있겠지만, 눈빛만으로 저러는 건 좀.

외조부의 의아함과 달리, 천우에겐 당연했다.

패황의 멸악천리안과 패기를 마주하고도 멀쩡하긴 힘들었다. 멸악천리안을 조절했기에 망정이지, 아니었으면 조목승과 도공들은 백치가 되었을 것이다.

"무슨 일로 왔지?"

"……적가장이 곤란하다고 하여 자금을 융통해 주려고 왔습니다!"

"얼마나?"

"그것이…… 200냥입니다!"

"나를 농락하는 건가?"

"800냥으로 하겠습니다!"

천우는 답하지 않고 무심히 보기만 했다. 멸악천리안이 저들의 뇌리를 파고들어 진실을 고백하라고 강요하고 있었다.

"……1,000냥으로 하겠습니다!"

"무리하는군."

"……아닙니다! 대협의 말씀대로 유구한 역사와 전통을 자랑하는 적가장이 아닙니까? 가문을 위하는 장주라면 반드시 갚을 수 있을 겁니다!"

"그렇겠지."

원만한 협상이 되어 버렸다.

적천후는 입을 터억! 벌린 채 말을 잇지 못했다. 이게 되네, 그런 표정이었다. 솔직히 천우의 말을 들었을 때 긴가민가했었다. 저들이 바보도 아니고, 그걸 믿을 것 같지 않았다.

"계약 사항과 담보는?"

"적가장에서 만든 물건을 북천도방으로 하고, 7할을 가져가기로 했습니다. 계약이 이행되지 않으면 적가장을 담보로 하기로 했습니다."

"곤란하군."

"대협께서 원하신다면 저희는 무조건 빠지겠습니다! 전부 알아서 하십시오!"

"나를 몰염치한 자로 만들려는 속셈인가? 계약은 당사자인 외조부께서 하실 일이다."

"……아무렴요, 뭐든지 따르겠습니다!"

"외조부님, 부디 현명한 결정을 부탁드립니다."

적천후는 어이가 없는 표정을 지었다. 이따위로 계약이

성사돼도 되는 것인지 의문이 들었다. 여하튼 계약 내용이 너무 좋아서 입이 귀에 걸릴 뻔한 걸 간신히 참아 냈다.

"북천도방과 계약하겠다."

"아버지의 반대를 무릅쓰고서라도 어머니가 걱정되어 찾아온 저입니다. 사람 마음이 여반장이긴 하나, 외조부께서 이리 나오실 줄은 몰랐습니다."

"네 갸륵한 마음은 안다만, 공과 사는 구분해야 하는 법이 아니겠느냐."

"손자로선 서운한 결정입니다. 하지만 상인으로선 현명한 판단이군요."

천우는 물러선 후에도 계약이 끝날 때까지 자리를 지켰다. 예의를 지키는 것 같지만, 실은 계약이 계획대로 진행이 되는지를 확인하기 위해서였다.

"가 봐."

"……감사합니다!"

처음 왔을 때 보였던 조목승과 도공들의 기고만장함은 찾아볼 수 없었다.

그들은 한시라도 빨리 이 자리에서 벗어나고 싶은 마음이었다.

다다다!

천우의 허락이 떨어지기가 무섭게 누가 먼저랄 것도 없이 장주실을 뛰어나갔다. 다리를 절뚝이던 조목승도 신속한 발걸음이었다.

허!

이 일련의 상황들이 꿈처럼 다가왔다. 저 인간들이 저럴 리가 없기에 더더욱 비현실적으로 다가왔다.

"혹, 사술은 아니겠지?"

"멸악패도의 공명정대한 패기를 사술로 치부하신다면 곤란합니다."

"사술이 아닌데도 저런다고?"

"보여 드리겠습니다."

"천우야, 나도 명색이 무인인데 일반인과 같은 취급…… 큭!"

모르고 당한 것과 알고 당한 것의 차이가 있어야 하거늘.

적천후는 감히 외손주를 바라볼 엄두가 나지 않았다. 뇌리를 꿰뚫고 들어와 심상을 장악해 버렸다.

"외조부님, 개인 비자금은 어디 있습니까?"

"장롱 아래…… 안…… 돼!"

"비고에는 비자금 말고 또 뭐가 있습니까?"

"새로 나온 춘화도…… 안 된다!"

나이가 들어도 청춘이었던 적천후는 후회했다.

하지 않아도 될 일을 해서 긁어 부스럼을 만들었다. 아내가 이 사실을 알면 자신을 가만두지 않을 거다.

만날 돈 없다고 징징거렸는데.

"외조모께 숨기는 비밀이 있습니까?"

"……야, 인마! 선 넘지 마라!"

"대단하십니다. 이제부턴 본격적으로 가겠습니다."
"……천우야, 제발!"
"농담입니다."
이놈의 외손주 새끼!
농담도 아주 살벌하게 하는구나!

제4장
야반도주

 그들은 적가장을 황급히 빠져나왔다. 다시는 돌아가고 싶지 않은, 진절머리 나는 발걸음이었다.
 적가장과 어느 정도 거리를 벌리고 나서야 정신이 돌아왔다. 조목승과 도공들은 귀신에 홀린 기분이었다.
 돌이켜 보면 이의를 제기하기는커녕 두서없이 '예예!'를 반복했었다. 눈 뜨고 코 베였다고 해도 과언이 아니다.
 "우리가 도대체 무슨 짓을 한 거지?"
 "저희도 잘 모르겠습니다!"
 "이러다가 잘못되는 거 아닙니까?"
 서둘러 계약서를 확인해 보는 조목승과 도공들이었다.
 다른 거 다 떠나서 계약에 명시된 금액에 마른침을 삼켰다. 적지 않은 액수였다. 그렇다고 지불하지 않으면 위약금이 만만치 않았다.

"사술에 당하지 않고서야 이토록 얼토당토않은 계약을 할 리가 없지 않나?"

"사술이라고 하기엔 좀."

그들은 차마 쫄아서 그랬다고는 말 못 했다. 그걸 떠나서 적금상단의 개입으로 시작부터 꼬였고, 기세에서 밀려 시종일관 끌려다녔다. 따지고 보면 자기 꾀에 넘어간 형국이라, 이제 와 따져 물은들 꼴만 우스워진다.

"그놈은 대체 뭐지?"

"이제야 생각이 납니다. 근자에 사천에서 새로운 신성이 나왔다더군요. 의룡이라고, 아무래도 그자가 아닐는지요."

"그딴 놈이 의룡이라고?"

"소문이 언제 실제와 같은 적이 있었습니까? 자기들 딴에는 정도를 따른다지만 무인이란 으레 무뢰배 같은 족속들이지 않습니까!"

"함부로 사술이라고 떠벌리진 말게."

놈이 진정 의룡이라면 사술을 걸고넘어질 순 없다. 만약 그랬다간 정도의 신성을 의심한 것이 된다.

백도의 대문파, 명문세가, 명성 높은 무인도 아닌 일개 도공이 의룡을 의심하고 나서 봐라. 정도 무림이 가만히 있겠는가. 저들은 자존심을 지키기 위해서라도 북천도방을 갈가리 찢어 놓을 수도 있었다.

범인의 잣대로 무림인의 습성을 이해하면 안 되었다. 그들의 자존심은 때론 이해 불가한 행위를 당연시하곤 했다.

무엇보다 정도를 표방한 이상 의룡이 사술을 사용할 이유가 전혀 없었다. 설령 사용했다고 해도 흔적이 남을 짓을 대놓고 하겠는가.

송화문도 간판은 정도 문파기에 의룡에 대한 의심은 위험했다. 흘러가는 양상을 보면 언제든 발을 빼도 이상하지 않았다.

"그렇다고 해도 이만한 금액을 내어 준다면 도공들이 반발할지도 모릅니다."

"자네들이 보기에 적가장주가 가문을 버리겠는가?"

"아, 그렇군요. 하여간 그놈의 뼈대 있는 가문이 뭔지, 원."

적가장을 담보한 액수가 만만치 않기는 해도, 적가장주는 가문을 버릴 위인이 절대 아니다. 하물며 그가 가진 도공으로서의 기술은 놀라운 경지였다.

인정하고 싶지는 않으나, 하늘이 내린 도공이 아닐 수 없다. 그가 도기를 빚어낼수록 북천도방의 위상은 높아질 것이다. 어떻게든 적가장주를 도방 소속으로 해야 했다.

'결국, 조상 때문에 망하는 게지. 쯧쯧쯧!'

소작농이라니까.

늦은 밤.

세상이 잠에 취해 있는 시각이었다. 먹구름이 어둠과 합심해 더욱 야심했다.

덜덜덜!

오체투지를 하다 상체만 겨우 세운 채 벌벌 떠는 중년인.

주르륵, 주르륵!

배에 기름이 덕지덕지 끼어 자세를 유지하는 데만도 막대한 심력과 비지땀을 흘려야 했다. 그러나 흘러내린 땀은 차갑게 식어 버린 지 오래였다.

스륵!

천우는 주인의 의자에 앉아 느긋하게 책자를 넘기고 있었다. 길지 않은 시간, 중년인에겐 억만년처럼 다가왔다. 질식할 것 같은 숨 막히는 고통이 자리했다.

"뇌물을 꽤 받았군."

"……뇌물이라니요? 당치도 않습니다. 그저 도의적인 관례상 받은 것뿐입니다!"

"관례치곤 꼼꼼히도 적어 놨군. 보기가 아주 좋아. 누가 봐도 좋겠지?"

"제발, 그것만은!!"

중년인은 북천현의 현령, 고원후였다.

그는 중앙 요직으로 가기 위해 적지 않은 뇌물을 받았고, 바쳤다. 문제는 뇌물을 장부에 꼼꼼하게 적어서 만약을 대비하는 멍청한 짓을 했다는 점이다.

자고로 부귀영화를 원한다면 전부를 걸어야 한다. 주제를 모르고, 여지를 남겨 두면 목숨을 부지하기 힘들다.

하물며 지금처럼 누군가의 손에 들어가면 본인의 목줄을

죄는 올가미가 되기 마련이다.

여러 개의 구명줄을 만들어 놓는 자구책이나, 장부를 지킬 능력이 된다면 모를까. 허술한 데다 능력도 없으면서 욕심만 많으면 제 명줄만 줄일 뿐이다.

상부와 연계된 장부, 만들어 놓았다는 사실만으로도 현령은 살아남기 힘들다. 자기 딴에는 구명줄인 줄 알겠지만, 세상이 언제 본인 맘대로 흘러간 적이 있었나.

"송화문과 북천도방이 짜고, 관을 움직여 적가장을 속였다고 적고 직인을 찍도록."

"이건 전부 송화문의 큰아들이 벌인 일입니다!"

"내가 네 사정을 봐주는 사람처럼 보이나 보군."

"……흐엑! 적겠습니다!"

패황의 멸악천리안은 다른 말로 도살안(屠殺眼)으로 불리기도 했다. 때에 따른 명칭이지만, 패황이 지나간 자리는 수풀도 나지 않는 불모지가 된다고 전해졌다.

이전 회차였다면 고원후와 그 식솔은 살아남지 못했다. 자신의 선에서 끝날 기회를 차 버린다면 수신제가의 멸악패도가 용서치 않는다.

적어 놓은 문서에 천우는 못마땅한 표정을 지었다.

"평소답지 않군."

"……다시 꼼꼼하게 적겠습니다!"

고원후는 감히 따져 묻지 못했다. 뇌리를 지배한 위압에 완전히 함몰되었다. 벗어날 수 없는 공포가 장악했다.

그의 심기를 털끝이라도 어지럽힌다면 죽음보다 더한 고통이 불어닥쳤다. 이 심리적, 육체적 고통에서 벗어날 수만 있다면 뭐든지 할 수 있었다.

천우는 수인, 직인, 날인까지 꼼꼼하게 받은 후.

"착오였군."

"그렇습니다! 제가 나이가 들어서 단위를 착각했습니다!"

"나랏일을 하다 보면 그럴 수 있지."

"……아닙니다! 앞으로는 한 치의 오차도 없이 공무를 집행하겠습니다!"

뒷말은 듣지 않아도 선명하게 보였다. 말을 듣지 않으면 자신으로 끝나지 않을 멸족이 그려졌다.

"배웅은 필요 없다."

"……감사합니다!"

자신의 모든 걸 탈탈 털어 갔으면서 배웅까지 바란단 말인가?

그런데도 고원후는 감사의 절을 올린 채 고개를 들지 못했다.

새벽이 지나고, 여명이 밝아 오고 나서야 고원후는 빼꼼히 고개를 들었다.

"하아……."

털썩!

기력이 빠진 고원후는 자리에 주저앉았다.

다리에 피가 통하지 않는 것조차 의식하지 못했다. 상기할수록 뇌리에 박힌 공포는 선명해졌다.

고원후는 급히 자리에서 일어났다.

비틀!

죽을 것 같지만, 고원후는 서둘렀다.

"게, 아무도 없느냐!"

적가장은 이른 아침 관원의 방문을 받았다.

관원이 내어 준 공문을 열어 본 적천후는 헛웃음이 나오는 걸 간신히 참았다. 그간 억울한 사정을 토로할 때는 귓등으로도 듣지 않았으면서 이래도 되는 건가?

"국법의 지엄함을 보여야 하나, 시간을 절약하려면 무림의 법도도 필요합니다."

"그건 융통성이 아니라 횡포지!"

"그러시다면 왕부로 연락을 넣도록 하겠습니다."

"……그만하거라!"

왕부로 서신이 가는 순간 고 현령은 삼족이 참수될 수 있었다. 죄를 지었으면 벌을 받아야 하나, 경중을 따져야 했다.

'이놈아, 왜 아쉬워하는 게냐?'

천우의 심중에 서린 진한 아쉬움에 적천후는 모골이 송연해졌다. 자신이 그리해 주기를 간절히 바라고 있는 것 같았다. 티끌 하나도 용납하지 않았던 패황으로 돌아가고 싶은 욕망이었다.

"이제 성도전장을 통해서 돈을 받으면 됩니다."

"다시는 북천현으로 돌아올 수가 없겠구나."

"꼭 그렇지는 않습니다."

"뭐가 또 있는 게냐?"

"알려 드릴까요?"

"알고 싶지 않다!"

알면 알수록 적천후는 도통 모르고 싶었다. 솔직히 알려 줄 것 같아서 겁이 났다. 마치 열어선 안 되는 지옥문을 여는 기분이랄까. 외손주가 어쩌다 이리 변했는지 도통 이해가 되지 않았다.

그렇다고 따르지 않을 수도 없다.

"외조모께는 죄를 짓는 일이나, 비밀은 꼭 엄수하겠습니다."

"차라리 대놓고 협박을 하지 그러느냐!"

"외조부께서 제 말을 듣지 않는다면 비고에 들어 있는 물품을 외조모께 말하겠습니다. 남아 있는 품위와 명성을 유지하고 싶다면 전폭적인 협조 부탁드립니다."

"……하란다고 진짜 하냐!"

"본능은 자연스러운 겁니다."

"……위로하지 말거라!"

천우는 일정 진행을 위해 아버지께 서신을 보냈고, 적가장의 재산을 은밀히 빼돌렸다. 적가장의 토지 빼고는 전부

처분하기로 했다.

　북천도방이 적가장을 인수 후 속 빈 강정임을 알게 된다면 분노하겠으나, 다행으로 여겨야 했다. 패황이었다면 씨몰살을 당했을 테고, 적가장을 얻더라도 화마에 휩싸였을 것이다.

　실제로 패황은 의도적으로 패배한 후 적을 사발 지형으로 끌어들여 벽력탄을 터트린 전적이 있었다.

　10일 후.

　북천도방은 성도전장을 통해 적가장을 담보로 한 금액을 금자와 전표로 보냈다. 적천후는 문서로 꼼꼼하게 남겨 문제가 되지 않도록 처리해 주었다. 현 내의 거래치곤 거금이라 성도전장에서도 신경을 썼었다.

"이제 공문의 내용을 밝히면 됩니다."

"희대의 악당이 따로 없구나."

"그 말씀은 용인할 수 없습니다."

"……알았다, 이놈아. 그 눈초리는 좀!!"

　천우의 눈을 보고 있으면 숨겨진 민낯이 속속들이 발췌되는 기분이다. 실제로 멸악천리안까지 사용하면 사술이라고 해도 이상하지 않았다.

　-왜 나는 안 되는 것이냐?

　-진짜 모르는 거야? 모르는 척하는 거야?

―이 근방에서 나만 한 배경과 실력을 갖춘 사내가 어디 있느냐!

―못생겼어. 꼭 이렇게까지 말하게 해서 날 나쁜 년으로 만드는 거야! 누가 자꾸 강한 부정은 긍정이라고 하는 건지, 원. 아닌 건 아닌 거야.

―이년이 감히! 그 잘난 얼굴만 믿고 까부는구나!

―얼굴만이 아닐걸.

두들겨 맞았다.

그것도 일방적으로.

어디 가서 말도 못 했었다.

그러다 아버지가 사실을 알게 되었다. 화가 난 아버지가 찾아갔었고, 그년의 할아버지에게 두들겨 맞았다.

한쪽에서 자신도 그년한테 또 처맞았었다.

그날의 치욕으로 아버지와 자신은 두문불출했었다. 소문이 나지 않았으니, 하소연조차 할 수 없었다. 토로해 봤자 자기 얼굴에 침 뱉는 꼴이라, 속으로 끙끙 앓으며 삭여야 했다.

끄응!

불현듯 그날의 악몽이 떠오른 정문진은 이맛살을 찌푸렸다. 20년의 세월이 흘렀음에도 바래지긴커녕 오늘처럼 선명하다. 그러나 복수를 감행하기엔 전대 적가장주가 걸렸었다.

아버지조차 일수를 받아 내지 못한 격차였다. 세간에 알려지지 않았을 뿐, 적만성은 경지에 이른 초절정의 고수가 분명했다.

하나, 십수 년이 넘도록 소식이 없었다. 이제는 죽었다고 봐야 했다. 더는 적만성을 걱정하지 않아도 되었다. 그년에게 당한 치욕을 되돌려 줄 때가 얼마 남지 않았다.

적가장이 담보로 잡히고, 자기 아버지가 노예처럼 부림 당하는 것을 보게 될 것이다.

'네년의 일그러진 얼굴을 보고야 말겠다!'

사람은 나이를 먹었다고 어른이 되지는 않았다. 하물며 어린 시절의 상처는 세월이 흘러도 잊히지 않는다. 오히려 더욱 선명하게 떠오른다.

드륵!

갑자기 문이 활짝 열렸다.

예의도 없이 문을 열어젖혔지만, 정문진은 감히 언성을 높이지 못했다.

"이 시간에 어인 일입니까?"

송화문의 문주이자, 정문진의 아버지 정사성이었다. 세월이 흘러 정문진이 지천명에 이르렀지만, 송화문의 문주는 공고했다. 품 안의 자식이 아닌, 노욕의 왕성함이었다.

"지금 한가하게 푸념이나 하고 있을 때더냐?"

"다짜고짜 무슨 말씀을 하시는 겁니까?"

"이런 쓸모없는 놈, 시간이 없으니 어서 옷이나 입어!"

"이 시간에 어딜…… 윽!"

"시끄럽고, 따라와!"

한시가 급하지만, 세간에 알려져서 좋을 건 없었다.

따지고 보면 결자해지였다.

사사삭!

아무도 눈치채지 못하게 송화문에서 나온 부자는 부리나케 내달렸다. 처음에는 의아했던 정문진도 돌아가는 내막을 알게 되자 부아가 치밀었다.

아버지의 말대로 가만히 있다가는 꼼짝없이 뒤통수를 맞을 판이다. 후일 적가장이 돈을 갚았을 때를 위해 북천도방과 함께 자금을 마련했었다. 예상보다 늘어난 자금이 걸렸지만, 적가장을 담보로 한 이상 벗어날 수 없다고 자신했거늘.

'뼈대 있는 가문은 개뿔. 뼛가루로 만들어 주마!'

전부 적가장주의 수작에 놀아나고 있었던 것이다. 그렇지 않고서야 이 야심한 시각에 가문을 버리고 도망치겠는가.

전혀 예상치도 못했기에 아직도 뒤통수가 얼얼하다. 그간 떠벌리고 다녔던 것도 지금을 위한 속임수가 분명했다.

"관에서 공문이 내려온 것도 모르고, 그 나이를 먹도록 네놈은 대체 제대로 하는 게 무엇이냐! 이래서야 내 자리를 어떻게 넘겨줘!"

"……죄송합니다!"

정문진은 적가장주의 수작에 놀아난 것도 억울하지만,

아버지에 대한 분노도 있었다. 애초에 자리를 넘겨줄 마음이 있다면, 진작에 주었을 것이다.

'이게 다 그년 때문이야!'

어찌 보면 그날의 악몽 이후로 아버지가 자신을 보는 눈빛이 달라졌었다.

정문진은 적가장으로 인해 인생이 망가졌다고 생각하고 있었다. 그런데 복수는커녕 적가장주에게 철저히 놀아났다. 수백 배로 갚아 주지 않고서는 도무지 이 분노를 해소할 수 없었다.

'냉대는 받아들일 수 있습니다. 하지만 제 자리를 넘본다면 가만있지 않을 겁니다!'

정문진은 적가장에 대한 분노와 더불어 강렬한 소유욕을 보였다.

그런 아들을 돌아보는 정사성도 편치는 않았다.

그럼에도 한 가지는 분명했다.

이 모든 사태의 원흉이 적가장이란 것.

혹시 몰라, 적가장 주변에 사람을 숨겨 놓았기에 망정이지 놓쳤다면 땅을 치고 후회할 뻔했다. 적금상단으로 넘어갔다고 해서 끝날 문제는 아니긴 하나, 명분이 마땅치 않았다.

쐐애애앵!

서로 다른 뜻을 품었지만, 부자는 복수심으로 대동단결했다.

야심한 시각.

집에서 몰래 나왔다.

간소한 몸 상태로 짐을 챙길 여유도 없어 보였다. 서둘러 인적이 드문 길을 찾았다. 최대한 사람과 마주하지 않으려고 애를 썼다.

마을의 샛길을 따라 산으로 이어지는 길로 향했다.

목적지로 가는 최단의 길이 아닌, 인적이 없는 길을 찾다 보니 지형이 그리 좋진 않았다.

산의 초입인데도 힘이 빠졌는지, 속도가 느려졌다.

한시가 바쁠 텐데 박차를 가하긴커녕 바위 터에 앉아 쉬었다. 보따리를 풀자, 익힌 소고기를 잘게 썰어 넣은 주먹밥이 나왔다.

"시원하고 좋지, 엄마?"

"다 큰 녀석이 엄마를 왜 찾아!"

"엄마는 엄마야! 자기는 뭐 다른가?"

"오빠한테, 말버릇이 그게 뭐야?"

"가복한테도 처맞으면서!"

"너는 뭐 다르냐!"

"난 달라!"

산의 정취를 감상하며 느긋하게 야식을 먹었다.

허!

적만성과 적천후는 이게 야반도주인지, 밤 나들이인지 구분이 되지 않았다. 적가장을 나올 때는 그나마 야반도주하는 시늉이라도 했지, 경각심이라고는 일 푼도 없다.
 정작 적만성과 적천후도 딱히 걱정하는 기색은 아니었다.
 그저 오랜 세월 동안 일구었던 가문을 등져야 하는 현실이 아쉬울 뿐이다. 그렇다고 뼈대 있는 가문을 운운하기에는 무심한 천우를 볼 때마다 민망했다.
 가문의 비사를 낱낱이 아는 것도 찜찜하지만, 작금의 흐름을 자신이 원하는 방향으로 이끌었다. 약관도 되지 않은 나이에 사람의 속내를 통찰하고, 시류에 대한 판세를 읽는 능력이 실로 대단했다.
 더욱이 북천현을 쑥대밭으로 만들었다. 가는 곳마다 평지풍파를 일으키고 있었다. 우연이 겹쳤다고 억울함을 호소하기엔 처음부터 지금까지 교활할 정도로 계획적이었다.
 적만성과 적천후는 정말 별꼴을 다 보고 있었다. 그간 했던 말들이 전부 거짓이 되었고, 모두를 속인 근본 없는 사기꾼 가문이 되었다.
 "꼭 이렇게까지 해야 직성이 풀리겠느냐?"
 "인과를 맞추려면 최소한의 모양새를 갖추어야 합니다. 그래야 의심을 사지 않을 겁니다."
 "너는 상관없다 이거냐?"
 "저는 명성에 연연하진 않습니다. 제 계획이 마음에 들지 않는다면 지금이라도 되돌리시면 됩니다."
 적만성과 적천후는 차마 그러라고는 말 못 했다. 계획의 완벽함을 떠나, 되돌리는 순간 어떤 사태가 발생할지 눈에 선하다. 저 녀석이라면 지금이라도 모든 걸 원점으로 되돌리고도 남았다. 시산혈해를 원하지 않는다면 이쯤에서 타협해야 했다.

'그나마 피가 섞였다고 예우를 해 주는 거겠지.'

'그러고 보면 지금까지 전부 자기 맘대로 했잖아.'

존중해 주는 것처럼 보이기만 할 뿐, 지나고 나면 전부 천우의 뜻대로 움직였다. 어이가 없으면서도, 대견하기까지 했다.

그래도 지나치게 독불장군처럼 밀고 나가는 경향이 있었다. 이러면 보통은 탈이 나야 하는데, 자신들로선 빈틈을 찾지 못했다. 전후 사정을 파악하고 앞으로 일까지 예견하지 않고선 어림도 없다.

'산전수전을 다 겪지 않고선 불가능한데.'

'아무리 봐도 방구석에선 나올 수 없는 녀석이란 말이야.'

부자의 가장 큰 의문점이었다.

무위도 세세하게 따지면 말이 안 되지만, 기연이나 각성으로 치부한다 치고. 자신들도 따르지 못할 혜안과 통찰력은 하루아침에 생겨나지 않는다.

전생, 빙의, 환생.

윤회의 불도를 따른다면 얼마든지 가능한 일이나.

'터무니없는 생각을 하는구나!!'

'춘화를 너무 많이 봤군.'

그런 말은 해서도 안 되고, 한다고 해도 믿을 사람은 없었다. 다만, 적만성은 이상할 정도로 천우와 내적인 친밀감이 있었다. 손녀의 아들, 피를 나눈 그 이상의 끌림을 강하게 받았다.

'여의패도결만 봐도 단시일 내에 나올 오의가 아니지.'

당시에는 깨달음의 방향이 달라져서 의도하지 않은 심득을 얻은 줄 알았는데, 여의패도결을 완성할수록 패도의 진의에 경악을 금치 못했다. 수십 년의 적공조차 한 줌의 티끌로 만들어 버리는 경이로움이었다.

'내적 친밀감과 더불어 두려움이 공존하는 건 또 뭐지?'

여기까지 한 짓을 보면 충분히 공감이 가지만, 외증손에게 두려움을 느낀다? 이것 또한 이상한 감정이었다.

그래서 선택에 망설임이 있었다.

"시간이 됐습니다."

"나도 이제야 감각에 잡히거늘, 그새 더 강해졌구나."

"아직 멀었습니다."

"세간에 신성이랍시고 떠벌리는 애송이들에게 해 주고 싶은 말이로다."

학습효과는 확실했다. 적만성도 더는 천우의 말에 반박부터 하지 않았다. 부정해 본들 참교육의 현장만 제공할 뿐. 섣부른 내기로 이 지경이 된 것만 봐도 답은 명확했다.

"외조부께선 천천히 정해진 길로 가시면 됩니다."

"본때를 보여 주거라."

다른 때 같으면 적당히 하라고 하겠지만, 적천후도 이번에는 강하게 나갔다. 그 시절 딸의 인기야 두말할 나위 없기는 했지만, 한때 차마 말하기도 추잡한 소문이 돌았었다.

그 원흉이 누구인지 이제는 알았다.

"지금이라도 멸족을 시킬까요?"

"그건 아니다. 너 좋아하는 계획대로 하거라!"

아니, 얘는 대체 어떤 교육을 받았기에 툭하면 멸족을 언급하는 거야? 기본적으로 적이 되면 후환을 남겨 두는 걸 병적으로 경원시했다.

아쉬움을 삼킨 천우는 꿩 대신 닭을 권유해 보았다.

"이번 기회에 우선, 우영에게도 실전을 경험시키는 것이 어떻습니까?"

"걔들은 아직 일러!"

"실전보다 수월하고 효과적인 교육은 흔치 않습니다."

"세상에 쉬운 일이 어디 있느냐, 어렵다고 회피하는 건 옳은 일이 아니다!"

좋은 취지였거늘, 의외로 외증조부와 외조부는 완강히 반대하셨다. 어릴 때부터 경험을 많이 쌓아야 살인에 무덤덤해지거늘, 무척이나 아쉬웠다.

협객이란 악인에겐 냉혹한 도살자가 되어야 했다.

'악인은 육편에 불과하거늘.'

썩은 고기를 써는데도 망설이면 곤란했다. 우선, 우영,

천기, 천예를 포함해서 한시라도 빨리 경험을 해 봐야 한다.

그래야 결정적일 때 망설이지 않지.

천우는 아쉬움을 뒤로하고 움직였다. 가복에게는 계획대로 하라고 재차 일러 놓았다.

쐐애액!

부자(父子)는 송화부운공(松花浮雲功)을 전력으로 전개했다.

성취가 오늘따라 남달랐다.

과거의 치욕을 갚아 주려는 부자의 의기투합이었다. 20년 전, 부자지간이 지극했을 때로 돌아간 것만 같았다.

'실력은 숨기고 있었느냐?'

'노쇠하기는 어디가?'

안타깝게도 과거로 회귀하기엔 20년은 길고도 모질었다. 서로가 다른 속내를 품고 있으니, 행동 하나하나가 거슬렸다.

'내가 없는 동안 이놈이 뭔 짓을 할지 어떻게 알아?'

'아버지의 속셈을 내가 모를 것 같습니까!'

정사성이 아들을 데리고 나온 건 은밀히 끝내려는 의도도 있지만, 자신이 밖으로 나갔을 때 수작을 부릴지도 모른다는 불안감이 작용했다.

물론, 부자는 내색하지 않았다.

"성취가 제법이구나, 이제는 문파를 맡겨도 안심이 되는구나."

"아버지께서 정정하신데, 어찌 감히 자리를 탐하겠습니까. 그런 말씀은 꺼내지도 마십시오."

문파에서 나오기 전까지만 해도 그 나이를 먹고도 일 하나 제대로 못 한다고 타박했었다. 핀잔을 듣고도 아버지의 시험에 넘어갈 만큼 정문진은 어리석진 않았다.

'네놈답지 않게 머리를 굴리는구나!'

'제가 그리도 만만해 보이십니까!'

부자가 서로를 감시하는, 겉과 속이 너무나 다른 서글픈 궁합이었다. 어디서도 맘껏 토로하지 못하기에 의심을 멈추지 못했다.

'이번 일만 끝내고, 치워 버려야겠다.'

'아버지의 뜻대로 되지는 않을 겁니다.'

속내는 달라도, 당장의 목적에는 충실했다.

놓치는 순간, 그간의 모든 투자가 일거에 물거품이 되어 버린다. 이번 일은 단순히 문파의 일이 아니라, 여러 이권이 몰려 있었다. 성공만 한다면 막대한 원조를 받을 수 있지만, 실패하는 순간 공적이 되어 버린다.

한참을 내달린 후 산의 초입에 들어섰다.

덕양으로 가는 지름길이 아닌 인적이 드문 지형으로 산세가 녹록하진 않았다. 하지만 야반도주를 위한 경로로선 최선의 지형이었다.

야심한 밤에 어느 누가 이런 곳으로 도망칠 줄 알았겠나. 대비하지 않았다면 적가장주의 노림수에 꼼짝없이 걸려들었을 거다.

꼬리가 밟힌 이상, 이제는 본인을 옭아매는 자충수가 되었다. 인적이 드문 산에선 무슨 일이 벌어져도 알려지지 않는다. 자기들 스스로 최악의 수를 두게 된 것이다.

부자는 이번 기회를 놓칠 수 없었다. 또한, 문파의 누구에게도 알리지 않은 연유였다.

푸슥!

수풀이 스치는 소리가 들렸다.

부자의 경신이 일순 제자리에서 멈춰 섰다. 기척이 난 정면을 향해 경계심을 보였다.

산짐승일 수도 있으나.

저벅, 저벅!

짙은 청색의 무복을 입은 인영.

천우였다.

숨기지도, 감추지도 않았다. 기세를 은연중에 드러내서 오해를 차단했다. 가는 중에 우연히 만났다는 공교로운 우연은 천 년 전에나 유행했던 수법이기도 하고.

"네놈은 누구냐?"

"구천우다."

대뜸 이름부터 갈기자, 부자는 잠시 멍했다.

누구냐고 물어보면 어디 어디 출신인지, 어떤 문파인지,

별호라도 밝히는 게 무인의 정석이었다. 이름만 달랑 말해 버리면 어떻게 하란 건가?

넓디넓은 대륙.

수많은 인구.

호구조사가 이렇게나 어렵다.

이러면 보통은 무인이 아니어야 하나, 이 밤중에 기세를 풀풀 풍기면서 가로막고 나타난 놈이 무인이 아닐 리가. 의도마저 너무나 적나라해서 물어볼 가치도 없었다.

"북천도방과는 의사소통이 안 되는 모양이군."

"이간질 같은 같잖은 수작 따윈 통하지 않는다!"

말은 그렇게 했지만, 많이 찔리는 정사성, 정문진 부자였다.

불현듯 근자에 스쳐 지나간 소문이 떠올랐었다.

놈이 북천도방과 만났다면 사전에 얘기를 해 줬어야 했다. 한데, 처음에는 알아보지도 못한 채, 정체를 물었다.

합심하여 계획을 세우고도 협의가 되지 않았다는 걸 자인한 꼴이었다. 그도 아니면 알려 주지 않았다는 뜻이 되니, 여러모로 북천도방과는 좋은 말이 나올 수 없는 관계가 되었다.

그것이 설령 놈이 노리는 이간책일지라도, 걸려들 수밖에 없는 치졸한 수법이었다.

"네놈이 항간에 떠도는 의룡이란 애송이로구나."

"송화문은 용이 나온 적이 있었나? 이무기도 나오지 않은 걸로 아는데."

"감히 우릴 우롱하는 것이더냐!"

한번 찔러봤을 뿐이거늘.

정사성과 정문진은 본전도 못 뽑고 망신을 당하자, 살기를 감추지 못했다.

의룡을 애송이로 취급해 봤자, 송화문은 용은커녕 이무기조차 황송한 사천의 군소 방파에 지나지 않았다.

허위 사실은 무시해도 그만이나, 수치스러운 사실일 때는 정곡을 찔린 사람처럼 화가 치밀 수밖에 없다.

패황은 심리전도 마다하지 않는다. 천하패도의 주인이라고 하여 힘으로만 상대하리란 오해는 금물이다.

천우는 한술 더 떠 줬다.

"본 공자의 말을 부정하고 싶다면 증거를 보여라."

"건방진 놈! 사내라면 사족을 못 쓰던 암캐 같은 네 어미한테나 물어보거라!"

"자친(慈親)께선 부자가 사이좋게 처맞았다고 하시더군."

"……이놈!"

말로 기선을 제압하려고 했지만, 되레 망신만 초래했다. 하는 족족! 일방적으로 처맞고, 분노만 키웠다.

더는 참아 줄 수 없었는지, 정문진이 쇄도했다.

쐐애애액!

나아가는 속도, 검집에서 검을 빼 들며 직선으로 점을 찍는다. 검극에 환을 새겨 3개의 검첨이 형성되었다.

송화검식의 송화영섬(松花影閃)이다.

눈에 보이지 않는 속도, 어둠을 장막으로 삼는다.

회심의 일수.

언쟁으로 화가 났지만, 정문진의 이성은 차가웠다. 일련의 사태가 자신에게 불리하단 걸 모르진 않았다. 이럴 때일수록 선수를 통해 기세를 역전시켜야 했다.

쫘아앙!

부르르!

밤을 깨우는 시끄러운 굉음이 터졌다.

회피 직후 추격하며 연환검을 뿌리려고 했다. 정문진은 검신을 타고 들어와 검병에서 폭화하는 권력(拳力)에 기겁하지 않을 수 없었다. 하마터면 검을 놓친 채 바닥을 형편없이 구를 뻔했다.

송화일심공(松花一心功)을 전력으로 운용하여 권경을 와해시키지 않았다면 곤혹스러운 광경을 겪었을 것이다.

"이놈, 아직 끝나지 않았다!"

선수를 펼치고도 밀렸지만, 정문진은 분수를 모르고 재차 검을 휘둘렀다. 횡, 사선, 곡선으로 변검을 사용하다, 빈틈을 노렸다. 경험이 부족한 신성의 고질적인 약점, 환과 변을 집중적으로 펼쳐 혼란을 가중시켰다.

퍼퍼퍼퍼펑!

그러나 상대를 잘못 골랐다.

회피와 반격을 위주로 했다면 모를까, 천우는 애초에 물러설 생각이 없었다. 동수나 하수에게나 할 법한 수 따윈 통하지 않았다.

터엉, 터엉!

비록 오랫동안 소문주에 머물긴 했어도 정문진은 검에 내력을 실어 폭발력을 늘릴 수 있었다. 검기는 아니더라도, 검경을 펼친 이상 내력의 차이가 날 줄 알았다.

크윽, 쿨럭!

충돌할 때마다 정문진은 오장육부가 진탕되었다. 그것이 속을 더욱 긁어 댔다. 자신의 나이 반 토막도 안 된 놈과 이렇게나 큰 격차라니 참을 수가 없었다.

하물며 이놈은 그년의 새끼가 아니던가.

천우는 압도적인 우위에도 상대가 원하는 구도를 만들지 않았다.

"오랜 세월 와신상담한 것치곤 별로군."

"한 수 이득에 잘난 체하지 마라!"

"본 공자는 하찮은 버러지에게 잘 보일 생각이 없다."

"시건방진 새끼가, 죽어랏!"

시종일관 무심한 태도에 정문진은 붙잡고 있던 이성의 끈이 끊어질 뻔했다. 의도했다면 사람의 속을 뒤집어 놓는 데 천부적인 놈이었다.

'언제까지 오만을 부릴 수 있을 것 같으냐!'

연이은 낭패에도 정문진은 패배를 떠올리진 않았다. 20

년 전에 깨진 부자지간이지만, 자신에게 쏠린 이 기회를 놓치진 않을 것이다.

퍼퍼퍼펑!

커억!

천우는 권격의 위력을 한층 높여 검을 후려쳤다. 처음부터 방어가 아닌 공격이나 다름이 없는 반격이었다.

실상, 반격이 통한 이후 적극적으로 움직였다면 전투는 지속되지 않았다. 가지고 놀려는 의도가 명확하다.

우위를 과시하려는 천우의 진위를 파악한 정문진은 이를 바득바득 갈며 달려들었다. 유리한 구도는 중요하지 않았다. 최후에 서 있는 자가 승자였다.

"암습을 가하려고 했다면 진작에 했겠지."

"……그럴 리가 없어!"

"뻔히 보이는 수 따위가 통할 줄 알았나."

"닥쳐랏, 네놈이 뭘…… 커억!"

너 자신을 알라는 충고도, 상황에 따라서 의미는 얼마든지 변질될 수 있었다.

그 어떤 쌍욕보다 정문진을 분노케 했다.

"보잘것없는 죽음이군."

"……뭐?"

천우는 담담히 결과를 단정했다.

너는 살 수 없다고.

정문진은 오싹한 전율에 휩싸였다. 자신이 죽을 수도 있다는 걸 직시하게 되었다. 그러자 놈에 대한 분노는 사라지고, 그 자리를 공포가 차지했다. 현실을 부정하려고 해도, 살인멸구에 제격인 장소였다.

'빌어먹을, 아버지! 대체 뭘 하는 겁니까?'

다른 곳에 정신을 팔 수도 없었다. 주변을 돌아보려다간 권격에 직격당할 수 있었다. 아들마저 외면한 아버지의 냉혹함에 치가 떨렸다. 어쩌면 이 자리에서 자신이 죽기를 바라는 것일 수도 있었다.

"치욕스러운 허물보다는 애첩의 자식이 낫긴 하지."

"그딴 개수작에 넘어갈 성싶으…… 커억!"

부정하고 싶지만, 정문진은 주화입마가 올 지경이었다. 아버지에 대한 불신과 의기양양한 이복동생이 눈앞에 아른거렸다. 억울하다. 이대로는 죽고 싶지 않았다. 자신을 버린 대가를 반드시 치러 주어야 했다.

"……살려 줘!"

"건방지군."

"……살려 주십시오, 제발!"

"어머니를 욕보이고 살 수 있을 줄 알았나."

"어쩌라고, 씨발! 난 이대로 죽지 않아!"

"그럼에도 아량을 베풀려고 했다."

"……살려 주십시오, 제가 발정 난 개새끼였습니다!"

쥐었다, 풀었다.

천우는 악인을 조련하는 데도 일가견이 있었다.

죽음에 대한 공포와 아버지에 대한 분노로 정문진은 증오의 화신이 되어 있었다.

'아버지, 전 죽지 않을 겁니다! 반드시 살아서 오늘 일을 평생 땅을 치고 후회하게 해 주겠습니다!'

실상, 정문진의 오해였다.

대결이 시작되자마자 정사성은 천우의 빈틈을 노리려고 했다. 아들의 무위가 성에 차진 않아도, 검을 권으로 튕겨 냈다면 최소한 자신과 비교해도 뒤처지지 않았다. 자식에 대한 정이 없는 것과 별개로 기회마저 버릴 만큼 어리석진 않았다.

애송이의 배후를 노리려고 접근하려는 찰나, 살기가 폐부를 찌르고 들어왔다. 어둠 속의 누군가가 그 빈틈을 노리고 있었다.

정사성은 서둘러 암습을 포기하고, 유인책을 선택했다.

어둠 속의 그림자가 인기척을 드러내며 추격해 왔다.

스륵!

정면에 바위가 있었다.

그 바위를 기점으로 돌아선 정사성은 상대가 오기를 기다렸다 벼락같은 일수를 뻗었다.

타아앙!

어둠을 찌른 직후 검첨이 낭창하게 휘었다. 검병으로 전해진 반진력에 수장(手掌)이 찢어졌다. 그것으로 끝나지 않고, 오른팔을 타고 들어가 팔뼈를 부수었다.

덜렁!

암습을 가한 건 자신이거늘, 되레 팔이 부러졌다. 바닥에 떨어진 검을 다시 주워 들 엄두가 나지 않았다. 극심한 고통보다 상식을 불허하는 공력에 소름이 돋았다.

차이가 어느 정도여야 기회라도 노리지, 일초지적조차 불허하는 현격한 격차였다.

'도대체 누가?'

이 정도의 고수라면 이름이 있어야 했다.

어둠에 가려졌던 그림자가 잠시 비춘 달빛에 윤곽을 드러낸다.

쏴아아.

중년인의 모습에 정사성은 얼어붙었다.

익숙하다.

잊으려야 잊을 수 없는 얼굴이었다. 매일의 악몽이 돼서 끊임없이 괴롭혔던 그때 그 모습보다 젊어 보였다.

"……당신이 어떻게?"

"네놈은 세월이 흘러도 여전하구나."

"그럴 리가 없어! 당신은 죽었다고!"

"당신?"

"어르신…… 젠장!"

공포란 그렇다.

한번 각인되면 회복하기가 무척이나 어렵다. 패자가 복

수에 성공하기 어려운 연유였다.

 분노로도 억누르지 못한 공대(恭待)에 정사성은 울화가 치밀었다. 다시 만난다면 그때의 치욕을 갚아 주겠다고 꿈에서라도 소리쳤거늘 현실은 시원한 결말을 주지 않았다.

 그 당시의 치욕과 두려움이 생생하게 살아나고 있었다. 고개를 숙이게 하는 공포가 정사성을 더욱 분노케 했다.

 "우릴 속였구나!"

 "아직도 정신을 못 차린 모양이구나. 하지만 걱정하지 않아도 된다. 근래에 나도 많이 배웠으니 말이다."

 적만성은 빠르지도, 느리지도 않았다. 평온한 발걸음으로 다가가 주먹을 가볍게 들었다.

 "……다가오지 마라!"

 "잊고 있었다면 다시 기억나게 해 주마."

 "나는 그때의 내가 아니다, 죽어랏!"

 복수심이라기보다는 공포에 젖은 오기의 발동이랄까.

 반격은 한없이 초라했다.

 하물며 검수가 검도 없이 좌수로 장법가에게 달려들었다. 섶을 지고 불구덩이 속으로 달려드는 격이었다.

 꽈드드득!

 결과는 명약관화였다.

 발악하듯 내지른 정사성의 왼팔은 적만성의 수장에 맥없이 부러졌다. 격돌이라기엔 불어오는 태풍 앞에서 입김을 세차게 부는 형국이다. 장력에 닿기도 전에 정사성의 왼팔은 떨어지는 폭포의 소용돌이처럼 휘말렸다.

크아아악!

어둠이 진저리를 치는, 목이 찢어지는 비명이 울렸다.

검수의 생명과 같은 오른팔은 그나마 깔끔하게 부러졌지만, 왼팔은 재기 불능이었다. 원래 상태로 회복하려면 전설의 명의 화타가 재림해야 할 듯싶다.

어쩌면 이러는 편이 나을 수 있었다. 어설프게 분질러 봤자, 불로초를 찾다 뒈진 진시황의 희망 고문일 뿐이었다.

덜렁, 덜렁!

양팔이 보기 흉하게 부러진 정사성은 술에 취한 듯 비틀거리며 비명을 질러 댔다. 그러다 문득 적만성이 다가오는 걸 보고 사색이 되어 뒷걸음을 쳤다.

복수를 위한 와신상담의 결말은 초라했다. 현실을 바로 볼수록 현격한 격차만 확인할 뿐이다.

저항해 봤자 무의미하다.

정사성은 결국 복수가 아닌 현실을 택했다.

"……살려 주십시오, 어르신! 제가 잠시 정신이 나갔습니다!"

"그때도 그랬지."

"두 번 다시 적가장엔 얼씬도 하지 않겠습니다. 그러니 제발!"

"그 말도 벌써 두 번째구나."

"빌어먹을! 날 죽이면 적가장도 무사하지 못할…… 커

억!"

"어떻게 토씨 하나 안 틀리고 그때와 똑같은지, 원."

당시에도 정사성은 빌다가 안 되자, 적가장을 걸고넘어지며 협박했었다. 당연히 씨알도 먹히지 않았다. 부질없는 객기를 부린 대가만 톡톡히 치러야 했다.

크아아아악!

정사성은 과거의 악몽이 반복되자 괜한 짓을 했다는 후회가 밀려왔다. 처음부터 다 잊고 새롭게 출발했어야 했다. 복수의 허망함이 아니라, 현실적인 고통이 먼저였다. 쓸데없는 데 심력을 소비한 대가는 뼈를 때렸다.

"당장은 후회하겠지. 하나, 사람은 쉽게 변하지 않더구나."

"……아닙니다, 이번에는 다릅니다!"

치욕스럽지만, 정사성은 폭력에 굴복했다. 예전이나 지금이나 다르지 않았다.

"아, 이런, 실수를."

"무슨…… 설마?"

섬망이 온다면 그 당시의 환경과 똑같이 만들어 줄 필요가 있었다. 그래야 잊었던 기억이 빨리 떠오르게 된다.

자자, 사양하지 말거라.

꽈악!

질질질!

적만성은 그때나 지금이나 정사성을 대우하지 않았다.

머리끄덩이를 잡고, 개처럼 질질 끌어 장남이 있는 곳으로 향했다.
부자는 상봉해야 제맛이지.
예상대로 한창 진행 중이었다.
그 아비에 그 아들다웠다.
크아아아악!
퍼퍼퍼퍼퍽!
천우는 주먹으로 때리기도 귀찮았는지 산에서 대충 구한 나뭇가지로 몽둥이를 대신했다.
사람이나 짐승이나 때리면 말을 듣게 되어 있었다. 그러다 죽어도 딱히 문제가 될 것도 아니고.
몽둥이로 전신을 찜질하듯 두들겼다.
때로는 철봉처럼, 때로는 채찍처럼, 때로는 편곤처럼 십팔반병기를 구현했다.
신기에 가까운 몽둥이질이었다.
어찌나 잘 치는지, 정문진은 흐느적거리면서도 쓰러지지 않았다. 절묘한 힘의 안배와 현묘한 궤적이 맞물려 뼈가 부러지지 않으면서도 고통만 주었다.
퍼퍼퍼퍽!
크아아악!
목에서만 나오는 비명이 아닌, 발끝에서 머리끝을 관통하는 족성과 두성의 공명음이다.
득음인데도 듣기는 굉장히 거북했다.

"······저런 잔혹한!"

"나도 질 수 없지."

외증손에 대한 적만성의 경쟁심에 정사성은 치를 떨어야 했다.

누가 더 잘 패는지.

왜 저딴 것에 경쟁심을 느끼냔 말이다.

그것도 자기 외증손한테.

꺼어어어억!

절대경에 도달한 적만성의 장영(掌影), 무한 싸대기가 정사성의 육신을 도삭면 반죽처럼 두들겼다. 끊어지지 않으면서 찰기가 있도록 전신의 뼈를 다듬는다.

비명의 강도가 승패를 가르기라도 하듯.

산천초목의 산짐승들마저 침묵으로 일관했다. 행여나 새끼들이 소리를 내지 않을까 전전긍긍한다. 산짐승이 날고 뛰어 봤자, 만물의 영장에 대한 무한한 공포를 느낄 뿐이다.

크으으악!

커어어억!

정사성과 정문진은 고통과 치욕을 동시에 맛보고 있었다. 세월만 흘렀을 뿐, 과거의 악몽이 고스란히 찾아와 당시의 현장감을 되살렸다.

"복수하기 좋은 날이군."

"천우야, 아무리 그래도 네가 할 말은 아니지 않느냐."

"어머니께서 당했을 치욕을 자식으로서 묵과할 수 없습니다."

"음, 생각해 보니 그렇구나."

실로 다정다감한 외증조부와 외증손이었다.

과거와 현재가 교차하면서 화음을 이룬 타격감을 자아냈다.

20년을 이를 갈며 복수를 천명했던 정사성과 정문진은 억장이 무너졌다. 아픈 것도 아픈 건데, 아비와 아들이 동시에 처맞고 있는 현실에 분통이 터졌다.

다시는 겪고 싶지 않은 재현된 악몽이었다.

이럴 줄 알았으면 오지 않았다.

적어도 아버지 혼자 보내거나, 아들 혼자 보냈을 것이다. 죽어도 서로를 희생하지 않는 아비와 아들이었다.

'……이 악마 같은 놈들!'

'……이렇게까지 할 필요가 있는 것이냐!'

고통은 고통대로 받고 있는데도, 이성은 너무나 또렷해서 미치고 팔짝 뛰었다. 하나하나 생생하게 전해지는 고통의 선명함이란, 그간 얼마나 편하게 살아왔는지를 실감하게 해 주었다.

흐억, 커억!

쿨럭, 크으!

대체 언제까지 때리냐, 지옥십팔층이 따로 없었다.

응?

매질과 구타가 멈췄다.

"이제 죽일까요?"

"이쯤 했으면 이놈들도 알아들었을 테니, 굳이 살업을 쌓을 필요가 있겠느냐?"

"어차피 우리가 아니더라도 서로의 등에 칼을 꽂을 겁니다."

"설마 그렇게까지야?"

"정문진이 문주 위를 순순히 양보한다면 모를까, 정사성은 애첩의 자식을 맘에 두고 있습니다."

"그래도 장남이지 않느냐."

죽음의 공포에 살려 달라던 정사성과 정문진은 목에 가시가 박힌 듯 말문이 막혔다. 아비와 자식이 서로를 바라보지만, 어색한 기류만 흘렀다.

그간 알고는 있어도 내색하지 않았었다. 속내를 드러내는 순간 부자지간은 파탄이 날 수밖에 없었다.

이는 단순히 부자지간의 파국이 아니라, 파벌과 파벌의 격돌로 문파가 한순간에 두 동강 날 수 있었다.

짝짜꿍이 맞은 천우와 적만성은 고양이 쥐 생각을 간절히 해 주었다.

"여기서 끝을 내 주는 편이 이들 부자에겐 더러운 꼴 안 보고 갈 마지막 기횝니다."

"꼭 그런다는 보장이 있느냐?"

"정문진을 옹호하는 장로들이 아무런 대가도 없이 움직

일 리 없지 않습니까."

"하긴, 그도 그렇구나."

정사성과 정문진은 서로를 향한 의심암귀가 깃들었지만, 어차피 살아남지 못하면 아무 의미가 없다는 걸 깨달았다.

"……살려 주십시오, 개과천선하겠습니다!"

"이번에는 진심입니다, 제발 믿어 주십시오!"

살아남기 위해서 바닥을 기며 살려 달라고 빌었다.

두 팔이 부러진 정사성보다는 정문진의 자세가 좀 더 괜찮았다.

"흠! 원수 앞에서도 살고 싶다고 간절히 비는 놈들을 꼭 죽여야 성이 차겠느냐?"

"그럼 한 놈만 살릴까요?"

적만성은 말로 죽이고, 천우는 담담하게 생사를 논했다.

딱히 누굴 살려야 한다는 당위성 따윈 없는 천우의 무미건조함이 정사성, 정문진에게 그 어떤 협박보다 무섭게 다가왔다. 마치 죽이고 싶어서 안달이 나 있는 것 같았다.

그 아쉬움을 느꼈을까? 그나마 한 사람이라도 살 수 있다는 희망에 정사성, 정문진의 두 눈이 교차한다.

"아비와 자식이 서로를 잡아먹으려는데, 앞으로 어떻게 살라는 게냐?"

"그러니 둘 다 죽이는 편이 보기가 좋지 않습니까?"

"아비와 자식이 한날한시에 죽는 것도 좀 그렇지 않느냐. 천지신명께서 아시면 노할 일이거늘."

"제가 숲으로 데리고 가서 조용히 질식사시키겠습니다. 사람은 고통받는 삶보다는, 편히 갈 권리도 있습니다."

"서로 아는데, 장소가 무슨 소용이라고."

"밤이라서 하늘도 안 보일 겁니다."

"하늘을 욕보이지 말거라."

죽이지 못해 안달인 천우와 어떻게든 살려는 보려는 적만성의 교섭에 정사성과 정문진은 희비가 교차했다.

살았다고 안도하다, 나락으로 떨어지기를 반복하니 어느 장단에 맞추어야 할지 갈피를 못 잡았다.

그렇다고 죽여 달라고 하기엔 자신들의 목숨은 소중했다. 한 사람이 살아야 한다면 결단을 내릴 준비를 하고 있었다.

"우리에 대해서 떠벌리고 다닐 수 있습니다."

"음! 그건 확실히 문제구나."

그러다 확정이 났다.

정사성과 정문진은 이를 바득바득 갈 수밖에 없었다. 살려 줄 것처럼 하다가 이리 죽일 거였으면 애초에 농락하지 말았어야 했다.

푸스스!

숲에서 소리가 들렸다.

적만성과 천우의 시선이 수풀로 향했다.

"누구냐?"

사자후에 버금가는 강렬한 외침이었다.

수풀에서 누더기를 뒤집어쓴 새까만 거지가 주섬주섬 멋쩍게 걸어 나왔다.
 "이런, 방해가 되었다면 송구합니다. 저도 그냥 지나가려고 했는데, 하도 재밌기에 숨어서 보고 말았습니다."
 "외인이 간섭할 일이 아니니 그만 갈 길 가라."
 "저들이 어떤 죄를 저질렀는지는 모르지만, 저만하면 되지 않았습니까?"
 "은원에 간섭하려고?"
 "제가 이래 보여도 방에 적을 두고 있습니다만, 은원에 개입하는 건 협의가 아니겠지요?"
 낌새가 이상한 걸 느낀 개방도가 튀려고 하자, 정사성과 정문성은 마지막 생명줄이란 생각에 살려 달라고 아우성을 쳤다.
 "사해가 동도라고 했습니다. 하물며 어려움에 빠진 사람을 외면하는 것이 어찌 개방의 협사란 말입니까?"
 "협도의 개방이라면 우릴 버려선 안 되지 않소!"
 개방도 간의 끈끈한 정, 사실은 정보 체계를 언급하며 호소했다. 어차피 은원을 정에 호소한다고 해결할 순 없었다.
 개방이 알게 되면 나중에 문제가 될 수도 있으니, 그 점을 걸고넘어졌다. 적만성은 둘째 치고, 의룡은 정파의 신룡이었다. 복수심에 미쳐 살인을 저지른다면 분명 지탄의 빌미가 될 것이다.
 "천우야, 개방이 안다면 네 명성에도 흠이 갈 수 있으니 이쯤 하자꾸나."

"명줄이 긴 놈들이군요."

천우는 결국 두 손을 내렸다.

하아!

정사성과 정문진은 그제야 한숨을 내쉬며 안도했다. 천당과 지옥을 찰나에 몇 번이나 오갔는지 기억도 나지 않는다. 매 순간이 생사의 기로였었다.

"그 전에."

이 새끼가!

제발 깔끔하게 살려 주라고!

왜 구질구질하게 죽이려고 하는 거냐고?

천우가 살려 줄 것 같으면서도 질질 끌며 간섭하자 부자는 진절머리를 쳤다.

"각서가 필요합니다."

"각서는 왜?"

"이자들이 서로 죽이고 난 후, 우리에게 누명을 씌울 수 있습니다."

"아무리 그래도 부자지간에 그럴 리가…… 흠……."

적만성도 차마 부정하지 못하고, 말끝을 흐렸다.

정사성과 정문진은 화들짝 놀랐지만, 내심 그럴듯하단 생각에 소름이 돋았다. 내색하지 않으려고 해도, 순간적인 갈등이 부자간에 부딪혔다.

진정으로 밑바닥을 보고야 만 것이다. 차라리 지금 당장 서로의 등에 칼을 꽂는 편이 나을 성싶었다.
'정말 지독한 녀석이구나!'
적만성은 천우가 여기까지 바라보고 있었단 사실에 혀를 내둘렀다. 이러면 죽이는 것보다 더한 복수가 아닌가. 적이 되면 얼마나 냉혹한 녀석인지 알 수 있었다.
'이럴 거면 깔끔한 멸족이 나으려나?'
뭐가 더 나은 방도인지 헷갈리게 하는 것도 재주는 재주였다. 이제 서로에게 원한을 산 부자에겐 현세가 지옥 그 자체가 되었다. 살아도 산 게 아니며, 한시도 편하게 잘 수 없을 것이다.
"설령 이들 부자가 죽더라도 우리와는 관계가 없다는 것을 개방에서 보증해야 한다."
"아니, 제가 한 일도 아니고, 오다가다 본 것에 불과한데 너무 심하지 않습니까?"
"그런 각오도 없이 가문의 은원에 개입하려고 했나? 개방이 원래 그런 집단이었나?"
"알겠습니다. 본방에서 보증하겠습니다."
문서를 꺼내 이행해야 할 사항을 적고, 수인을 찍었다. 팔이 부러진 정사성은 아들의 손에 이끌려 수인을 찍어야 했다.
천우는 각서를 챙긴 후,
"가시지요."
"훌륭하구나."

"대견하시겠습니다."

천우와 적만성이 사라진 후, 개방도는 부자에게 다짐을 재차 받았다.

부자는 망연자실한 채 한동안 넋을 놓고 있었다.

'허어!'

오늘만큼은 개방도인 가복은 감탄을 금하지 못했다.

설마 가짜 개방도를 대놓고 시킬 줄은 누가 생각이나 했을까.

저 부자는 자신을 개방도로 알고 당분간은 약조한 대로 이행하겠으나. 개방이란 약발도 시간이 지나면 흐려지기 마련이다. 그때 개방도가 한 보증을 걸고넘어진다면 어떤 문제가 발생할지 앞날이 파란만장했다.

개방도를 사칭했다고 하는 순간, 때는 이때다 싶은 철담 협개 대협께서 가만히 있지 않으시겠지.

'독박 쓰기 딱 좋겠네. 크크크!'

도련님의 개수작은 빠져나가려고 안간힘을 쓸수록, 개미지옥처럼 악랄하게 빨아들였다. 차라리 발버둥 치지 말고, 얌전히 죽는 편이 깨끗했다.

다다다!

이른 아침 들려온 소식에 그들은 좋지 않은 무릎에도 불구하고 단내가 나도록 내달렸다. 한시라도 빨리 사실관계를 확인해야 했다. 만약에라도 소식이 사실이라면 자신들은 최악의 사태를 맞이하게 된다.

허억, 허억!

중간에 조금 쉬기는 했지만, 그들은 최단으로 적가장에 도착했다.

"게 아무도 없느…… 응?"

적가장의 현판을 본 그들은 말문이 막혔다.

-북천도방

북천도방에서 소식을 듣고 부리나케 뛰어왔었다.

그런데 현판엔 적가장이 아닌 북천도방이라고 멋들어지게 적혀 있었다. 누가 음각을 했는지 시원시원한 쾌도난마의 필체였다. 평소라면 그 시원한 필체를 감상하며 칭찬을 마다하지 않겠으나.

"……이게 무슨!!"

"……거짓말이야, 말이 안 되잖아!"

조목승은 뒷목을 잡을 뻔하다, 간신히 정신줄을 부여잡았다. 이번 일에 송화문, 현령, 성도전장까지 연관이 되어 있었다. 정말로 저 안이 텅 비었다면 자신들은 되돌아올 수 없는 강을 건너고 만 것이 된다.

"아닐 것이다! 아니어야 해!"

"그렇습니다. 적가장주가 어떤 사람입니까? 그는 가문을 버릴 위인이 절대 아닙니다!"

"그렇지, 내가 그자를 알아!! 우리에게 예를 표하려고 그런 모양이지!"

"이자를 적게 받으려는 심산일 겁니다!"

사람은 너무 큰 충격을 받으면 현실도피를 하거나, 지나치게 긍정적으로 실성하게 된다.

조목승과 도공들은 아니기를 간절히 바라며 적가장의 정문을 열었다.

훼엥!

바람이 휩쓸고 지나간 황량한 벌판이 적가장 내부의 정취였다. 규모가 크진 않아도, 내실은 있었다. 건물을 세운 기와 하나하나에도 신경을 썼다.

뼈대 있는 가문을 기리기 위한 적가장의 노력을 여실히 느끼기는…… 개뿔!

부들, 부들!

부르르르르!

사람이 없다.

인기척은커녕 그새 거미줄이 쳐졌다. 이번 일을 위해서 도공들이 낸 자금을 전부 퍼부었다. 북천도방의 미래를 위한 건설적인 투자였거늘, 원금 보장이 안 되는 무리한 도박수가 되었다.

"……우릴 놀리려는 것이냐, 적가장주~~~!"

받아들일 수 없다. 현실을 심하게 도피한 조목승의 언성이 그 어느 때보다 커졌다.

"아니다, 안에 있을 것이야!"

"……그렇습니다, 우릴 속이려는 걸 수도 있습니다!"

도공들도 어떻게든 회피할 방도를 찾으려고 했으나, 본점조차 모르는 북천도방의 분점은 공허하기만 했다.

애타게 불러도 대답 없는 적가장주였다.

조목승과 도공들은 주인도 없는 장주실의 문을 거칠게 열어젖혔다. 안에 숨어서 장난을 쳤으면 하는 간절함에도, 그들은 또 한 번 대차게 경기를 일으켜야 했다.

−탁자는 자단목이 아니라 소나무에 칠을 한 가품이니 적당한 가격에 파시오.

−호리병은 내가 만든 게 아닌 부인이 시장에서 산 물건이니 고관대작에게 팔았다간 낭패를 볼 수 있소.

−산수화 화첩은 최백 대화백의 모작이니, 괜히 팔려고 하지 마시오.

−이게 다 당신들의 안위를 위한 일이니, 너무 노여워하지 않았으면 합니다. 적가장주가.

곳곳에 딱지를 붙여서 혹여나 있을 불상사를 미연에 방지한 적가장주의 지성이면 감천이었다.

크어어어어!

결과는 극대로였다.

핏발이 선 채 망나니처럼 칼춤을 추는 조목승이었다. 그 옆에 망연자실한 채 초점을 잃은 동공…… 도공들이 있었다.

제5장
결자해지

하아.

미치고 환장할 노릇이었다. 어째 하는 일마다 잘된다 싶었다. 마른하늘에 날벼락은 이럴 때 쓰는 말이리라.

더욱이 한숨도 속으로 삭여야 했다. 가문에 지고의 경지에 이른 도청 전문가가 있었다.

그것도 하나도 아니고 둘이나 상주하게 되었다. 소리 없는 방귀조차 함부로 뀌었다가는 언제 불벼락이 떨어질지 모른다.

물론, 아예 몰랐던 건 아니긴 했다.

예견된 재앙이다.

굳이 무리하지 않아도 된다고 했거늘.

"기어이 해냈구나. 아주 훌륭하다."

"대단치 않았습니다."

"대단치 않기는. 수고가 참 많아, 우리 아들! 정말 대견해."

"괘념치 않아도 됩니다."

부자의 인간미 없는 대화가 이어졌다. 감정이라고는 한 톨도 담기지 않아서 기괴하기까지 했다. 지나치게 공적이라, 옆에서 듣는 사람이 있었으면 부자지간인지 모를 수도 있었다.

"가문의 경사로다. 오늘을 기념하기 위해서라도 성대한 연회를 열어야겠구나."

"가문의 화합을 위한 일이었습니다. 마땅히 해야 할 일에 가산을 쓰다니요, 당치도 않습니다."

강한 부정은 긍정이듯, 연속된 칭찬은 쌍욕이나 다름이 없다. 눈치가 없는 건지, 있어도 없는 척하는 것인지 모를 아들 새끼였다.

이 정도로 얘기하면 최소 한 달은 방구석 면벽이었을 텐데. 이제는 아비의 말이 귓구멍에도 박히지 않는 모양이다.

구가장과 적가장의 화합.

구색은 아주 좋아 보이나, 사위의 입장도 들어 봐야지 않나?

명색이 자신은 구가장의 장주였다.

'왜 내 의견은 물어보지를 않고 지들끼리 결정을 해?' 라고 강하게 주장도 못 했다.

옆에서 부인이 쳐다보고 있는데, 그 앞에서 무슨 말을 하냐고?

 벗어날 수 없는 올가미 안에서, 정해진 긍정적인 답변을 강요받았다.

 "그간 집은 넓고 사람은 없어서 얼마나 휑했는지, 이제야 사람이 사는 집이 됐구나. 아들아, 이제 또 뭘 해 주면 되겠느냐? 얼마든지 말해 보렴."

 "도기의 생산을 늘릴 방도를 찾아야 합니다."

 말하란다고, 진짜 말해!

 아들 녀석이 반어적인 표현을 무시해 버렸다.

 "네가 알아서 할 거 아니었느냐?"

 "저는 그런 재주는 없습니다."

 아들의 지나친 솔직함에 구서진은 헛웃음이 나올 뻔했다. 아닌 건 또 아닌 거였다. 해 보겠다고도 하지 않는다. 하지만 시키면 또 할 녀석이었다.

 재주가 없다는데, 아비가 돼서 강요할 수도 없고.

 "알아보마."

 "믿습니다."

 그래, 이 아비는 신뢰다.

 아주 그냥 아비를 전가의 보도처럼 사용하고 있었다. 어쨌든 원하지 않은 화합이었으나, 구서진은 장주이자 상인이었다. 돈이 자랄 나무를 보고도 외면하진 못했다.

 아들이 집을 나서기 전에 한 말을 듣자마자, 구서진은 사람을 시켜 가내에 도기를 생산할 수 있는 재료, 물레, 유약,

가마터까지 만들어 놓았다.

 장인어른의 취미 생활을 위해서 재료를 마련해 준 사람이 자신이었다. 도기 재료를 모를 수가 없으니, 아들의 수작에 넘어갈 수밖에.

 더욱이 구서진은 작금의 문제를 어느 정도는 예단했었다.

 '취미치고는 지나쳤지!'

 북천도방이 안달이 나서 달려드는 것만 봐도 알 수 있는 대목이었다. 만약, 조금 더 일찍 시작했다면 대륙 전체에 소문이 날 희대의 명도공이었다.

 뼈대 있는 무인이랍시고, 그 아까운 실력을 여태 썩히고 있었다니 통탄할 노릇이다.

 '희소성은 유지하면서 수량을 늘리려면 도제를 둘 필요가 있겠어.'

 도기 명인으로서 가치는 두고, 제자를 두어 수량을 늘린다면 일석이조의 효과를 볼 수 있을 것이다. 무엇보다 적금상단에서만 파는 물건이니, 특수를 노리기도 수월하다.

 칠기에 이어 도기까지 석권한다면 상단의 위명은 더더욱 올라갈 터.

 '허어! 어째서 나는 이리 뛰어난 것이란 말이던가?'

 최근에서야 도공으로서 빛을 본 장인처럼 구서진도 상인의 재능을 꽃피우고 있었다. 막혔던 둑이 터지듯, 운때까지도 맞아들어갔다.

'실로 두려울 정도의 상재로다!'

이 정도면 장강의 물도 마를 때까지 팔 수 있을 것 같았다.

빤히!

크흠!

아들은 무심히 바라보았을 뿐이지만, 구서진은 자아도취에 살짝 민망함을 느꼈다. 그러나 상재만큼은 대상인이 되고도 남는다는 걸 요즘 여실히 체감하고 있었다.

천우는 아버지의 도취에는 감흥이 없었다. 가문의 수신제가를 위한 최선, 최단을 선택할 뿐이다. 수신제가든, 멸악패도든 중요한 것은 속도와 효율이었다.

"지금까지의 상황과 일정을 보고하겠습니다."

"그건 꼭 해야 하는 거냐?"

"알고 계셔야 만약의 사태를 대비할 수 있습니다."

"그건 그렇지. 쩝!"

천우는 적가장을 놓고 벌인 일들을 설명했다.

상세한 보고에 그간의 사건들이 자연스럽게 연결되었다. 구서진은 아들의 설명을 들을수록 감탄을 금치 못했다.

"이게 이런 식으로 연관이 있을 줄이야."

"만약을 대비해서 인질을 잡으려고 했을 겁니다. 어머니로선 외가를 외면하기 힘들 테고, 아버지는 더더욱 그렇지 않습니까?"

"넌 나처럼 살지 마라."

"이해하기 힘들군요."

괜한 말을 했다.

여하튼 적가장을 둘러싼 이권 다툼이 성공적으로 마무리가 되었다면, 구가장으로선 부담이 될 수밖에 없다. 기실 화정상단이 손을 썼다기보다는 복호상단이 움직였다고 봐야 했다.

그러나 본가를 집어삼키려는 음모가 실패하면서 복호상단은 북천도방, 송화문을 신경 쓸 여유가 없었다. 그래서 북천도방과 송화문은 성도전장에서 자금을 빌려 와야 했었다. 예상보다 액수가 컸기에 어쩔 수 없는 선택이 되었다.

"성도전장은 지독한 놈들인데."

"그래서 선택했습니다."

대다수는 성도전장을 성도상단의 소유로 알고 있는데, 실제로는 당문이 주인이었다. 성도상단의 명호를 빌려서 성도전장이라고 칭했을 뿐이다.

연유는 간단하다.

눈 가리고 아웅이기는 해도, 사천당문은 정도를 대표하는 오대세가였다. 대놓고 전장 사업을 한다고 하면 좋게 볼 사람이 많지 않았다. 말이 좋아 전장 사업이지, 실제로는 고리대업과 비슷했다.

또한, 사람들을 끌어들이는 확장성에도 문제가 있었다.

'은혜는 배로, 원한은 10배로' 라는 당문의 근본을 봐라. 누가 당문의 돈을 빌리고 싶을까? 가뜩이나 독을 쓴다고 사람들이 두려워하는데. 돈을 빌리고 갚지 못하면 독 실험체로 쓰일 수도 있었다.

당문이 오대세가긴 하나, 독을 실험하려면 막대한 비용이 든다. 실험 재료를 충당하려면 상단에서 바치는 자금뿐만 아니라 자체적으로도 수익을 창출해야 했다.

그러나 당문은 대외적으론 전장 사업과는 관계가 없다고 선을 그었다.

그걸 누가 믿겠냐마는 호구는 생각보다 많고, 절박한 사람은 더 많았다.

성도전장이 합법적으로만 했다면 지금처럼 대전장이 되지 못했을 것이다. 다른 전장에 비해 악성 채무자가 적은 것만 봐도 알 수 있었다.

"악성 채무자를 일정 비율로 남긴 것도, 의도적이란 소문이 있더구나. 그러니 너는 아무리 급해도 성도전장에선 빌리지 말거라."

"소문이 아니라, 사실입니다."

"진짜?"

"신체포기각서를 씁니다."

얜 대체 그걸 어떻게 아는 거야?

당문이 허술하게 관리했을 리도 없는데.

후개가 알려 줬나?

여기도 뭔가 이상하다. 명색이 개방의 후계자란 작자가 아들놈에게 끌려다니고 있었다. 나이가 배는 차이 날 텐데

후개가 아우를 자처하는 것만 봐도 정상적인 관계로 보이진 않는다.

어쨌든 북천도방이든, 송화문이든 돈을 갚지 못하면 차라리 지옥이 나을 수도 있었다.

이만하면 됐을 줄 알고 안심했던 구서진은 한 방 더 맞아야 했다.

"조만간에 북천현령을 죽일 겁니다."

"일반 관인도 아니고, 현령쯤 되면 황궁에서 가만있지 않을 거다. 너무 위험한 짓이야."

"그래서 송화문과 북천현령의 불화를 흘렸습니다."

"……?"

"약속된 공문을 여반장처럼 뒤집었으니, 송화문은 불만이 있을 수밖에 없습니다."

구서진은 생각했다.

내가 대체 뭘 낳은 건지?

방구석에서만 벗어나면 소원이 없겠다고 한 지가 엊그제거늘. 아들은 가문에 적이 될 만한 건 티끌조차도 용납하지 않았다.

감정적인 복수라면 그나마 인간적으로 보일 텐데, 지나치게 무심하다.

'이거 어째, 밖에 내놓을수록 위험해지네!'

내 자식이지만, 점점 무서워지고 있었다. 그나마 아내가 버팀목이 되어 주어서 망정이지, 아니었다면 답이 안 나온다.

'그렇다고 하지 말라고 할 수도 없고.'

가문을 위한 용단인 데다가 상대가 먼저 수작질을 부렸다.

아들을 탓하기엔 너무나도 공명정대하다.

'그냥 모르고 싶다!'

아들의 거침없는 솔직함도 부담이 되었다.

예전 아버지가 모르고 사는 게 속 편하단 소릴 왜 했는지 이제는 알 것 같다. 그 인간, 정말 자기 인생 편하게 사는 데는 도가 텄다. 지금 어디에 있는지는 모르지만, 절대 죽지는 않는다. 어떤 상황에서도 자기 보신에 관해서는 일가견이 있었다.

'아버지한테 한번 맡겨 봐!'

그 인간도 정신을 차릴 때가 되기는 했다. 못나도 아버지라서 여태 아무 말도 하지 않았지, 가문의 재산을 절반이나 날려 버렸다.

그런데도 '허허허! 사람이 살다 보면 그럴 수가 있지.'란다. 그때 당시의 가산이 지금에 비하면 절반도 되지 않는 액수긴 하지만, 가문이 성장하는 중요한 시기였었다.

'다시 생각해 보니 더 열 받네!'

자금만 있으면 활활! 날개를 달고 날아다니고 있는 상황의 재림이 아니던가. 망할 인간! 아들의 앞길에 기름칠을 해 주기는커녕, 불을 지르고 냅다 도망쳤다.

나만 속 썩을 순 없지.

구서진은 아들과 공유할 때가 되었음을 직감했다.

"천우야, 이제야 말하지만, 네 할아버지는 살아 있단다. 역마살을 타고난 인간인지라, 지금도 어딘가를 정처 없이 떠돌고 있겠지만."

"할아버지는 절강성 항주에 있습니다."

"그래, 떠돌다 보면 항주에도 들를 때가 있겠지…… 응? 어디 있다고?"

"정금루란 술집을 운영하고 계십니다. 항주에서 유명세를 떨치진 않았지만, 애주가들에겐 암암리에 인기가 많습니다."

"……그건 또 어떻게?"

패황이었을 적 가족들의 호구조사는 기본이었다. 나를 제대로 알아야 적을 상대하기도 편하고. 약점을 잡히지 않으려면 내력을 알고 있어야 했다.

그렇다고 사실대로 말하진 않았다. 수신제가와 멸악패도를 위해서라면 선의의 거짓말은 기본적으로 장착한 패황이었다.

당시 무후와 지후는 결국 지 맘대로 할 거 왜 물어봤냐고, 싱거운 농을 하곤 했었다.

"제 아우가 후갭니다."

"그렇군."

"원하신다면 당장 불러오겠습니다."

"됐다."

오해긴 한데, 구서진은 개방의 정보력에 소름이 돋았다.

십수 년을 찾으려고 해도 찾지 못한 인간을 이토록 간단히 찾아내다니. 앞으론 거지라고 무시하지 말고, 고기반찬이라도 얹어 주어야겠다.

"보고는 여기까지입니다. 변동 사항이 있다면 그때그때 말씀드리겠습니다."

"보고야 네가 알아서 하고, 이번에 상회…… 아니다. 피곤할 테니, 이만 들어가서 쉬어라."

구서진은 아들에게 권유해도 될지 고민하다, 시간을 두기로 했다. 요즘 말도 안 되는 일들을 연거푸 겪다 보니, 사태를 안일하게 보는 경향이 있었다.

산이 높으면 골이 깊듯 이럴 때일수록 신중하게 따져 봐야 한다. 그래야 실수를 줄일 수 있었다.

드륵!

아들이 나간 지 얼마 되지 않아, 문이 활짝 열렸다. 할 얘기가 남아서 돌아왔나 싶었는데, 장조부께서 찾아왔다.

"이 시간에 어인 일이신지?"

"곧 죽을 노인네는 밤잠이 없거든."

"당치도 않은 말씀을 하십니다!"

"그런 것치곤, 내가 죽기를 바랐다며?"

"도대체 누가 그딴 말도 안 되는 유언비어를 퍼뜨렸습니까?"

"네 아들놈이."

결자해지 159

"하하하, 저는 그저 등선을 원하신다기에 이루어지기를 바랐을 뿐이다!"

"등선인지 개죽음인지 네가 봤어?"

망할 놈! 걸어 다니는 벽력탄을 방에 던져 놓고선 쏙! 빠졌다. 누굴 닮아 그러는 건지 원!

구서진은 식은땀을 비 오듯이 흘려야 했다. 절대경의 노인네가 흘려 대는 기세란, 그 자체로 살상 병기였다.

'안 되지.'

여기서 밀리면 장조부에게 내내 끌려다녀야 한다. 아들의 솔직함이 불러온 화근이긴 하나, 정신 바짝 차려야 했다. 호랑이 굴에 들어가도 정신만 차리면, 간혹 산다고 하지 않나.

다만, 장조부는 십수 년을 벽곡단만 먹은 호랑이다. 생(生)사위를 바라보는 두 눈에 감칠맛이 돌았다.

"제가 도가의 수양에 대해서 뭘 알겠습니까마는, 신선이 될 기회가 자주 찾아오진 않겠지요. 하물며 등선을 바라시지 않았다면 십수 년의 면벽은 어째서 하신 겁니까?"

"그 요사스러운 주둥이는 세월이 갈수록 무르익는구나."

"저는 사실만을 말씀드렸을 뿐입니다."

"나도 사실만을 말하겠다. 일단 맞자."

"아니 그게 왜 그런 식으로 흘러…… 흐엑!"

노인네를 말로 이겨 먹으려고 해 봤자, 상식적인 잣대가 통할 리 만무했다. 하물며 등선 실패로 열 받은 상태였다.

우우웅!

적만성은 외증손에게 받은 여의패도결을 발산해 주었다. 제 아들놈이 만든 심득이니, 아주 보람찰 것이다.

와장창!

문이 박살 났다. 적이령이 장주실로 뛰어 들어와 여의패도결을 막아선다.

후우!

구서진은 아내의 등장에 안도했다. 역시 위기에서 믿을 만한 사람은 아내뿐이다. 지금 이 순간 아내는 적토마를 타고 달려와 청룡언월도를 휘두르는 것 같은…… 응?

"할아버지가 뭔데 남의 거에 손을 대!"

"이년이! 십수 년 만에 만난 할아비한테 할 말이 그것뿐이더냐?"

"혼자서 편히 가려고 한 거 내가 모를 것 같아요!"

"허허! 말본새 보소, 저놈이 널 마구니로 물들였구나!"

"이럴 거면 다시 돌아가든가!"

"나이가 들면 철이 들 줄 알았거늘, 내 오늘 기필코 예의를 가르쳐 주마!"

"가족을 팽개치고 나간 책임감도 없는 할아버지가 누굴 가르쳐!"

화경과 절대경의 기세 싸움이 맹렬했다.

안도했던 구서진은 죽을 맛이다.

안 그래도 숨 막히는데, 아내까지 합세하자 지옥이 따로 없다. 애초에 자신을 구해 줄 마음이 없었던 것 아닌가, 하는 의구심이 든다. 그렇지 않고서야 무공도 익히지 않은 자신 앞에서 너무하잖아.

혹시, 의도치 않은 사고사를 바라는 건 아니겠지?

'……대체 언제까지 기세 싸움을 벌일 거냐고!'

새우 등이 된 구서진은 입도 뻥끗 못 했다.

그나마 아들이 준 영약발로 겨우 버티고 있었다. 조금이라도 삐끗하면 그 순간 나락이었다.

우우우웅!

아니, 왜 남의 장주실에서 무형살기를 뿌리냐고들!

인원이 늘면 언제나 문제가 생긴다. 사공이 많으면 배는 산으로 가듯 만고불변의 진리였다.

자고로 분란의 시작은 사람이 모이기에 생기는 것이다. 더욱이 사람마다 개성이 다르고, 살아온 세월이 다르다.

하나가 되어 통합을 이룬다면 다행이지만, 초장에 기강을 세우지 않으면 어림도 없다.

"우리 엄마는 화경이야."

"우리 증조할아버지는 절대경이라고 했어!"

"그래 봤자 우리 엄마의 할아버지거든!"

"그래 봤자 출가외인이라고 했어!"

"그러면서 출가외인 집에는 어인 일로 찾아왔을까? 혹, 집이 없으려나?"

천기, 천예와 우선, 우영 남매의 유치한 신경전이 치열했다.

굴러들어 온 돌이 박힌 돌을 뺄 수도 있다고, 초장에 기선을 잡으려는 천기와 천예였다. 반면 둘이 합쳐 한 살이나 많은 우선, 우영은 기죽지 않으려고 애를 썼다.

"자고로 햇병아리들 싸움이 재밌는 법이지."

가복은 흐뭇한 표정으로 남매 전쟁을 바라보았다. 예로부터 흥정은 말리고, 싸움은 붙이라고 하지 않았는가.

은연중에 기름을 살짝살짝 부은 노력이 거대한 화마(火魔)로 번지려고 했다.

남매들은 서로를 위하는 척하지만, 쟤들보단 낫다는 우월 의식이 기조에 깔려 있었다. 더욱이 비슷한 부류가 만났을 때 일어나는 동족 혐오가 발동했다.

주제 파악은 못 해도 귀는 또 어찌나 밝은지.

"이 종복 새끼가 지금 뭐라고 지껄이는 거야? 넌 종복이고, 난 상전이라고!"

"이런, 제가 미처 사리 분별을 못 했습니다. 앞으로는 도약만세삼창의 훈련 강도를 높이겠습니다."

"이 자식! 자꾸 천지 구분 못 하고 날뛰면 큰코다칠 거야!"

"회피 훈련도 2배로 늘려야겠군요."

"무슨 짓이야? 천우 형 믿고 너무 날뛰는 거 아니냐고!"

"경공 훈련도 3배로 늘리겠습니다."

천기와 천예는 우선과 우영의 무모한 행동에 혀를 찼다. 가복을 많이 경험해 보지 않은 남매의 하책이었다. 화를 낸다고 주변에서 도움을 받을 수 있으리란 기대는 하지 말아야 한다.

'이 새끼는 보통 종복이 아니라고!'

'얘가 얼마나 영악한데!'

시간을 정해 놓고 사제 놀이를 하지만, 그게 무슨 의미가 있을까? 정해 놓은 시간이 지났다고 개기다가, 훈련 강도만 높아지곤 했다.

게다가 본인은 잘 지키지도 않았다. 자기 편의대로 갖다 붙이곤, 주먹으로 짓뭉갰다. 그러면서도 주변에는 훈련의 연장선으로 보이게 했다.

"때마침 훈련 시간이 됐습니다. 오늘은 회피 훈련부터 하자, 할 거지?"

"……우린 네 상전이라고!"

"예, 상전 나리. 잘 피해 보십시오."

"……잠깐, 실수야!!"

"늦었어, 이 상전 새끼들아!"

우선과 우영의 앙금처럼 남은 자존심과 경험 부족이 초래한 화마였다. 그깟 체면이 또 뭐라고, 가복보다 강해질 때까진 바짝 숙였어야 했다.

게다가 이놈은 강자한테는 한없이 약하지만, 약자한테는 그 누구보다 강했다.

가복은 약강강약의 근본이었다.

그뿐이면 말도 안 한다.

'이 새끼는 큰형한테 당한 걸 우리한테 푸는 놈이라고!'

'오빠한테 한 대 맞고, 나한테 왜 열 대로 푸냐고!'

아주 그냥 지랄 같은 성격이었다. 그런 놈의 성질을 건드리고 무사하리란 기대는 애초에 하지 않는 편이 이로웠다.

'구가장의 하층민이 될 순 없어!'

'쟤들보다는 우리가 위여야 해!'

가복이 무심코 내지른 주먹에 우선, 우영은 족족 처맞고, 짓뭉개진 개구리 꼴이 되어 갔다.

기교가 제아무리 뛰어나도 역량이 받쳐 주지 못하면 무용지물일 텐데, 기량에서도 어른과 아이의 격차가 있었다.

가복은 남매에게 반전의 그 어떤 변수도 허락하지 않았다.

쿠웩, 까악!

복부를 처맞은 남매는 헉! 소리와 함께 바닥에 무릎을 꿇고 얼굴로 쓰러졌다. 그나마 가복이 여지를 두어서 처박지는 않았다.

'그러게 적당히 나댔어야지, 가복이 어떤 놈인 줄 알고!'

'이 새끼는 당문의 버려진 사생아가 분명해!'

그 지독한 당문도 은혜는 갚는다고 했는데, 가복은 그딴 건 신경도 쓰지 않았다. 철저히 자기 위주의 편의성을 중시했다.

가복이 천기, 천예를 보았다.
"윗사람으로서 아랫사람을 잘 관리했어야지요."
"다음부터는 헛짓거리 못 하도록 단단히 일러둘게."
"오늘 일을 내일로 미루지 말라."
"당장 시작하면 되는 거지?"
"관리 책임부터."
"……이 개 같은 종복 새끼가!"
애초에 빠져나갈 구멍은 없었다.

천기, 천예는 신속히 거리를 벌렸다. 최소한 1명이라도 책임 소재에서 벗어나기 위해서 서로 반대 방향으로 내달렸다.

어차피 합격한다고 결과가 바뀌지 않았다.

제발 자신만 아니었으면 했다.

퍽! 커억!

뻐억, 까악!

가복의 속도는 남매가 상상하는 범주를 벗어나 있었다. 안 보던 사이에 또 성장했다. 일순간에 두 방향으로 도망치는 천기와 천예를 잡아챈 후, 회피 훈련을 시켰다.

"……왜 이렇게 빨라!"
"……어째서 우리보다 빨리 강해지는 건데?"

우리도 열심히 했잖아!

왜?

천기, 천예는 이해하지 못했다. 가복은 구가장의 종복이었다. 종복이 주인보다 빠르게 강해지는 건 온당하지 않았다.

차라리 특혜라도 받았다면 모를까, 자신들과 똑같은 훈련을 받고 있었다.

결론은 자질의 차이였다. 더더욱 인정하고 싶지 않은 현실이었다.

"저는 대공자께서 인정한 구가장 제일의 인재입니다. 제 자질에 비견될 수 있는 분은 구가장에 없습니다."

"늦게 입문한 네가 나보다 뛰어날 리 없어!"

"나야말로 천하제일협객이 될 인재라고!"

현실 파악이 느린 건지, 파악하고 싶지 않은 건지.

가복은 그저 고마울 따름이다. 이럴수록 격차는 벌어질 테고, 전세가 역전될 가능성은 희박했다. 혹여나 본질을 깨닫고 반성하면 곤란하다.

그런 일은 200년 후에나 가능했다. 그때는 한 번 정도는 져줄 용의가 있었다.

'저, 가복! 절대 방심하지 않습니다!'

구가장제일기재임에도 안주하지 않는 스스로를 칭찬했다.

이 얼마나 겸손한 모습이란 말이던가.

"누가 아래라는 거야?"

"내가 천예보다 한 살 많거든!"

우선, 우영 남매가 일어섰다. 실은 아까부터 정신이 돌아왔지만, 더 맞을까 봐 잃은 척하고 있었다.

그러나 도저히 묵과할 수 없는 얘기를 들었다.

그래, 가복은 인정한다.

주인을 몰라보는 무례한 놈이지만, 자질은 뛰어난 편이다. 하지만 천기, 천예보다 밑이라고는 단연코 생각조차 해보지 않았다.

"서열은 지엄한 법. 증명해 보거라."

"좋아, 쟤들은 원래 우리 밥이었어!"

"하아, 아직도 사태 파악이 안 됐네."

천기와 천예는 우선과 우영이 가소로울 따름이다. 가복에게 대들었던 자신들과 다르지 않았다. 종복에게 굽실거리는 불쌍한 상전 신세를 벗어나고자 하나, 재능의 한계에 부딪혔다.

"이제부터 내가 형님이다."

"앞으로 천예 언니라고 불러."

우선과 우영은 속에서 천불이 솟았다. 어떻게든 천기와 천예는 이겨야 했다. 천우로 인해서 멀쩡한 집을 버리고 야반도주한 것도 서럽거늘. 여기서도 밀리면 구가장의 천덕꾸러기가 되어 눈칫밥을 먹으며 살아야 했다.

꽈득.

이를 악물었다.

우선과 우영은 오늘처럼 필사적인 적이 있었나 싶었다. 그러자 자신들도 몰랐던 숨겨져 있던 잠력이 활활! 불타오르는 것 같았다. 영웅이란, 역경 속에서 빛을 발한다고 하지 않던가.

'그래, 보인다!'

'나는 천재!'

천기, 천예의 움직임이 보였다. 그렇다면 이제부터는 반격이었다.

뻐억, 크억!

퍼억, 까악!

회피한 후, 맞고.

물러선 후, 맞고.

돌아선 후, 맞고.

뛰어든 후, 맞고.

다양한 방도를 시험했다.

눈에 보이니, 피하고 반격하면 된 줄 알았었다.

그것이 우선, 우영을 더욱 답답하게 했다.

보이는데, 왜 맞는 거냐고?

"너희만 보이냐?"

"우리가 썩은 생선 눈깔도 아니고."

우선, 우영이 보이는 만큼, 아니 그 이상으로 천기와 천예도 아주 잘 보였다. 보여서 피하는 걸, 따라가서 패 줄 격차가 있었다.

사람들은 흔히 착각한다. 보이면 피할 수 있다고?

맞는 얘기지만 치명적인 오류가 있다. 눈이 트였다고 몸까지 자연스럽게 움직인다고 생각하면 곤란하다.

일반적으로 몸은 눈보다 빠르지 않았다. 더욱이 신체적으로 압도적인 격차가 발생한다면 움직임이 읽혀도 무시할 수 있었다.

천기와 천예가 본 우선과 우영의 회피는 약속된 춤사위에 지나지 않았다. 어디로 피할지 뻔히 보이는데, 헛발질을 하고 싶어도 못 하겠다.

두 남매의 자질 차이는 그리 크지 않았다. 그렇다면 수련 시간에 의해서 결정이 난 것이다.

천기와 천예가 가복에게 처맞으면서 배웠던 시간이 빛을 발했다.

"어째서 피하질 못하는 거냐고?"

"나는 천재가 분명한데!!"

남매는 천재에 대한 병적인 집착이 있었다.

그에 못지않은 천기와 천예였다.

평소에는 서로를 병신처럼 여기지만, 남이 욕하면 참지 않고 합심했다. 남매가 의기투합하자, 우선과 우영은 일방적으로 두들겨 맞았다.

퍼퍼퍼퍽!

빠악, 빠악!

천기와 천예는 오랜만에 아주 신이 났다. 이게 진짜 때리는 맛이 있었다. 가복에게는 별의별 짓을 해도 통하지 않아서 제대로 배우고 있는지 의심했었다.

그 성과가 빛을 발휘하자 뿌듯한 충족감이 채워졌다.

'양민을 학살 때가 재밌지.'

잔혹하지만, 인간은 강자에게 강할 수 없다. 약자에게 강한 부류가 인간이었다.

협객도 사람인지라 누울 자리를 보고 눕기 마련이다. 상대도 안 되는데 협의지심만 내세운다면 민폐에 지나지 않았다. 괜히 화만 돋워 더 큰 민폐를 초래하는 예도 종종 있었다.

협의란, 반드시 이길 수 있을 때 해야 했다.

이러면 이기는 대결만 한다고 비난하겠으나, 그런 뜻은 아니다. 반드시 승리할 방도를 마련하고, 싸워야 한다는 소리다. 이기지도 못하는 싸움은 협의가 아닌 만용이었다.

퍼퍼퍽!

뿌악!

보통 이 정도로 처맞으면 정신을 잃기 마련이나, 천기와 천예는 터득하고 말았다. 자신들도 모르는 사이 처맞으면서 깨닫게 되었다.

어떻게 쳐야 기절하지 않고 고통을 가중하는지를.

이는 무공에서 매우 중요한 체득이었다.

어디를 쳐야 하는지, 어느 정도로 강도를 조절해야 하는지는 통제의 영역이다. 무인에게 있어 통제는 무공을 사용하기 위한 필수 조건이다.

사람은 매우 질긴 생명력을 지녔지만, 어떤 경우엔 허무하게 죽는 예도 있었다. 육체의 사혈을 피하고, 강도를 조절할 수 있어야 허망한 죽음을 피할 수 있다.

천기와 천예에겐 그동안 뭘 배우나 싶었던 의구심을 떨치는 계기가 되었다.

안타까운 사실은 사제와 사매가 들어오고 나서야 알게 됐다. 우선과 우영도 결국은 한참을 처맞아야만 요령을 깨치게 될 것이다.

물론, 매 앞에서 장사 없었다.

"……천기 형님!"

"……천예 언니!"

천기와 천예는 이제 어엿한 무인이 되어 있었다. 이제 막 무에 입문한 우선과 우영이 어찌하기에는 수준 차이가 컸다.

"우린 너희를 알아."

"이 정도론 말을 안 듣거든."

정곡을 찔린 우선과 우영은 눈이 휘둥그레졌다. 이쯤에서 타협을 보고, 다음 기회를 노리려고 했었다.

구차한 와신상담은 통하지 않았다.

"……어떻게?"

"……너희 대체 뭐야?"

예상에서 한 치도 벗어나지 않자, 천기와 천예는 우쭐함보다는 씁쓸함이 컸다. 우선과 우영을 욕해 봤자, 자신들의 뼈를 때리는 기분이었다.

'후후후, 동경 치료만큼 효과적인 것도 없지.'

가복은 본인의 큰 그림에 아주 만족했다. 자고로 내리사랑을 위한 밑그림을 확실하게 그려 놓아야 단속하기가 수월하다.

결국 중요한 것은 실력이었다. 이 바닥은 실력이 떨어지면 곧바로 나락행이다.

"……천기 형님, 이번엔 진짜라고!"

"……천예 언니, 내가 더 잘할게!"

심금을 울리는 절절함이 전해진다.

이 순간만큼 우선, 우영은 진실한 적이 있었나 싶었다. 고개를 냅다 박고, 두 손을 받치며 배사지례를 올렸다.

이후론 순조롭다.

"하나에."

"멸악!"

"둘에."

"패도!"

찰지게 번호를 붙이며 일사불란한 규격을 보였다. 기강이 비로소 확립되자, 가복은 쉬어를 선언했다.

때마침.

저벅, 저벅!

구가장 공식 서열 4위, 비공식 서열 1위의 천우가 연무장에 들어섰다.

"신 가복, 대공자께서 명하신 대로 기강을 바로 세웠나이다!"

가복이 자신을 내세워 기강을 세우든 말든, 천우는 별 관심이 없었다. 구가장의 서열 정리는 수신제가와 관련이 없기 때문이다. 분란도 그럴 만한 능력이 있어야 일으킬 수 있다.

"종합 훈련을 시작하겠다."

천우는 정해진 일정을 진행했다.

스륵!

눈앞에서 천우가 사라졌다.

고속의 보신에 이은 경로의 변환을 이용, 일순간에 사각을 점한다.

파파팟!

사각에서 내지르는 권.

머리, 목, 옆구리, 다리로 점을 찍는다. 권영이 창처럼 예리한 파공성을 내며 꿰뚫는다.

슈슈슝!

신형이 관천(貫穿)되는 줄 알았지만, 놀랍게도 가복은 피해 냈다. 간발의 차이, 조금이라도 늦었다면 진짜로 꿰뚫렸을 것이다.

슈슈슈슉!

가복은 회피했다고 하여 안심하지 않았다.

보신의 최고 속도와 최적 동선을 최대치로 유지해야 했다. 한계치에 도달할 때까지 젖 먹던 힘을 쥐어짰다.

"최적 동선은 체득한 모양이군."

"저도 짬밥이 있지, 똑같은 수법에 매번 당하진 않습니다!"

천우는 굳이 초식과 투로에 연연해 무공을 가르치지 않았다. 실전과 같은 훈련을 통해서 스스로 터득해 나가도록 방향을 제시할 뿐. 그 안에서 자신만의 심득을 찾아내야 했다.

"극의극한은 한계의 종착점을 뜻하지, 나는 그 이상을 원한다."

"미쳤어요? 한계라고요! 여기서 어떻게 더 빠르게 해요?"

"할 수 있다."

"그걸 왜 대공자가 판단합니까?"

가복은 한계까지 전력을 쥐어짜고 있었다. 그런데도 대공자는 한계 초월을 강요했다.

간혹, 싸우면서 강해지는 예가 있기는 하나, 특이적으로 운발이 맞물린 기적에 지나지 않았다. 사람들이 흔히 하는 착각이 본인의 한계를 안다고 생각하는 것이다. 실제로는 자신의 한계를 모르는 이들이 수두룩했다.

하물며 한계 초월이라니.

말처럼 간단하면 다들 화경에 절대경에 올랐어야지. 대다수는 절정의 발끝에도 미치지 못하고 끝이 났다.

"속도와 위력을 2배로 늘리겠다."

말만 하면 다 되나.

한데, 다 된다.

천우가 말하는 순간, 현실이 되었다.

단숨에 배로 늘어난 속도와 파괴력에 연무장은 기류와 풍압에 휩싸였다. 속도에 의한 잔상과 내지르는 권영에 권압이 합쳐지며 연무장은 칼날 같은 바람으로 들어찼다.

휘이이아앙!

파사삭!

단단한 화강석이 부스러지며 휘날렸다. 화강석 가루는 바람과 합쳐져 흉기가 되었다. 흡사 사막에서 부는 흉포한 모래폭풍처럼 시야를 괴롭혔다.

슈슝, 주르르!

속도의 경쟁 속에서 주먹을 피한다. 단순하지만, 무공의 모든 무리와 요체가 담겨 있었다. 서로 합을 맞춘 형식적인 대결 같으나, 한계를 초월하지 않으면 죽을 수도 있었다.

천우의 강요와 가복의 생존 본능이 만들어 낸 합작품이었다.

헐!

천기, 천예, 우선, 우영은 말문이 막힌 채 넋이 나가 있었다. 자신들이 알고 있는 수준을 아득히 넘어섰기 때문이다. 눈이 따르지를 못하고 있었다. 바로 앞에서 휙휙! 지나갈 때마다 시선을 놓쳤다. 굳이 찾으려고 하지 않으면 편안하나, 찾으려고 할수록 눈물이 흘렀다.

'뭐가 어떻게 돌아가는 거야?'

'왜 이렇게 빨라!'

'바람에 스쳤는데도 살이 베이잖아!'

'쟤가 저렇게나 대단했다고?'

천우의 무위는 확실하게 보지는 못했어도 인정은 하고 있었다. 과거의 방구석 대공자란 오명을 완벽히 지웠다.

그에 반해 가복은 자신들보다는 확실하게 우위에는 있지만, 저렇게까지 대단한지는 몰랐다. 체감했던 격차보다 월등한 무위였다.

'저런 식의 움직임이 가능한 거야?'

'우리가 배운 게 대체 뭔데?'

'고작 그것만으로도 저게 된다고?'

'진짜 무공이었던 거야?'

이제까지 한 것이라곤 도약만세삼창, 회피 훈련, 경공 훈련이 다였다. 외공의 토대를 만드는 기초에 불과한 줄 알았더니, 그들이 진정으로 익히고 싶었던 절세신공이었다.

하아악! 하악! 하악!!

주변의 놀람과 경탄은 들어오지도 않았다. 가복은 진짜 죽을 것 같았다. 한 줌의 호흡이 이렇게나 힘이 들고, 소중한 줄 처음 알았다. 육체가 끊어지고, 찢어지고, 부서지는 탄력감도 한계였다.

그런데도 달아오른 육체는 한계를 모르고 나아가고 있었다. 기호지세, 멈추는 순간 죽을 수 있다는 공포가 자리한 것이다.

'……야이, 미친 대공자야!'

억울하다.

이런 식으로 어처구니없이 죽을 순 없었다. 구가장을 위해서 헌신했던 나날들, 이제야 꽃을 피우나 싶었는데.

누구 좋으라고.

투득!

극한으로 쥐어짜는 그 순간, 팽팽한 실이 끊어지는 걸 느꼈다.

이제 끝이 난 건가?

그런 줄 알았는데, 이어지며 더욱 확장된다.

어?

일순 두 눈에 맺힌 현상들이 보인다.

정확하게 말하면 느려진 것 같았다. 특히 대공자의 권형이 툭툭! 끊어지듯 보였다. 지금이라면 생존 본능에 의한 회피가 아닌, 보고 피할 수 있을 것 같았다.

슈아앙, 쩌어엉!

주먹이 허공을 쳤다.

공기를 관통하는 파공음이 파괴력을 과시했다.

그제야 천우는 신형을 멈췄다.

그리고 묻는다.

"내 안목은 정확하다."

"아무렴요, 저는 믿고 있었습니다요!"

가복이 드디어 절정에 도달했다. 초입이기는 해도, 실로 놀라운 성취였다. 또한, 회피를 목적으로 한다면 절정 중반은 넘어선다. 경지가 본성을 이기진 못했지만, 한순간에 새로운 경지에 도달했다면 재능의 영역이었다.

'나쁘진 않군.'

현재 파천공의 수위가 위험해진 상태였다. 경지를 넘어서지 못했다면 파천공이 폭주하여 육체가 견디지 못하게 된다. 이제는 폭주를 받아들여 다음 단계로 갈 자격을 갖추었다.

"수고했다."

가복은 순간 울컥했다.

믿는다고는 했지만, 진짜로 죽는 줄 알았었다. 다시는 대공자를 따르지 않으려고 했는데, 이 빌어먹을 대공자가 사람을 다룰 줄 알았다. 알면서도 따르지 않을 수 없는 양귀비 같은 대공자였다.

'이 가복의 심금을 울리다니. 아주 제법이십니다, 대공자!'

가복의 착각은 아니었다.

천우는 마이동풍의 외골수지만, 4만 년 동안 패황성의 주인이었다. 성주로서 천하패도를 달성한 최강의 무인이자, 지배자였다. 자신을 따르는 이들을 자연스럽게 끌어들이는 매력이 있었다.

간혹, 의도치 않은 떨거지들이 주제 파악을 하지 못하긴 해도.

우르르!

천기, 천예, 우선, 우영이 부르지도 않았는데 다가왔다.

종복조차 믿지 못할 신위를 보였다. 자신들도 같은 훈련을 받는 이상, 그에 버금가는 성취를 얻을 수 있으리라 기대했다.

"큰형, 우리도 가복만큼 강해질 수 있는 거지?"

"불가."

"그래, 우리가 남도 아니고 피를 나눈 형젠데…… 안 된다고?"

"재능의 영역이다."

"우리도 재능은 차고 넘친다고! 대충 보지 말고 자세히 봐봐! 천무지체는 아니더라도 백무지체는 될걸."

그 천(天)이 그 천(千)이냐?

오성부터 재능까지 벽이 크다.

"가복을 넘어서고 싶다면 지금보다 훈련의 강도를 최소 3배는 높여야 한다."

"갑자기 훈련을 3배로 올리면 우리 몸이 견디지 못한다고!"

"그것이 재능의 차이다."

"아, 왜~~~?"

"앙탈을 부린들 너희들의 현실은 변하지 않는다. 하물며 빈약한 정신력으로 재능의 벽을 넘겠다는 것은 어불성설이지. 난 그런 불필요한 시간 낭비를 할 만큼 한가하지 않다."

……와!

너무나 신랄한 비판에 정신적으로 상처를 받았다는 것마저 의식하지 못했다. 그간 천우가 자신들을 어떻게 보고 있었는지를 적나라하게 알 수 있었다.

기대가 없어도, 너무 없었다.

손톱만큼이라도 기대했으면, 저딴 매정한 말을 면전에서 하지는 않겠지.

"우리가 남도 아니고, 피를 나눈 혈연관계라고!"

"그래서 기본이라도 가르치는 거다."

"두고 봐, 우리도 한다면 하는 사람이라고!"

"부질없는 일에 힘 빼지 마라."

"3배로 해! 우린 할 수 있거든!"

"좋다."

"거봐, 좋다고…… 어?"

"강요가 아닌 이상, 더는 봐주지 않으마."

"……그런 뜻으로 말한 건 아니었어! 이건 그냥 은유적인 표현이라고! 우린 3배까진 안 해도, 강해질 수 있어! 2배. 그래, 2배로 하자."

"4배."

"2배 반!"

"5배."

"……망할!"

뒤늦게 제 발등을 찍은 남매들은 서둘러 변명했지만, 이미 늦었다. 천우는 가복에게 훈련의 강도를 높이라고 명령했다. 그와 함께 남매들의 통제권을 전적으로 일임해 주었다.

어느 집단이든, 가장 무서운 존재는 바로 윗선임이었다. 까마득히 위에 있는 존재는 현실성이 결여되어 와닿지 않았다.

천우는 자리를 피했다.

시류를 아는 가복이었다. 머리에 피도 안 마른 핏덩어리들을 돌아보며 이죽였다.

"움하하하하! 이 귀여운 것들. 나보다 강해지고 싶었쩌요? 강해져서 뭐 하려고?"

"넌 종복이고, 우린 상전이야! 주제넘은 짓은 하지 마라!"

이놈의 상전 새끼들은 머리가 돌이 분명했다. 여태 뭘 배웠는지, 매번 같은 소리를 지껄이고 있었다. 그래 봤자 본인들에게 좋을 리 만무한데도.

"나를 넘어서려면 훈련의 강도를 10배는 높여야겠지."

"갑자기 3배에서 왜 10배로 올리는데?"

"내 맘이지. 억울하면 강해지든가?"

"이 종복 새끼가…… 크악!"

맞을 짓을 하면 맞아야지.

전권을 일임받은 가복은 권력의 횡포와 남용을 즐겼다.

쥐꼬리만 한 표장이지만, 있는 것과 없는 것의 차이는 컸다. 하물며 상전을 제 맘대로 다룬다는 배덕감도 상당했다.
'이 맛에 훈련하지.'
고난의 행보를 견디기는 쉽지 않지만, 권력의 단맛은 달콤했다.
"하나에?"
"멸악!"
"둘에?"
"패도!"
그게 대체 뭔데 자꾸 시키는 거야? 뜻이라도 알려 주고서 시키라고.
"정말 모르나?"
"……압니다!"
모르는데, 안다고 해야 하는 천기, 천예, 우선, 우영은 답답해 죽을 것 같았다.
'자꾸 묻지 말라니까. 크크크크!'
가복은 애초에 알고 싶지도, 알려고 하지도 않았다. 그러니 가르쳐 줄 수도 없다. 모르는데 자꾸 물어보면 화가 나는 건 인지상정이었다. 권력자를 곤란하게 만들어 봤자, 자기들 몸만 고생할 뿐이다.

가복이 완장을 차고 권력 남용과 횡포를 저지를 때.
천우의 방으로 적만성이 찾아왔다.

적만성은 지친 얼굴을 하고 있었다. 어제부터 이어진 어머니와의 실랑이가 이제야 끝이 났던 것이다.

절대경과 화경의 차이를 고려하면 상당히 오래 걸렸다. 외증조부께서 가진 부채감이 크게 작용했으리라.

이러니저러니 변명해 봤자 가문을 등지고 자기 혼자 등선하겠다고 한 건 사실이었다.

"네게 듣기는 했어도, 실로 놀랍더구나."

"어머니께서도 여의선결을 손에서 놓진 않았습니다. 그간의 노력이 이제야 빛을 보는 겁니다."

"네 심득이 아니었다면 어림도 없었겠지. 그럼에도 화경의 초입도 아닌 중반에 든 건 노력이 분명하구나."

"길을 제시했을 뿐, 어머니의 심득입니다."

"다른 길을 전부 차단한 녀석이 할 말이더냐!"

여의패도결만 봐도 알 수 있다.

그 심득은, 수십 년으로는 쌓을 수 없는 거대한 흐름과 의지가 깃들었다. 패도무쌍을 내어 주고서 다른 길로 갈 수 있는 무인이 얼마나 될까. 자신조차도 그 거대한 패도에 휩쓸려 여기까지 오고야 말았거늘.

"패도는 네 어미가 줄곧 원하던 심득이었어. 얼씨구나 하고 받아들였을 테지. 아주 그냥 물 만난 물고기가 따로 없더구나!"

"저는 몰랐습니다."

"네가 몰랐다는 게 말이 되느냐?"

"방구석에서 어떻게 알겠습니까?"

이번 생의 진실만 밝혔다.

천우는 약점이 되거나, 오해의 소지는 만들지 않는 편이다. 100회차의 축적된 지식과 경험은 밝힌다 한들 믿지 않을뿐더러, 굳이 그럴 필요성을 못 느꼈다.

이는 속이고, 안 속이고의 문제가 아니었다. 사실을 전한다고 하여 그것이 반드시 옳은 방향으로 가는 것도 아닐 테고.

'도통 모르겠구나!'

적만성은 거짓말을 했다면 불호령을 내려서라도, 진실을 밝히려고 했었다.

하지만 구가장을 살펴볼수록 사실임을 확인하는 작업에 지나지 않았다.

홀로 대오각성했다고 봐야 하나?

기연이라도 얻었다면 불가능하긴 해도 이해하겠으나, 방구석을 벗어나지 않았다. 방구석 대공자가 농이 아니라 사실이었다니. 일대종사라면 홀로 무공을 창안할 수 있다고는 하지만, 그것도 어느 정도 바탕이 필요했다.

이 녀석은 아무런 근본이 없다.

그야말로 하늘에서 뚝 떨어진 괴력난신이었다.

"거처를 다시 짓지 않아서 다행이긴 합니다."

"네 아비 놈이 괘씸하기는 해도, 얹혀사는 주제에 몰염치한 짓은 하지 않아."

집이 없는 서러움은 겪어 보지 않으면 모른다. 사람은 살면서 자기 한 몸 누울 자리는 있어야 했다.

"감사할 따름입니다."

"그래도 그렇지, 자기 집이라고 할아비한테 나가라고 할 줄 누가 알았냐고! 이 치사한 손녀 년!"

표현이 거칠긴 하지만, 적만성은 집을 부수지 않기 위해 안간힘을 써야 했다.

한데, 적이령은 집을 약점 삼아서 파상 공세를 퍼부었다.

절대경과 화경의 차이에도 실랑이가 오래 이어진 연유였다.

지키는 자와 부수는 자.

엇갈리는 희비 속에서 방어가 공격보다 어렵다는 걸 여실히 증명했다. 하물며 배은망덕하긴 해도 피를 나눈 혈육이었다.

"가재는 게 편이라더니, 부창부수가 따로 없더구나!"

"외증조부께서도 가재를 잡으시길 기원하겠습니다."

"……표현이 좀 이상하지 않느냐!"

"잡고는 싶으신 겁니까?"

이놈은 이상하다.

대화를 왜 그런 식으로 몰고 가?

이 나이가 되어서 옆구리가 시릴 리가 없지 않느냐……?

나는 시리지 않아.

우화등선을 위해 평생을 살았다. 먼저 간 부인에 대한 의리를 지키기 위해서 독수공방을 마다하지 않았다. 괘씸한 사위 놈을 편드는 손녀를 보고 있자니 배알이 뒤틀렸을 뿐, 한 점의 사심도 없음을 천명한다.

"황망한 소리는 하지도 말거라."

"앞으로 100년은 거뜬히 사실 텐데, 괜찮겠습니까?"

"아무렴, 당연하지."

"안심했습니다. 저는 또 외증조부께서 혼인을 염두에 두시는 줄 알고 걱정했습니다. 앞으로도 지금 그 다짐을 흔들리지 않고 유지해 주시길 부탁드리겠습니다."

천우의 흡족함에 적만성은 어떻게 대꾸해야 할지 갈피를 못 잡았다. 분명 뜻을 존중해 주겠다는 것 같은데, 되짚어 보면 구가장을 위해 죽을 때까지 헌신하라는 속셈처럼 들렸다.

"날 죽을 때까지 부려 먹을 속셈이더냐?"

"완벽한 수신제가를 이루려면 경우의 수를 최소한으로 하는 편이 효율적입니다. 샛길이 많아질수록 관리할 영역이 넓어질 테고, 한 손이 열 손을 감당하려면 빈틈이 생길 겁니다."

"……수신제가가 그런 뜻이었느냐?"

"아닙니까?"

맞는 것 같은데, 또 아닌 것 같다.

이 녀석하고 대화하다 보면 매번 이상했다.

적만성은 수십 년의 적공도 아무짝에도 쓸모가 없는 것

처럼 느껴졌다. 대화를 요상한 흐름으로 비트는 신비한 재주를 지녔다.

그런데도 의도했냐고 하면 또 아닌 것 같다.

"완벽한 수신제가를 이루어야 합니다."

"그렇게까지 활활 타오를 만한 목표는 아니다만."

천우의 욕망을 처음으로 마주한 적만성은 당황스러웠다. 의례적으로 하는 말인 줄 알았더니.

이놈 진심이다!

그렇다고 하지 말라고 할 수도 없다. 가족의 궁극적인 목적은 수신제가에 있었다. 이는 부정할 수 없는 사실이다. 하지만 저처럼 용의주도할 필요가 있나 싶다.

"적가장을 구가장으로 옮긴 것도 수신제가의 일환이었느냐?"

"그렇습니다."

이제야 수신제가를 위한 최소한의 구색이 갖추어졌다. 항주에 계신 할아버지는 워낙 자기주장이 강해서 일단은 관망했다. 후일 특별한 변수가 생기기 전에 데려올 계획이다. 그 전까지는 최대한 관계가 새어 나가지 않도록 비밀을 엄수해야 했다.

단, 본인의 선택인 이상 구가장과 양자택일해야 한다면 최소한의 희생은 불가피하다.

악은 교묘하고, 사악하기 때문이다. 하나를 들어주면 반드시 10개를 들어주어야 했다.

'이러다 평생 뒤치다꺼리만 하다 가는 거 아냐?'

적만성은 고개를 저었다. 지나친 우려에 의한 망상이었다.

말이 되는 소리를 해야지.

'외증조부께선 최소 300년 동안은 거뜬하셨지.'

끝까지 간 적도 있었고, 도중에 함께하지 못한 적도 있었다. 그러나 적의 침입이나 전투로 돌아가시진 않았다.

'지금 생각해 보니 등선의 위험성이 있구나.'

여의패도결도 궁극에 이르면 우화등선의 가능성이 있었다. 무의 궁극이 만류귀종은 아니더라도, 절대경과 등선은 종이 한 장의 차이였다. 물론, 평생을 수련해도 넘지 못하는 경우가 대다수긴 했다.

한 우물을 팠던 외증조부라면 등선하지 못할 이유는 없다. 도중에 막아서긴 했어도, 궁극에 이른 여의패도결을 초월하여 등선했을 수도 있었다.

'화를 냈던 회차에선 끝까지 함께하지 못했었지.'

무언가 성에 안 차셨는지, 굉장히 까칠했던 기억이 있었다. 그 회차에선 끝까지 함께하지 못하는 불운을 겪으셨다. 이번에는 비보가 생기지 않도록 철저히 안배해야 했다.

'영약과 신물이면 흡족해하시겠지. 영체를 잡아 놓는 보갑도 필요하려나?'

평생직장, 종신고용을 위한 외증손의 수작도 모른 채 적만성은 오늘 연무장의 일을 거론했다.

못 본 척했지만, 가복의 행태가 가관이었다. 먼저 경지를 올렸다곤 하나, 상전을 대하는 자세가 지나쳤다.

그런데도 천우는 가복을 방관했다.

"네게는 동생들일 텐데, 너무 냉정하구나."

"재능이 부족하다면 동기라도 있어야 합니다."

"그래도 안 되면 포기할 셈이더냐?"

"기대하지 않으면 포기할 필요도 없습니다."

"그건 온전한 수신제가가 아니지 않느냐?"

"일리 있는 말씀이긴 하나, 팔이 안으로 굽는다고 해도 재능의 차이는 인정해야 합니다."

천우도 부정하진 않았다.

동생들을 수련시켜 가문의 수신을 맡기기보다는, 재능 있는 인재를 포섭하여 가르치는 편이 효과적이었다. 시간, 돈, 심력의 소모를 최소화할 수 있는 방도였다.

"하마, 하면 되지 않느냐!"

"저도 동생들이 잘되기를 바랍니다."

이것이 외증조부에게 바라는 효과였다.

수신제가의 효율성도 중요하지만, 균형을 맞춰 줄 사람이 필요했다. 외증조부께서 전폭적인 협력을 해 준다면 최소한 낙오자는 생기지 않을 것이다.

"얘기나 들어 달라고 왔더니, 짐만 잔뜩 얹어 주는구나!"

"저는 열여덟 살입니다."

"원래 그 나이엔 다 컸다고 허세를 부리는 게 정상이야!"

"그렇군요."

애늙은이 같은 녀석답게 무책임해 보이는데, 또 사람을 다루는 데는 머리 꼭대기에 있었다. 방구석에서 누군가를 다스려 본 적이 없을 텐데.

타고났다고 해야 하나.

"아버지는 얌전히 있느냐?"

"산공독을 투약한 이상, 뭘 할 수 있겠습니까."

개망신을 당하고 돌아온 날 정문진은 살기 위해서 암수를 썼다. 아버지의 두 팔이 낫기 전에 문파를 장악해야 했었다. 내력의 회복이 더딘 아버지를 제압하고, 아끼는 애첩과 이복동생을 인질로 잡았다.

"다만, 장로들이 협조를 빌미로 너무 많은 권리를 원하고 있습니다. 이리된다면 후일 장로들을 통제하기가 어려울 겁니다."

"지금 당장은 어쩔 수 없잖아."

수단 방법을 가릴 때가 아니라서, 패륜을 저질렀다. 사실이 외부에 새어 나가면 송화문은 정도 문파로서 대우를 받지 못한다.

아버지가 병환으로 세상을 등졌다고 알려져야 했다. 그래야 자연스럽게 문주에 오를 수 있었다.

그때까지 천천히 약을 쓸 생각이다.

그러나 함께한 장로들이 협력을 빌미로 지나친 이권을

원하고 있었다. 맘에 들진 않지만, 문파를 완전히 휘어잡을 때까진 들어줘야 했다.

약점을 잡았다고 해도, 장로들도 동조자란 사실은 변하지 않는다. 자기 스스로 떠벌리고 다니진 않을 것이다.

"현령에겐 확실하게 말해 놨겠지?"

"법이 무섭긴 하지만, 그보다 가까운 게 주먹이라고 했습니다, 생각이 있다면 얌전히 있을 겁니다."

관무불가침.

관과 무림은 각자의 영역이 다르니 괜히 간섭해서 서로 얼굴 붉히지 말자는 일종의 불문율이었다.

관무불가침이 생긴 유례는 아주 단순했다.

실제로 관과 무림의 엇갈린 이견이 전쟁으로 번져 나라 전체가 휘청거린 적이 있었다.

당시 무림이 멸망하는 거 아니냐는 말까지 나왔었다. 형세는 100만 대군이 유리하게 흘러갔지만, 승리한다고 해도 제국을 유지하기가 힘들었다.

무림은 관의 무서움을 그제야 알았고, 관도 무림의 자존심이 목숨보다 지독하단 걸 깨달았다. 서로 싸워 봤자 이득이 없기에 타협안을 제시했는데, 그것이 바로 관무불가침이다.

똥을 찍어 봐야 맛을 아냐고 하지만, 사람은 논리적인 이성과는 별개로 해 봐야 알 때도 있었다. 관도, 무림도 서로의 힘을 정확히 알지 못하니, 마냥 고개를 숙이진 않았다.

송화문과 현령.

관무불가침을 들고 나선다면 현령을 협박하는 행위는 위험한 짓이었다. 현령이 자존심이 상해 끝까지 가려고 한다면 송화문도 무사하지 못한다.

그러한 위험에도 불구하고 현령을 압박한 연유는 약속을 깬 데다가, 당치도 않은 소문이 돌기 때문이다.

송화문과 현령의 불화는 터무니없는 낭설이었다.

그런데도 불화설이 돈다는 건, 공모에서 발을 빼려는 현령의 수작이 분명했다.

그대로 내버려 둘 순 없었다. 일이 틀어져서 송화문이 위험해지면 현령에게도 좋지 않다고 물귀신 작전을 썼었다.

"너무 몰아붙이진 마. 한심하긴 해도 현령이야."

"제 목숨을 신줏단지 모시듯이 하는 위인입니다. 허튼짓은 하지 않을 겁니다."

뇌물을 받은 이상, 현령도 미치지 않고서야 이쯤에서 입을 닫을 것이다. 어차피 이제 와 현령이 협조한다 해도, 적가장을 손에 넣긴 어려워졌다.

그렇더라도.

'내 기필코 되돌려주마!'

어미에 이어 그 아들에게까지 굴욕을 당했다. 지금 당장은 손을 쓰지 못하겠지만, 이번 위기만 넘어간다면 기회는 있을 것이다.

장부의 복수는 30년도 짧다고 하지 않나.

다다다다!

밖이 소란스럽더니, 문이 갑자기 열렸다. 직속 문도가 다급히 뛰어 들어왔다.

"무슨 일인데 이리 소란스러워!"

"안찰사가 찾아왔습니다!"

안찰사는 한 성의 감찰과 사법을 담당하는 고위 관료다. 일개 현령하고는 비교조차 되지 않는다. 중앙 직속의 도찰원과 연계되어 함부로 대할 수 없는 존재였다.

관무불가침을 내세울 상대가 아니다.

당장이라도 뛰어나가 안찰사를 정중하게 맞아야 하나, 이 밤중에 찾아왔다는 점이 걸렸다.

이유는 곧 밝혀졌다.

-죄인 정사성과 정문진은 오라를 받으라!

관인의 외침이 송화문을 일깨웠다.

이어서 줄줄이 밝혀진 죄목에 무인들은 화들짝 놀랐다. 감히 억울함을 토로할 수 없는 죄목이 붙었다.

부르르르!

털썩!

다리에 힘이 빠진 정문진은 주저앉고 말았다. 복수는커녕 도무지 빠져나갈 틈이 보이지 않는다.

"……아니라고!"

정문진은 억울했다.

어째서 일이 이런 식으로 흘러가냐고. 방금까지 충성을

맹세했던 수하마저 자신을 지목했다.
"소문주가 시켜서 한 겁니다!"

고 현령이 유서를 쓴 후, 자결했다.
 송화문이 원흉으로 지목되었고, 지속적인 협박을 받았다고 적었다. 송화문에서 무인이 찾아온 걸 목도했다는 증인이 있기에 유서의 신빙성을 더했다.
 안찰사까지 나선 연유는 무도한 무인 나부랭이들이 현령을 자살로 몰아갔다는 점에 있었다.
 이는 관의 입장에서도 상당히 곤란한 문제였다. 무림이 관을 우습게 여긴다는 상징성이 있었다.
 안찰사는 그 어느 때보다 강경했다. 어설프게 처리하다간 불똥이 튈 수도 있는 문제였다.
 가뜩이나 황궁이 다음 황위로 인해서 어지러웠다. 황권을 바로 세워야 하는 때인 만큼 확실한 본보기를 보여야 했다. 사실 여부는 이제 중요하지 않았다.
 그리고 드러난 정황은 가관이었다.
 아들이 아비에게 산공독을 사용해서 무공을 폐하고, 둘째 부인과 이복동생을 인질로 삼아 문주 위를 강탈하려고 했다.
 협박에.
 계략에.
 이제는 패륜까지.

정문진은 어떻게든 살아 보겠다고 개방을 언급했지만, 철담협개가 나타나 개방도를 사칭했다면서 되레 노기를 뿜어냈다.

이도 저도 안 되자, 정문진은 고 현령에게 뇌물을 바친 사실을 털어놨다.

하지만 외통수였다.

안찰사로선 이번 사건을 무도한 무림 문파가 청렴한 관리를 협박하여 자살로 몰아갔다고 해야 했다. 고 현령이 뇌물을 먹은 탐관오리라는 사실은 밝혀져선 안 되었다.

안찰사는 고 현령을 청렴결백한 관리의 표상으로 포장했고, 뒤탈이 나오지 않도록 송화문을 일벌백계했다. 또한, 송화문과 공모한 자들도 가만히 두지 않겠다고 밝혔다.

덩달아 적가장은 송화문에 의한 음모의 피해자로 못을 박았다. 내막은 돈을 빌리고 야반도주한 것이 분명하지만, 이를 사실대로 고발하게 되면 청렴결백한 고 현령이 아닌 탐관오리가 된다.

안찰사도 자신의 영달을 위해서 최선을 다했다. 중앙 진출을 방해하는 것들이 있다면 용서치 않았다.

***

부들부들!

고 현령이 죽고, 송화문이 풍비박산되자 북천도방은 살

얼음판을 걷는 분위기였다. 적가장을 손에 넣으려고 작당 모의 했던지라, 안찰사의 멸문지안(滅門之眼)에 걸릴까 봐, 노심초사하지 않을 수 없었다.

조목승과 수뇌부가 도방 회의실에 모였다. 내부자들을 최대한 단속해야 했다. 도방 자금을 소모하고, 빚까지 진 상태라 불협화음이 있었다.

"우리도 조심들 해야 하네."

"송화문과 현령이 작당한 것이 아닙니까? 우리는 그저 시키는 대로 따랐을 뿐입니다!"

"순진한 소리 하지 말게. 자네들이 보기에 고 현령이 청렴결백의 표상인가?"

"그건 아니지요. 그 인간 뇌물을 얼마나 좋아하는데요. 도방에 찾아올 때마다 맘에 드는 도기를 찍어 놓고, 진상하지 않으면 학을 떼도록 진상을 부리는 인간이지 않습니까."

"그러니 하는 말일세. 우리가 알고 있는 걸 안찰사가 알면 어떻게 나올 것 같아?"

다들 침묵했다.

안찰사의 의도가 뻔히 보였다. 고 현령의 청렴에 해가 되면 가만두지 않을 것이다. 이는 분명 조용히 있으라는 암묵적인 협박이었다. 이럴 때 괜히 나댔다가는 북천도방은 송화문을 뒤덮은 화마에 휩쓸릴 수 있었다.

"억울합니다. 이는 전적으로 적가장의 음모입니다!"

"큰일 날 소린 하지도 말게. 입 밖으로 꺼내는 순간 우린 흔적도 없이 날아갈 걸세."

자신들은 적가장에 철저하게 당했다. 북천도방이 입은 피해가 얼마나 될지 앞날이 깜깜할 지경이었다. 그럼에도 원흉인 적가장은 음모의 희생자가 되어 동정받고 있었다.

조목승도 억울하기는 마찬가지였다. 하지만 억울함을 토로하는 순간 자신들은 음모의 주재자가 되어 버린다. 안찰사가 본보기로 절대 가만두지 않을 것이다. 송화문의 대가 끊어진 것만 봐도 알 수 있는 대목이었다.

"도방 어른, 이제 어찌해야 합니까?"

"당장은 힘들지만, 이번 위기만 넘기만 기회가 있을 걸세."

"성도전장에 진 빚은 어쩌고요?"

"아직 시간은 있지 않나. 적가장을 적절한 가격에 판다면 빚을 어느 정도는 탕감할 수도 있고."

가장 현실적인 대안이었다.

적가장의 야반도주는 알려지지 않은 상태였다. 적당한 자를 물색해서 팔아넘긴 대금으로 전장의 빚을 갚아 나간다면 시간을 벌 수 있었다.

드륵!

손님이 온다고 하지 않았거늘, 문이 열렸다.

점잖게 생긴 사내가 들어왔다.

남의 방파에 허락도 없이 들어오다니!

화를 내려던 조목승과 도공들은 사내가 어디서 왔는지 밝히자, 화들짝 놀란 조개처럼 입을 닫았다.

조목승이 마지못해 물었다.

"시일이 남았을 텐데, 성도전장에서 어인 일이시오?"

"적가장을 날로 먹으려다 배탈이 났다는 소문을 듣고 왔습니다."

"……그런 헛소문을 어디서 들었단 말이오?"

"안찰사께서도 그리 생각하실지 모르겠습니다만."

그제야 조목승과 도공들은 성도전장의 악랄함을 상기해야 했다. 전장의 목적은 돈을 불리는 것, 그 목적에 부합하는 먹잇감이 있는데 외면하겠는가.

"그렇다고 긴장하실 필욘 없습니다. 본 전장은 항시 공명정대하거든요."

"……우리도 알고 있소!"

안다고 하지만, 조목승과 도공들은 목줄이 잡혔음을 깨달았다. 그것도 절대 벗어날 수 없는 포승줄이.

'……적천후, 이 개새끼!'

다만, 적천후도 억울하긴 했다.

내가 안 했다고!

제6장
가복의 역설

헐!

구서진은 북천현이 쑥대밭이 되었다는 소식에 헛바람을 삼켰다. 한 달의 시일을 두고, 계획을 마무리했다.

그 결과물에 전율, 감탄, 희비, 만감이 교차한다.

허험!

적만성과 적천후도 놀라기는 매한가지였다.

돈을 당겨 쓰고, 한밤중에 도주했을 뿐이거늘, 적가장은 음모의 피해자가 되어 동정 어린 시선을 받았다.

그뿐인가. 관련된 이들은 안찰사의 관심을 받지 않으려고 몸을 사려야 했다. 이제는 적가장을 건드리기는커녕, 되레 옹호해야 하는 판이었다.

에헴!

적이령만은 뿌듯한 얼굴이었다. 아들이 사악한 음모의

주재자가 분명하거늘, 엄마라는 작자가 저러니까 아들이 저 모양이라고 하기엔…… 잘 자란 건 맞았다.

'하긴 옛날부터 정상은 아니었지.'

'얼굴만 보고 선택했으니 누굴 탓할 순 없고.'

'내 딸이지만, 난 년이구나!'

정작 이 자리에 소문의 주역은 자리하지 않았다. 조금 있다가 부를 예정이었다.

그나저나 결정하기는 해야 하는데, 작금의 소문까지 더해지면서 판단을 어렵게 했다.

눈치도 보이고.

"부인, 이만 나가 주면 안 될까?"

"나 없으면 뭘 하려고?"

"상회의 중대사를 의논하려는 거야."

"중대사엔 안주인이 있어야지."

쓰벌, 이럴 때는 왜 맞는 말을 하는지, 원.

평상시의 아내는 이성보다는 주먹이 훨씬 가까웠다. 이런 식으로 말대꾸할수록 가장의 권위만 바로 서지 않는다. 설령 맞는다고 해도, 부군이 나가 달라고 부탁하는데 시늉도 안 하냐!

'아군이 많다 이건가? 나도 아버지를…… 부를 순 없군.'

우군으로 아버지를 부르는 건 위험하다. 그 인간은 자신의 보신이 조금이라도 위태로우면 아들이라도 언제든 외면할 위인이었다. 누가 먼저랄 것도 없이 구가장 권력의 핵심인 아내의 손을 들어 줄 게 분명했다.

며느리 사랑은 시아버지라고 했던 것도, 어쩌면 생존 본능의 발로일지도 모르겠다.

'내 발등 찍을 순 없지.'

아군으로 불렀는데, 세작이 되고도 남을 인간이었다.

어쩐지, 부인이 시집온 지 며칠 되지도 않았는데 비밀을 속속들이 알고 있었다. 그런 짓을 하고선 자긴 세상 구경 하겠다고 나가 버렸다.

하아…….

가장의 권위는 멀고, 아내의 주먹은 가까웠다.

더욱이 부인을 서운하게 했다가는 장조부께서 가만있지 않으실 거다. 여러모로 제약이 많아진 현실에 동공이 촉촉해진다.

'그래도 얼굴 보면 화가 풀리니, 원!'

이게 바로 미녀와 살면 벌어지는 악순환이었다. 저 얼굴을 보고 있으면, 화가 나다가도 청춘으로 회춘하곤 했다. 나이 들면 외모가 필요 없다고 하지만, 관리를 못 해서 벌어지는 사태였다.

'나 같은 남편이 어디 있다고.'

부인에게 몸 관리할 시간을 만들어 준 것만으로도 남편으로선 책임을 다한 것이다. 대다수 부인은 관리는커녕 노동 착취에 시달렸다. 그러면서 대접이나 받으면 또 몰라,

시어머니의 등쌀에 정신적 고통이 얼마나 심한데.

'망할 아버지 때문에 어머니는 고생만 하다 가셨지.'

적이령이 다 안다는 얼굴로 빤히 보았다.

"왜 그렇게 보시오, 부인?"

"우리 여보도 많이 늙었네."

"부인! 이 정도면 미중년이지."

"나는 이팔청춘이잖아."

처가 어른들이 보는 자리에서 꼭 그리 유세를 떨어야 하오?

속내와 달리 구서진은 의연했다.

이런 일이 한두 번도 아니고, 부인의 의도에 휘말리진 않는다. 받아 주면 한도 끝도 없는 어여쁜 부인이었다.

"부인, 가문의 장래가 걸려 있는 회의에 어찌 이리 경망스럽단 말이오! 오늘의 선택을 후회하고 싶지 않다면 자중하고 있기를 바라겠소."

"우우우, 시끄럽다. 개소린 꺼내지도 마라!"

저 망할 놈의 장조부!

시도 때도 없이 말을 잘라먹었다.

이 기울어진 판에서 어떻게든 살아남으려는 손녀사위가 불쌍하지도 않나. 같은 남자끼리 이래도 되는 거냔 말이다.

'어림도 없다, 이놈아!'

적만성도 할 말은 있었다.

천우의 꾐에 당해서 등선도 못 하고, 가문에서 평생 노역

하다 갈 팔자가 되었다. 아들의 잘못은 아비의 죄. 연좌제는 당연했다. 아들이 한 만행을 조금이라도 갚으려면 쥐 죽은 듯이 살아야지, 어딜 손녀를 이겨 먹으려고 해.

"할아버지는 왜 우리 남편 기를 죽이고 그래!"
"이년이, 그게 할아비한테 할 소리야!"
"아버지, 령아, 그만들 좀 하지!"
"아빠는 춘화도나 그만 봐!"
"너는 어린 시절 버릇을 아직도 못 고친 게야!"
"⋯⋯아니, 여기서 그게 왜 나와!!"

건설적인 회의는커녕 아주 개판이 되었다.

시장판이 되어 버린 장주실의 풍경에 정작 구서진은 소외되었다. 가족끼리 격식이 없어서 참 좋다고 하기엔, 단어들이 아주 저급했다. 뼈대 있는 집안은 아닌 줄 알았지만, 천박하기는. 누가 들을까 봐 겁이 났다.

"이쯤 하시지요."
"어디서 명령질이야!"
"그러시다면 맘대로 하시지요. 저는 이만 가 보겠습니다."
"이놈이, 이젠 협박을 해!"
"할아버지, 내 거에 삿대질하지 마!"

내 거라고 했다.

왜 좋냐.

아차! 이럴 때가 아니지.

"그만!"

구서진의 단호함에 끝도 없이 이어졌던 실랑이는 일단락되었다. 그렇다고 완전 소화는 불가능했다. 언제든 타오를 준비가 되어 있는 기름 지척의 잔불들이었다.

"사천상회의 연합회가 얼마 남지 않았습니다."

"잘 갔다 오시게."

"연합회는 상단의 후계자와 같이 참석하기로 되어 있습니다."

"잘 갔다 오라니…… 엥?"

구서진이 장주실로 부른 까닭을 그제야 이해했다.

불과 얼마 전까지만 해도 상단의 후계자는 둘째인 천수가 맡았었다. 다재다능한 편이라, 적금상단의 후계자로서 손색은 없었다.

그런데 이제는 천우가 상단의 후계자를 자처했다.

장남이 다음 대를 잇는 건 시대적으로 온당하나, 천우의 상재는 판단하기가 모호했다. 상재가 없다고 하기엔 적금상단의 부흥기를 가져왔고, 상재를 인정하기엔 상단 일을 잘 모른다.

실상, 상재의 유무는 중요하진 않았다.

천우가 행한 일들을 되짚어 보면 답이 나온다. 어딜 가나 풍비박산을 냈다. 걸어 다니는 벽력탄이 따로 없었다. 구가장 안이라면 모르겠지만, 밖에서도 일관성이 있었다.

천우의 패도를 직통으로 맞은 화정상단, 복호상단, 북천도방, 현령, 송화문을 돌아보면 답은 명확했다. 죽지 않고 살아남은 게 용할 지경이었다.
"이번 사천상회는 복호상단에서 열립니다."
"천수를 보내면 되지 않느냐?"
"아빠, 상단의 후계자가 장난이야? 천우는 어디서든 잘할 거라고!"
이래서 부인을 빼려고 했다.
장남선호사상으로 똘똘 뭉쳐져 있었다. 누가 며느리로 올지 모르지만, 시어머니가 만만치는 않으리라. 최소한 화경을 넘어야 자웅을 겨룰 수 있었다.
한데, 탓하기도 뭐했다.
장남선호사상은 이 시대의 만연한 관례였다. 누가 감히 장남을 홀대할 수 있단 말인가. 일례로 차남선호사상이란 말은 존재하지도 않았다.
"사천상회에서도 일이 터지면 그땐 어쩌려고?"
"그래서 내 아들이 사건 사고라도 일으킨다는 거야, 뭐야?"
천우가 당신 아들이면, 나는?
구서진도 안다.
아들이 작정하고 사고를 일으키진 않으리라고.
그런데 전적이 지나치게 화려하잖아.
자기는 가만히 있었는데, 주변에서 건드렸다는 것도 한두 번이지. 그런 상투적인 수작은 이제 한물갔다. 주변에서 건드는 건 본인만 모를 뿐, 다 이유가 있었다.
'나 같아도 찔러보고 싶구먼.'
아무리 내 자식이라도, 대화하다 보면 무의식적으로 빡이 쳐 있었다. 이게 정말 짜증 나는 연유는, 천우가 의도하지 않았다는 점에 있었다. 상대는 진심으로 달려드는데도 개무시를 당하면 어떻겠는가?
'내 아들이지만, 너무 오만해.'
자존심을 건드리면 가만있지 않는다고 장담할 수 없다.
수틀리면 뭔 짓을 할지 모른다.
"내 아들은 사고 따윈 친 적이 없어요. 그랬다면 가문이 구설수의 중심에 있어야지. 내 말이 맞아, 아니야?"
"그렇긴 하지만……."
"왜 내 아들을 믿지 않아. 당신, 정말 이럴 거야?"
"천우는 내 아들이기도 해."
"그러니까 믿어야지. 정 그렇게 걱정되면 아들한테 물어보든가."
부인이 막무가내인 면이 있지만, 지금처럼 핵심을 관통하는 날카로움이 있었다. 이럴 때 보면 정말 화경의 무인이 맞는 것 같기도 했다.
"나도 그럴 생각이었어."
부창부수(婦唱夫隨).
구서진도 그럴 줄 알고 아들을 불렀었다.
유시(酉時)가 시작될 즈음.

천우가 허락을 구한 후 장주실의 문을 열었다.

이래야지.

구서진은 구가장의 장주이자, 적금상단의 주인이었다. 남의 집무실에 들어오려면 최소한의 격식을 차려야 했다.

장유유서는 무슨.

어른이면 어른다워야 했다. 인기척도 내지 않고 방문을 벌컥벌컥 열어 대는 건 대체 어느 나라의 예법이야!

적가장의 선조가 한없이 의심스럽다.

"조만간 사천상회가 열린단다. 상단의 후계자로서 참여할 의향이 있느냐?"

"가문에 득이 된다면 따르겠습니다."

"가문을 뺀 네 솔직한 의견을 듣고 싶구나."

"저는 상회의 일은 모릅니다. 하오나, 상단의 후계자로서 참여해야 하는 자리라면 마땅히 가야 한다고 봅니다."

천우는 가문과 상단을 분리하여 대입하지 않았다. 상단도, 가문도 수신제가를 위해선 소홀히 할 수 없다.

이는 단체를 이끌어 가는 수장이라면 반드시 갖추어야 할 조건이다. 어떤 조직이든, 자금이 없이는 온전하게 돌아가지 않는다. 상단이야말로 구가장을 끌어가는 원동력이었다.

허!

지나치게 정석적인 대답이라, 토를 달기도 어려웠다. 가문의 후계자라면 그에 걸맞은 책임감을 느끼고 있어야 했다.

문제는 세상이 그리 정석적으로 돌아가지 않는다는 점이다.

사천상회는 상단 간의 우호와 협력을 위한 모임이긴 하나, 실제로는 서로를 가늠하고 견제하는 자리였다.

천우가 그동안 방구석 대공자로 불리게 된 원인도 사천상회로 인해서였다. 자기 딴에는 어떻게든 우호적으로 보이려고 했지만, 돌아오는 건 냉대와 모멸이었다.

'방구석 여포일 땐 아들의 심신이 걱정되었지만, 지금은……'

상대가 걱정되었다.

시비를 거는 족족 불구대천의 원수처럼, 한번 시작하면 그 끝을 짐작하지 못할 정도로 짓밟아 놓았다.

"네 자존심을 건드리는 녀석들이 꽤 있을 거다."

"가문에 해가 되지 않는다면 제 자존심은 중요하지 않습니다."

"굽히겠다는 말이냐?"

"굽히기가 어렵습니까?"

천우의 반문에 적이령을 제외하곤 전부 말문이 막혔다. 이제까지 하는 행동만 봐서는 황제의 면전에서도 고개 빳빳이 세우고 할 말 다 할 녀석이었다. 한데, 가문을 위해서라면 자존심 따윈 얼마든지 굽힐 수 있다고 하지 않는가.

'이 녀석, 진심인가?'

'패도의 화신 같은 놈이, 말이 돼?'

'과연, 방구석 초패황인가?'

솔직히 믿음이 가진 않았다.

그럼에도 천우는 언제나 내뱉은 말을 지켜 왔었다. 모두가 있는 자리에서 공표한 이상, 믿고 지켜봐 주어야 했다.

그것이 어른의 덕목이었다.

다만, 관점의 차이가 극명했다.

'잡것들이라도 가문에 해가 될 수 있지.'

패황은 방심하지 않는다.

사소한 것 하나도 놓치지 않고, 꼼꼼하게 추적하여 멸악을 완성했었다. 악이 사소하고, 보잘것없다 하여 방심하다간 대악이 되어 재앙을 초래할 수 있었다. 이는 4만 년의 축적된 경험으로 완성된 결과물이었다.

'악의는 피한다고 사라지지 않지.'

악의를 대하는 정답은 멸악패도였다.

얌전히 수그린다고 하여 악의가 사라진 적은 단연코 없었다. 악의는 언제나 상대의 빈틈을 노리고, 약자를 잔인하게 짓밟았다.

악의는 언제나 확실하게 끝장을 내주어야 했다. 그것이 설령 티끌 같은 악의일지라도, 다시는 덤빌 엄두조차 내지 못하게 해야 한다.

'이번 기회에 알아보는 것도 나쁘지 않겠군.'

천우는 아버지의 부탁이 아니더라도, 사천상회에 참석할 계획이었다. 협개를 통해 정보 수집은 되었지만, 백 번 듣는 것과 한 번 보는 것의 차이는 컸다.

사천 내 상단과 마찰을 빚지 않으면 좋겠으나, 아버지의 상재는 예상보다 뛰어났다. 그동안 부족했던 자금력이 주어진 이상 세가 넓어지는 것은 필연이고, 몸집이 커질수록 기득권의 탄압은 당연했다.

더욱이 자신보다 못하다고 여긴 상단에 대한 업신여김이 작용한다면 치졸한 견제는 당연지사였다.

'시작부터 쓸어버리는 바람에 정보가 한참은 부족해.'

가장 큰 문제점이었다.

4만 년 동안 천우는 멸악패도에 방해될 요소를 남겨 두지 않았다. 폐관을 마치고 돌아온 날 즉시 가문에 해가 될 만한 요인을 깔끔하게 처리했었다.

멸악패도일 땐 효율적이었는데, 수신제가에 와서는 문제가 되었다. 가문에 해가 될지, 안 될지를 판단할 가장 효율적인 방도는 경험이었다.

'수신제가를 위해서라면 자존심은 중요하지 않지.'

수신제가든, 멸악패도든 목적을 달성하기 위해서라면 얼마든지 굽힐 수 있었다.

-악을 멸하려면 굽힐 줄도 알아야 한다.

-하아, 성주님이야말로 한 번이라도 굽혀 보고서나 그런 말씀을 하시죠!

-나도 그러고 싶구나. 하지만 그만한 적이 없었다.

-와, 진짜 대단하시다!

-알고 있다.

패황성의 군사 지후와의 대화가 갑자기 떠올랐다.

직접 나서지 않아도 지후와 무후의 선에서 해결되는 일이 많았다. 그런 지후조차도 패황의 권위를 매사에 존중했었다.

'대단하긴 했지.'

진실은 회차가 변한다고 해도 변하지 않는 법이다.

아직도 패황의 전성기와 비교한다면 현저히 부족했다. 그러나 시간의 차이일 뿐, 폐관 수련 시보다는 느리지 않았다.

'기대되는군.'

천우의 속내를 안다면 다들 태연할 수 있을지.

되레.

가문을 위해 자존심까지 굽힌다고 하자 밀려드는 불신과는 별개로 구서진은 울컥했다.

'우리 가문이 대상단이었다면 이러지 않았을 텐데.'

구서진은 상단을 더욱더 크게 키우리라 다짐했다. 후일에는 당당하게 살라며 아들을 팍팍! 밀어주고 싶었다.

'우리 아들, 이 엄마는 이제 여한이 없어.'

적이령은 가문을 위해서라면 살신성인도 마다치 않는 아들이 더할 나위 없이 대견스러웠다. 아들의 진심을 몰라주는 남편이 살짝 원망스럽긴 해도. 언제나처럼 아들을 믿고 전폭적으로 지지하리라 다짐했다.

'이럴 녀석이 아닌데?'

적만성만은 속내를 드러내진 않았지만 믿지 못하는 기색이었다. 여의패도결보다 더욱 패도적인 무공을 익힌 녀석이다. 고개를 숙인다는 것을 상상하기도 힘들었다.

오만가지 상념이 교차하는 분위기 속에서도 천우의 목적은 확고했다.

'가기 전에 점검이 필요하겠어.'

수신제가의 기본은 가문의 안전이었다. 전체적인 수준을 끌어올려야 했다.

그러기 위해서는 확실한 동기 부여가 있어야 한다.

'종복도 쓰려고 하면, 쓸데가 있긴 하군.'

슈슈슉!

퍼퍼펑!

일로일권(一路一拳)이 분명한데, 떨어지는 10개의 낙엽이 허공에서 바스러진다.

'왜?'

지척에서 눈도 깜빡이지 않고 뚫어지게 쳐다보았다. 그리고 눈뜬장님을 현장 체험하고 말았다.

나뭇잎이라곤 하나, 저항이 없는 허공에서 쳐 내는 것도 아닌 부수는 건 완전히 다른 영역이었다.

속도보다 완벽한 타점이 실로 놀라웠다.

설상가상으로.

슉!

꽈아앙!

왜 닿지도 않았는데 부서져!

설령 닿았다고 해도, 저처럼 큰 바위가 산산이 부서질 수 있는 거냐고?

파괴력 실화냐?

잔뜩 올라간 턱이 내려갈 줄 모르는 가복이었다.

절정의 신기를 과시하며 우쭐했다.

"무공을 몇 개월씩이나 배웠으면 이 정도는 기본이지요."

"혹시, 못 하십니까?"

"제가 알기로 재능만은 천하제일이라고 들었습니다만."

"이런 간단한 수법은 식은 죽 먹기 아닌가요?"

지척에서 눈이 돌아가는 경신을 선보였다. 앞에서 봤는데, 뒤에 있었다. 따르기는커녕 정신이 없을 지경이었다. 연무장이 넓어 봤자 시야 안에 있어야 하거늘, 어디로 움직일지 감도 못 잡았다.

"아유, 쉽다, 쉬워."

가복은 천기, 천예, 우선, 우영을 세워 놓고 쉴 새 없이 자랑했다. 상전의 자괴감을 유발하고 있었다.

그런 가복을 쳐다보는 도련님들, 아가씨들은 복장이 터지는 심정이었다. 같이 배웠는데, 차이가 점점 벌어지고 있어 화병이 날 지경이었다.

"이것이 바로 삼첩영이란 수법입니다. 제가 개발했지요, 별로 어렵진 않습니다. 쉭쉭, 쉭쉭! 이 호흡에 맞추어 발을 잘 쓰면 됩니다."

안 됐는데, 됐습니다의 연속이었다.

현실을 부정하고 싶지만, 가복이 쉭쉭! 하자 세 명으로 늘어났다. 잔상을 알아맞히기도 전에 시야 밖으로 돌아서서 사각을 점했다. 개인기의 과시가 아닌 회피 훈련이었다면 일방적으로 두들겨 맞았을 것이다.

"이럴 순 없어! 이건 사기야!"
"너 따로 영약 처먹었지!"
"큰형이 비기를 전해 준 게 분명해!"
"나도 천잰데, 왜 안 돼?"

구가장의 4인방, 자칭 잠룡사협은 절망했다.

그들은 이 불합리함을 받아들이고 싶지 않았다. 인정하는 순간, 재능의 부족을 자인하는 꼴이 된다.

일전에 봤던 가복의 성장도 먼저 무에 입문한 차이로 받아들였었다. 같은 시간, 동일 훈련을 한다면 성장은 자신들이 더 빠르거나, 최소한 비슷하기라도 해야 했다.

그런데 왜 저 새끼가 더 빠르냐고?

경지에 오를수록 속도는 더 느려진다며!

가복의 성장세에 비하면 자신들은 지지부진이었다.

복장 터지는 건 또 있었다.

다른 한쪽에선.

쏴악, 서걱!

일로일참(一路一斬)에 저 단단한 화강석이 반으로 쪼개졌다.

이를 다시 쪼개는 일도양단의 연속이었다.

무를 도마 위에 올려놓고 얇게 채 썰듯이 바위가 매끄럽게 잘려 나가고 있었다. 단순히 바위만 자르는 게 아니라, 합이 기가 막혔다. 혼자서도 어려운 일도양단을 셋이 치고 빠지며 바위가 쓰러질 기회를 주지 않았다.

금정기, 황세웅, 양보명의 성취가 실로 놀라웠다.

본인들의 무공을 버리고, 내공과 도법을 새로 배웠음에도 뒤처지기는커녕 성장 속도가 가파르다.

게다가 최고의 스승에게 가르침을 받고 있었다.

적만성이 훈련에 본격적으로 참여하면서 내공과 도법의 부자연스러운 부분이 해소되었다.

천우의 가르침은 약간 우악스러운 면이 강했다. 때려 박듯 억지로 욱여넣은 후에 어떻게든 체득체화하는 식이었다.

이렇게 해도 되는 놈들은 되지만, 조화가 빠진 우격다짐은 파격을 일으킨다.

비록 천우의 패도에 잠식되어 여의패도결이 되었다곤 하나, 그 본질은 여의선결이었다. 조화, 순리, 균형에 관해서는 적만성을 따를 자가 많지 않았다.

파격과 조화가 번갈아 진행될수록 토룡성체인 사천삼협

의 성장은 가팔라졌다. 이미 기존의 경지를 넘어선 지 오래였다. 애초에 대단치 않은 것도 있지만, 토룡성체의 각성이 빛을 발했다.

"기존의 무공을 버리고, 처음부터 다시 시작한다며!"
"어째서 우리보다 빠른 건데?"
"우리가 안 볼 때마다 오의를 수련하는 거 아냐?"
"같이 수련하는데, 어째서 차이가 나는 거냐고?"

사천삼협과 가복의 성장세가 워낙 남다를 뿐이지, 잠룡사협의 성장도 평균적이긴 했다.

상대적인 차이로 인한 열등감의 표출이었다. 특히 가복에 대한 열등감이 심했다.

"할아버지, 우리도 비기를 가르쳐 줘요!"
"혹시, 저 종복 새끼만 따로 가르쳐 주는 거 아니죠?"
"왜 가복이만 편애해요!"
"우리도 비기를 배우면 얼마든지 강해질 수 있다고요!"

애들의 성화에 적만성은 난감했다.

정성을 다하면 재능의 차이를 극복할 수 있다고 천우에게 큰소리 떵떵 쳤었다. 더군다나 팔은 안으로 굽기 마련이라, 사천삼협이나 가복보다 애들에게 심혈을 기울였다.

'진전은 나쁘지 않거늘.'

결국 자질의 차이였다.

가복은 둘째 치고, 사천삼협의 자질이 실로 범상치 않았다. 처음 봤을 때는 대단치 않았는데, 가르칠수록 모래가

물을 흡수하듯 빨아들였다.

천우가 내어 준 내공과 도법이 대단하긴 해도, 사천삼협의 자질이 받쳐 주지 않았다면 작금의 성취는 불가능했다.

'천룡성체에 비견되는 놈들일 줄이야.'

놀랍게도 굴리면 굴릴수록 부서지지 않고 흡수하는 체질이었다. 균형을 잡아 주곤 있지만, 평범한 신체였다면 언제 부서져도 이상하지 않은 수련 강도였다.

그렇다고 따로 특별한 초식을 가르치진 않았다. 비기는 되레 애들에게 더 많이 가르쳤다. 어떻게 하면 지금보다 강해질 수 있는지 자세히 알려 줬다.

'대충 알려 줘도 찰떡같이 알아듣는 녀석들에 비하면…….'

냉혹하지만, 천우의 말대로 애들의 자질은 범재에 지나지 않았다. 인정하고 받아들이면 편할 텐데, 여전히 환상에서 헤어나지 못해 불편을 자초했다.

'괜한 말을 해서는.'

이쯤에서 정신 차리고 분수에 맞게 살면 좋겠는데, 애들이 울고불고하며 난장을 피우면 적만성으로선 골치가 아팠다.

'저 녀석 때문에 내 발등을 대체 몇 번이나 찍는 거냐고!'

굼벵이도 구르는 재주는 있다고 했다. 꼭 자질이 뛰어나다고 해서 대성하고, 그렇지 못하다고 하여 실패하진 않는다.

그렇다면 최소한의 성과라도 보여 주어야 했다. 그래야 가문의 어른으로서 체면이라도 세우지.

"당장 진도가 빠르다고 하여 고수가 되는 건 아니다. 결국, 누가 더 끈기를 가지고 진득하게 끝까지 훈련하는지가 중요한 법이니라."

"할아버지가 못 가르치는 건 아니…… 까악!"

"이놈, 적당히 기어오르거라."

"엄마~~~! 할아버지가 나 때렸어…… 까악!"

누가 손녀딸 아니랄까 봐, 기막을 쳤기에 망정이지 령아가 들었으면 종일 시끄러워질 수 있었다.

그년은 기회만 있다 싶으면 이 할아비를 못 잡아먹어서 안달이었다. 그러니 건수 자체를 만들어 주면 안 되었다.

"꼭 못하는 애들이 스승님 탓하더라."

가복의 추임새에 적만성은 뒷골까지 지끈거렸다.

저 종복 놈은 정말 주제를 모르는 것 같았다. 대체 어떻게 살면 저러는 건지, 도통 모르겠다.

'이놈이 네 종복이 맞는 게냐?'

외증손의 성격상 종복을 이리 자유분방하게 놔두는 것도 신기했다. 하루가 멀다고 두들겨 패도 시원치 않을, 한마디로 매를 부르는 녀석이었다.

'하는 꼴이 얄밉기는 해도, 놔두는 편이 낫다는 게 또 문제구나.'

할아비의 귀한 충고는 귓구멍으로도 듣지 않는 것들이

승부욕은 있어서는 어떻게든 종복을 이겨 먹으려고 안달이었다.

그것이 원동력이 되어서 범재 이상의 성취를 간혹 보였다. 놔두자니 성취가 느려질 테고, 그냥 두자니 눈꼴시고.

이게 다 천우 탓이었다.

속내를 들었나?

"주군을 뵙습니다!"

사천삼협이 예를 갖추었다.

천우는 다짜고짜 사천삼협의 성취를 시험했다.

"합공해라."

"예."

사천삼협은 도법의 기본과 패천도결의 일식 패천일단(覇天日斷)을 펼쳤다. 지금이야 겨우 바위를 쪼개지만, 극성에 이른다면 능히 태양을 가를 절대의 초식이었다.

스왁!

일기섬영(一己閃影).

첩첩삼로(疊疊三路).

일섬보(一閃步)를 기반으로 하여 쇄도, 내지르는 일도양단이 세 방향으로 나뉘어 공간을 차단한다.

패천일단의 파괴력은 대단하나, 쪼개고 난 후 일도양단처럼 빈틈이 생긴다.

사천삼협은 서로를 보완했다.

오의를 사용하는 자와 기본을 유지하는 자로 분리하여

도역(刀域)을 형성한다.

얼핏 간단해 보이는 합격진 같지만, 실전에선 합이 맞지 않으면 권역이 어그러진다. 되레 합격하지 않으니만도 못한 결과를 초래할 수 있었다.

공격은 섬전처럼, 방어는 중첩하며 금성철벽을 이룬다.

일격에 끝장을 낸다면 뒤를 볼 필요가 없으나, 현실이 어디 그런가. 자신보다 강한 자가 있을 테고, 쉽사리 끝나지 않을 때가 허다하다.

후앙!

천우의 대응은 도기를 피하는 것이 아닌 공수일방을 갖추었다.

촌음간 간합이 빛살처럼 이어진다.

타앙, 부르르!

10합을 겨룬 후, 천우는 일보를 내디디며 사천삼협의 중심을 관천했다. 단 일보에 불과하지만, 제공권이 장악되어 사천삼협은 거미줄에 걸린 먹잇감이 되었다.

천우는 압도적인 속도와 힘으로 무너뜨리기보다는 칼이 지나가는 궤적을 비틀어 합격진의 진형을 흔들어 놓았다.

서둘러 비틀린 궤적을 보완했어야 하는데, 경로에서 이탈하자 반응이 늦었다.

쿠다다당!

결말은 싱거웠다.

그러나 관전자들의 놀라움은 컸다. 경지가 높을수록 경

합에 녹아든 수 싸움과 영역을 파고드는 움직임에 혀를 내둘렀다.

"여전히 변수에는 취약하군. 실전이었다면 다음은 없었다. 어설픈 실력에 정신 무장조차 제대로 되지 않다니, 실망이구나. 이후에도 오늘 같다면 죽는 게 낫다고 느끼게 해주마."

"설령, 죽더라도 더 나은 모습을 주군께 보여 드리겠습니다!"

"만약을 기대하지 마라. 난 죽인다면 죽인다."

"……반드시 기대에 부응하겠습니다, 주군!"

"말로만 떠드는 건 내가 가장 싫어하는 부류다. 알겠나?"

"명심하겠습니다, 주군!"

천우는 부족함을 신랄하게 질타하며, 같은 실수를 용납하지 않겠다고 엄포를 놓았다.

꿀꺽!

가복과 잠룡사협은 마른침을 삼켰다. 농담이라고 하기엔 엄포에 살기가 담겨 있었다. 진짜로 죽이지는 않더라도, 반죽음은 각오해야 했다.

'아니, 저 정도면 됐지, 얼마나 강해지라는 거야?'

'저게 약한 거면 우리는 뭐냐고?'

사천삼협이 지적을 당할수록 잠룡사협은 자괴감이 밀려왔다. 이대로 가다가는 영영, 목표를 이루지 못할 것 같았다. 창대한 이상과 달리 비루한 현실이었다.

잠룡사협의 자존감이 바닥을 치려고 할 때, 다행히 가복이 있었다.

"저 정도는 나도 될 것 같은데, 천하의 잠룡사협께선 어떠신지요?"

"……우리도 되거든!!"

잠룡사협에게 가복은 있으면 복장 터지고, 없으면 자존감이 무너지는 필요악이었다.

훗!

돌아선 천우가 웃자, 적만성은 혀를 찼다.

'능구렁이 같은 녀석.'

아닌 척해도, 다 보고 있었다.

시기적절하게 등장해 자기 할 말만 하고 빠졌지만, 실속은 전부 챙겼다. 그러면서 본인은 훈련에 관여하는 시간을 줄여 나갔다.

'이 얄미운 녀석!'

그 주인에 그 종복이로구나.

"성도와 청풍의 동향을 수시로 살피고 있겠지?"

"사람을 심어 놓았으니, 조금이라도 수상한 동향이 있다면 곧장 연락이 올 겁니다."

"상회의 건재함을 알리는 날이다. 작은 실수도 용납할 수 없어."

"모두가 사활을 걸고 있으니 염려하지 마십시오!"

고요 속의 폭풍 전야처럼 회의는 숨이 막히도록 살벌했다.

상단주는 팔을 잃기 전과 후의 차이가 극명해졌다. 작은 실수조차 용인하지 않는 신경질적인 성향이 되었다.

"노 총관은 남아."

두원광은 총관을 남기고 각주들을 내보냈다.

냉상천이 죽고, 재정각주 노광국이 대신하게 되었다. 단순한 자리 변동이라고 하기엔 냉 총관을 따르던 상원을 교체해야 했다. 철혈성과 연관된 일을 아미파에서 알면 곤란하기 때문이다.

불과 얼마 전까지 복호상단은 내우외환으로 곤혹스러웠었다. 아미파에서 중재하지 않았다면 심대한 타격은 불가피했다.

"철혈성의 동향은?"

"냉 총관의 수하들과 교섭한 흔적은 발견하지 못했습니다. 하오나, 은밀히 사태를 주시하고 있으리라 봅니다."

"거들먹거리기나 할 줄 알지! 일을 그딴 식으로 만들고서 적반하장으로 나와!"

"그래 봤자 놈들은 망국의 패잔병이자, 굶주린 이리 떼에 불과합니다. 아미파가 있는 이상, 섣부른 짓은 하지 못할 겁니다."

총관이 된 노광국은 상단주의 심기를 살피며 최대한 원

하는 감언이설을 해 주었다. 그렇다고 아무 말이나 지껄이는 건 위험하다. 변했다고 해도, 상단주의 날카로운 심기는 여전했다.

작금의 대화는 사실 겉치레였다.

본론은 따로 있었다.

"그놈에 대해선 알아봤나?"

"칠객의 무면객에게 의뢰했으니, 조만간 좋은 소식이 있을 겁니다."

"최대한 은밀하게 찾아, 절대 소문이 나면 안 된다."

"알겠습니다."

두원광은 총관도 내보냈다.

한참 동안을 망연한 얼굴을 하고 있었다. 그날의 굴욕과 치욕의 흔적이 고스란히 남았다. 의수를 끼워서 외팔이처럼 보이지 않을 뿐, 상기할수록 치가 떨렸다. 잠을 자도, 일을 해도 그날이 생생하게 떠올랐다.

빠드득!

그중에서 제일 화가 나는 것은 놈을 떠올릴 때마다 여전히 두려움에 몸부림친다는 사실이었다. 천하대상인이 된다고 해도, 이 치욕스러운 굴레를 벗지 않고서는 분이 풀리지 않을 것이다.

'내 반드시 네놈을 찾아서 갚아 주고 말겠다!'

두원광은 분노와 공포가 혼재되어 울부짖었다. 그런 자신이 한없이 나약해 보여 몸서리치도록 싫었다.

'때가 아닌 것을 천운으로 여기거라.'

복수심에 본업을 그르칠 만큼 판단력을 잃진 않았다.

그럼에도 이번 상회는 개최하지 않으려고 했었다. 팔을 잃은 걸 성도, 청풍에서 알고는 있지만, 대면하진 않았다. 외팔이가 된 자신을 조롱할 것이 뻔했다.

'나는 이대로 무너지지 않아!'

그는 팔 하나를 잃은 대신, 독기가 빠짝 올랐다.

제7장
요괴단

 복호상단이 있는 악산(樂山)으로 가는 여정을 꾸렸다.
 총인원 10명, 상인보다는 적금단이 주축이었다. 소수 정예로 아버지를 보필하기 위해서 단주가 직접 나섰다.
 대외적으로 상단의 최고수는 의룡으로 불리는 천우지만, 상단 경호는 적금단이 도맡았다.
 구가장에 분 훈련 열풍에 힘입어 적금단의 기본 역량도 많이 좋아졌다. 중간에 어머니께서 가르침을 빙자한 난입으로 절반이 부상당하는 가벼운 부침이 있기는 했었다.
 외증조부의 가르침으로 구가장의 전체적인 전력이 상향되자, 구가장의 안주인이신 어머니로선 방관할 수 없었던 듯 자신도 가르침을 주겠다고 반강제적인 훈련을 시켰었다.
 안타깝게도 어머니는 남을 가르치는 데 소질이 없었다.

본인 위주인 점도 있지만, 심득을 수준에 맞게 풀이하여 적재적소에 가르치지 못했다.

사람의 자질은 가지각색인데, 하나의 길만 때려 박으니 전수가 수월치 않을 수밖에 없다.

더욱이 여의선결은 적가장의 가전무공이었다. 아무에게나 전수할 수 없는 맹점으로 인해 수련에 알맹이가 빠졌다.

대개 화경쯤 되면 독문 무공을 뺀다고 하여도 오의가 실리기 마련이지만, 기대가 컸었던 적금단에겐 골병만 얻는 자충수가 되었다.

'의도치 않은 효과였군.'

외증조부는 등선을 목적으로 평생을 수련했다. 그러다 천우로 인해 등선은 실패하고, 독문 무공마저 변질되었다. 일생을 바친 목표는 좌절되고, 원치 않은 심득까지 얻었으니 얼마나 상심이 크시겠는가.

그런데도 외증조부는 매회 후학 양성에 정성을 쏟았다. 어떻게든 심득과 무리를 전수하려고 노력했다.

그것이 자신과 한 약속을 지키려는 고집이라기보단, 이러다간 가문의 무공이 사장될 수 있다는 위기감의 발로였으리라.

'확실히 어머니의 가르침으론 고수가 나오기 힘들지.'

가르침이 부족하다곤 하나, 화경에 이른 어머니였다. 심득을 전수한다면 최소한 일류의 무인은 될 수 있다.

아버지의 자금으로 영약을 퍼붓고, 천운이 따른다면 절

정도 가능은 했다.

다만, 100명의 절정, 10명의 초절정, 2명의 화경은 키우고도 남을 자금력을 쏟아부어 1명의 절정을 만들었다면 누가 투자를 하겠는가? 일인전승보다 못한 효율이었다.

'어쩔 수 없는 선택이 되었구나.'

외증조부로선 가문의 무공이 실전되는 걸 두 눈 뜨고 지켜볼 수만은 없었던 것이다.

그렇다고 우선, 우영, 천기, 천예가 100년에 1명 태어날 재능도 아니다. 최소 십년지재나 그것도 안 되면 오년지재라도 되었다면 고생하지 않았을 텐데.

천기, 천예, 우영, 우선은 범인과 비교해서 부족하지도 더 낫지도 않았다. 당장은 가르침을 받아 범인보다는 위에 있을지 몰라도 날고뛰는 기재들도 천하 무림에선 한낱 범부로 끝나는 일이 비일비재했다.

'이보다 좋을 순 없겠지.'

외증조부의 가르침이 뛰어날 수밖에 없는 최적의 환경이 갖추어졌다. 천기, 천예, 우영, 우선을 적당히 가르쳐서 무림에 내놓는다고 상상해 봐라.

최소한 한 사람의 무인으로 만들기 전엔 내보낼 수도 없는 현실이었다. 그렇다고 시간과 공을 오래 들이기도 힘들다. 애들의 성화를 상기하면 약관도 되기 전에 뛰쳐나갈 공산이 컸다.

외증조부의 가르침은 가문의 독문 무공이 사장되는 걸

막고, 혈육이 강호에 나가 개죽음당하지 않게 하려는 발버둥의 결과였던 것이다.

씨익!

부르르!

아들의 흡족한 미소에 구서진은 오소소 소름이 돋았다.

또, 어떤 꿍꿍이가 있을지 두려울 지경이다.

아들이 저리 웃으면 꼭 사고가 터졌다.

"어차피 할 거면 미리 말하고 해. 선조치, 후보고는 사양하고 싶구나!"

"아직은 아무런 계획이 없습니다."

"안 한다곤 하지 않는구나!"

"상황에 따른 대처는 상인의 필수 덕목이지 않습니까."

"그건 맞지."

사회는 배운 대로만 흘러가지 않는다. 돌아가는 상황에 따라 대응도 달라져야 한다. 현실은 옛 성인의 말씀대로 흘러가지 않는 법이다.

만인은 태평성대와 부국안민을 소원한다. 그러나 그런 세상은 과거에도, 현재에도, 미래에도 없었다. 그저 태평성대와 부국안민을 위해 노력할 뿐이다.

결국은 이상을 배우되 현실에 맞게 해석하고, 경험을 쌓아야 올바른 대응을 할 수 있었다.

"어쨌든 네가 먼저 약속한 거다. 연회 동안 조용히 지내야 한다."

"저는 가문의 수신을 위해서라면 언제든 한 입으로 두말 할 수 있습니다."

"그래. 사내라면 응당 한 입으로 두말도 하고⋯⋯ 뭐?"

"가문이 위태로운데도, 약속을 운운할 만큼 저는 융통성이 없지는 않습니다."

네가 언제부터 융통성이 있었다고 그딴 말을 해?

아들은 말을 요상하게 꼬는 재주가 있었다. 그럼에도 반박하려면 말문을 막히게 했다. 고지식한 것보다는 훨씬 낫지만, 아들의 화려한 전적들이 고민하게 한다. 더욱이 결과만 놓고 보면 더할 나위 없었다.

"가문을 위하는 네 마음은 안다만, 좀 적당히 했으면 하는구나."

"살아 보니 알겠더군요, 세상에 적당이란 없다는 것을요."

네가 얼마나 살아 봤다고 그래?

그 말이 목구멍 끝까지 올라왔지만, 구서진은 부정하지 못했다. 적당히, 대강대강, 대충 끝내면 반드시 커다란 우환으로 돌아왔다. 하물며 내가 적당히 하고 싶다고 해서 상대도 그런다는 보장은 하지 못한다.

"그래, 네 꼴리는 대로 해라."

"이 모든 것은 수신제가의 대의를 위해섭니다. 어찌 사심이 개입하겠습니까."

찰떡같이 말해도 개떡같이 알아듣는 경우가 허다했다. 주변에서 아무리 떠들어 봤자 대개는 자기 편의대로 행동

하기 마련이다. 한데, 아들놈은 알아들은 것 같다가도 아닌 것 같았다.

"하온데 악산으로 최단 길은 아닌 듯합니다."

"시일도 있고 하니, 부족한 견문도 넓힐 겸 사천을 둘러보면서 가기로 했단다. 너도 명색이 사천 십대상단의 후계자인데 사천의 지리나 역사에 대해서는 알아야 하지 않겠느냐."

구서진은 악산으로 가는 최단 길을 선택하지 않았다. 명목상으로 방구석 대공자를 벗어나 견문을 넓히기 위해서라고 했지만, 가는 길에 다른 상단을 만나지 않기 위해서다.

'문제가 될 만한 일은 처음부터 만들지 않는 편이 이롭지.'

사건이 터지고 나서 해결하려는 건 하수다. 어차피 악산에 도착하면 만나게 될 터, 상회를 시작하기도 전에 마찰을 빚고 싶진 않았다.

"먼저 가서 자리를 잡고 분위기를 살피는 것이 낫지 않을까요?"

"정해진 날짜에 맞춰 가면 돼. 일찍 가 봤자 어색하고 불편하기만 하지. 더욱이 사천상회라곤 해도 삼대상단의 회동일 뿐, 우리만이 아니라 다른 상단도 들러리에 불과해."

"삼대상단 간 파벌 싸움이 일어날 수 있습니다."

"복호상단에 그럴 여력이 있을지 모르겠구나. 성도상단과 청풍상단도 복호상단을 물어뜯는 데 혈안일 테고."

천우로 인해서 삼대상단 간의 균형이 어긋났다.

복호상단은 최대한 건재함을 알리려고 할 테고, 청풍상단과 성도상단은 약점을 물어뜯으려고 할 거다. 돌아가는 형국을 보며 노선을 정하려는 상단이 대다수겠지만, 적금상단은 일단 관망하기로 했다.

"아비와 여행 기분 좀 내면서 가자꾸나. 혹시, 싫은 게냐?"

"그럴 리가요. 저도 좋습니다."

구서진은 안도의 한숨을 속으로 쉬었다.

악산까지 최대한 조용히 이동하고, 연회에서도 있는 듯 없는 듯 지내기로 했다. 지금 당장 삼대상단의 지원이 필요한 것도 아니고, 벌여 놓은 사업을 처리하기도 바빴다.

'사업이 잘된다고 해 봤자 거머리만 들러붙지.'

지금처럼 피해자로서 은인자중하며 상단의 규모를 키우고, 내실을 쌓는 편이 이득이었다.

사람은 본인을 드러내며 자랑하고 싶어 하지만, 세상은 성공을 탐하거나 시기하는 자들이 대다수였다. 잘나갈 때일수록 실수를 되돌아볼 줄 알아야 했다.

"이 앞으로 조금만 가면 진홍산이라고, 알려지지 않은 숨은 명산이 있단다."

"백요산이라고도 부르지요."

"……아는구나."

"압니다."

지식을 뽐내려던 구서진은 민망함을 뒤로하고 백요산으로 부르게 된 연유를 알려 주었다.

 "진홍산엔 100개의 동굴이 있고, 백발의 요괴가 산다고 하여 백요산이라고 부르게 되었지. 요건 몰랐지?"

 "100개로 알려졌지만, 실제로는 107개의 크고 작은 동굴이 있습니다. 그중 3개의 동굴은 서로 이어졌습니다. 저 앞 봉우리의 아래에 있는 동굴을 이용하면 반대편으로 가는 데 수월할 겁니다."

 "……후개가 알려 준 게냐?"

 굳이 사실대로 말하진 않았다. 천우는 대륙 전체의 전도를 머릿속에 꿰고 있었다.

 '악인을 추적하고 몰아넣으려면 지형지물의 파악은 기본이지.'

 악인의 도주로를 예상하고, 차단하고, 몰아넣기 위해선 대륙 전도를 기억해야 했다.

 진홍산은 과거 색귀를 비롯한 악인들의 도주로로 택했던 장소였다. 초반 회차에서 색귀를 잡는 데 애를 먹었던 것도 진홍산을 기억하는 이유가 되었다.

 이후로는 알면서 당하진 않는다.

 이용하면 이용했지.

 ―막혔어?

 ―이 악마 같은 놈아!

 ―화염을!! 차라리 우릴 잡아!

-안 돼, 입구는 막지 마!

도주로를 모르는 척 악인들을 몰고, 빠져나갈 희망을 주었다. 여기만 통과하면 도망칠 수 있다고 여겼던 악인들은 절망에 몸부림을 치다 화형과 생매장을 당했었다.

멸악패도는 극도의 효율성을 따지지만, 잔혹한 짓을 저지르던 자들의 몸부림치는 절망은 패황의 유일한 낙이자 유희였다.

"저 봉우리의 이름은 무엇이냐?"

"구름이 왕의 관처럼 보인다고 하여 관운봉으로 불립니다."

"저 능선은?"

"여인의 가는 허리와 닮았군요."

"그렇지, 그래서 이름은 무엇이냐? 맞히면 가능한 범위 내에서 소원을 들어주마."

"없습니다."

망할, 알고 있었구나.

천우가 계속 맞히자, 심술이나 난 구서진이 이름 없는 능선을 가리켰었다. 답이 없어 맞힐 순 없으니 이번에는 틀리나 싶었거늘. 씨알도 먹히지 않았다. 이 인정머리 없는 녀석, 아비를 이겨 먹지 못해서 안달이었다.

'언제 이리 박학다식해졌지?'

악산으로 가는 길에 다른 상단과 마찰을 빚지 않으려고 이 길을 택했지만, 아들의 견문을 넓혀 주고 싶은 마음도 있었다.

 또한, 근래에 아들에게 일방적으로 끌려다닌 터라, 아비로서 자존심을 회복할 기회로 삼으려고 했거늘.

 '현자는 방구석에서도 천하를 본다고 했던가?'

 현자에 대한 기본 개념에서 혼동을 불러왔다. 책을 통해 천하를 본다는 것도, 최소한 수천 권은 읽었어야지. 방구석에 있는 책이라곤 두 권도 많았다. 몰래 책을 봤다는 것도 어불성설에 가까워서 혼란스럽기만 하다.

 '방구석에서 고수도 됐는데, 현자가 되지 말란 법은 없지.'

 단지 툭! 하면 씨를 말리는 녀석이라, 현자치곤 잔인하다고 볼 순 있었다.

 "멈춰."

 망할, 말이 씨가 됐나.

 천우가 말한 이상, 문제가 발생했다는 의미였다. 불과 얼마 전까지만 해도 무슨 말을 해도, 개가 짖는다고 여겼을 텐데.

 촤자자작!

 적금단의 단주와 단원들은 일사불란하게 진형을 갖추어 상단주와 상인들을 보호했다.

 두두두두!

 진흥산의 길목을 흰여우 가면을 쓰고, 털가죽을 입은 산적들이 막아섰다. 얼굴을 가린 것도 특이한데, 여우탈은 의외였다. 들고 있는 칼도 제각각의 모양이고, 몸통만 한 도끼 자루를 어깨에 메고 거들먹거렸다.

"우린 백요산의 주인, 요괴단이시다!"

자기들 딴에는 백요산과 비슷하게 맞춰 입으려고 한 모양인데, 양심은 있는지 백의를 착용하진 않았다. 도적질에 백의라니 가당치도 않았다. 일단 너무 눈에 잘 띄고, 옷을 제대로 빨았을 리 만무하다. 짐승 가죽으로 대충 잇고 덧댄 옷을 사계절 내내 입는 놈들이 백의라니 개도 비웃을 일이다.

"순순히 통행료를 낸다면 목숨만은 살려 주마."

녹림에 적을 둔 산적들은 아니었다.

상인이 자리를 중시하듯, 산적도 목을 대단히 중요하게 여긴다. 기본적으로 도시로 가는 길목도 아닌, 인적이 드문 곳을 선택하진 않는다. 진홍산은 인적이 아예 없진 않으나, 도적질하기엔 수익성이 좋진 않았다.

전부 빼앗고, 죽인다면 모를까.

물론, 통행료를 특정하지 않았다는 것은 전부 까 보라는 의미였다. 도망치다 뒤져서 나오면 책임지지 않겠다는 협박은 장병기가 대신했다.

"녹림을 상징하는 호걸패도 없이 통행료를 요구하다니, 소문이 나면 네놈들이 무사할 성싶으냐!"

이성락 단주가 앞에 나섰고, 단원들이 배후를 가로막았다. 상대는 요상한 가면을 쓴 채 듣도 보도 못 한 이름을 댔다. 녹림과 연관이 없는 이상, 통행료를 낼 필요는 없었다. 개나 소나 도적질을 해도 될 만큼 세상은 호락호락하지 않았다.

우우우웅!

이성락과 단원들이 검을 빼 들며 기세를 피우자, 요괴단도 살의를 드러냈다.

"우리가 쓴 가면이 귀엽기는 해도, 우습게 보면 곤란해. 적당히 통행료만 내시지, 괜히 나대다가 뒤지지 말고."

이 단주는 들을 가치도 없는 소리로 치부했다.

녹림 외의 산적들에게 통행료를 주게 되면, 차후에 적금상단은 표적이 되기 쉬웠다.

적금단은 상단의 경호 무인으로서 상인과 물건을 지키기 위해서 최선을 다해야 했다.

검을 뽑으려는 찰나.

획!

척!

허공으로 황금색 곡선을 그린 2개의 덩어리가 요괴단에게 날아갔다. 가장 앞에 선 요괴단원이 얼떨결에 금자 2냥을 받아 들었다.

"그거면 통행료로 됐나?"

천우였다.

돌연한 사태에 이 단주는 미간을 찌푸렸다.

대공자가 비록 의룡으로 불리는 무림의 신성이긴 하나,

여정의 책임자는 자신이었다. 싸워 보지도 않고 돈부터 내어 주는 건 적금단을 무시하는 처사였다.

'오만해졌군.'

맘에 안 드는 것과 별개로 이 단주는 감정을 내비치지는 않았다. 다툼을 피하는 것을 마냥 어리석다고 비난할 순 없었다. 싸워서 이긴다고 해도 무인 간의 충돌은 피해를 양산했다.

'피박살을 내지 않으면 다행일 텐데, 돈을 줘?'

구서진은 아들이 개입하는 순간 반드시 유혈 사태가 일어날 줄 알았다. 천우가 돈을 주고 끝내려고 하다니, 오늘은 해가 서쪽에서 떠도 이상하지 않았다.

어쩌면 가문을 떠나기 전부터 사고 좀 치지 말라고 신신당부를 한 효과일지도.

'네 의지는 알겠다만, 금자는 과하지 않느냐!'

통상적으로 통행료는 신분에 따른 차별을 두기는 해도, 상인은 은자 1냥을 기준으로 둔다. 평민의 한 달 생활비가 6냥인 걸 고려하면 적지 않은 액수지만, 물품을 전부 털리는 것보다는 나았다.

금자 2냥은 40명분의 통행료였다. 요새 너무 잘나가긴 해도, 돈을 함부로 쓰고 있었다. 무분별한 사치에 대해선 진흥산을 벗어난 이후에 따끔히 충고하기로 했다.

원하는 걸 얻었다면 이제 갈 길 가면 되었다. 산적도 몸이 생명이었다. 충돌이 벌어진다면 결국 서로에게 손해였다.

그러나 견물생심이었다.

인간은 욕심에 눈이 멀면 상식적인 선택을 하지 않는다.

"통행료는 10냥이다. 게다가 어른한테 돈을 던지면 안 되지. 이 돈은 통행료에서 제한다."

"10냥이면 되나?"

"애새끼가 어른한테 반말하면 안 되지. 예의가 부족해. 가르침을 받았으니 이제 12냥이다."

"좋다."

천우는 가복을 불렀다.

가복은 의문을 품지 않았다. 품속의 전낭을 꺼내 12냥을 앞에 내놓았다.

호오.

달란 대로 주자, 요괴단의 눈빛에 욕망이 비쳤다. 금자 2냥도 적지 않은 돈이었다. 대수롭지 않게 던져 주기에 혹시나 하는 심정으로 질렀었다.

웬걸.

전표라면 모를까, 금자를 저리 많이 가지고 다니는 놈이 있을 줄이야. 세상 무서운 줄 모르는 고마운 녀석이 아니신가.

'적당히 뜯어내려고 했는데, 이거 참.'

요괴단의 부단주 홍석은 입맛을 다셨다.

단주는 소문이 나지 않는 선에서 행상을 털라고 했었다. 무리하게 털었다가 관이나 녹림이 개입하면 골치 아프기 때문이다. 인적이 적은 진홍산에 자리를 잡은 것도 뒤탈이 생기는 걸 원치 않아서였다.

"나이도 어린 놈이 어른한테 반말하면 쓰나."

"돈이 부족하면 말해라."

"이쯤 되면 눈치를 채야지. 가진 걸 전부 꺼내."

"통행료치곤 과하군."

"목숨값보단 싸지."

분위기가 돌변하며 요괴단이 흉흉할 살기를 대놓고 뿜어냈다. 이전하고는 비교가 되지 않을 농도 짙은 살의였다.

흠.

이 단주도 안색을 굳혔다.

어중이떠중이인 줄 알았는데, 생각 외로 위험한 기운을 풍기고 있었다. 일순간 사나운 기파가 단계를 벗어나듯 팽창했다.

'뭐지, 이놈들!!'

살의를 담자, 비릿한 혈향이 풍겼다. 사람을 죽이지 않고서는 담기지 않을 살성이었다.

홍석은 더는 의도를 숨기지 않았다.

한두 푼도 아니고, 저 돈이면 한동안 통행료를 받지 않아도 되었다.

"그러게 함부로 돈 자랑은 하지 말아야지. 부모가 그런 것도 가르치지 않디?"

욱!

가만히 있던 구서진은 인상을 찌푸렸다.

자식들이 제멋대로기는 해도, 아비로선 최선을 다했다. 산적 새끼들한테까지 훈계를 들을 만큼 잘못 가르치진 않았다. 다른 건 다 참아도 그것만은 용납할 수 없었다.

"일하지 않는 자 먹지도 말라! 남의 것을 탐하는 밥버러지 같은 도적놈들이 뭐가 어쩌고 저째? 네놈들 부모야말로 이러고 다니는 걸 알면 저승에서도 대성통곡하고 계실 거다. 차라리 구걸을 해라, 이 불효막심한 후레자식들아!"

"저 개새끼부터 죽엿!"

"왜 잘 살아 있는 부모 새끼를 죽었다고 하는 거야?"

"그래, 내가 죽였다, 이 새끼야!"

그건 몰랐는데.

이 와중에 그런 걸 따지는 것부터가 요상하긴 했다. 여하튼 구서진의 급발작은 불 속에 기름을 부은 꼴이 되었다.

채채채챙!

요괴단 30명과 적금단 7명이 붙었다.

군대와 달리 무인의 대결은 숫자로 결판이 나진 않는다. 무공을 익히고, 전문적인 훈련을 거친 적금단이 유리해야 했다.

꽈앙!

이성락은 마주한 여우탈의 도끼를 받아 내며 미간을 찌푸렸다. 애초에 통행료를 낼 생각이 없었기에 대공자의 행사가 마음에 들지 않았었다.

그런데 막상 붙어 본 여우탈의 내력이 상당했다. 검에 내기를 흘려 도끼를 가르려고 했지만, 충돌의 여파로 물러서고 말았다.

"아까는 그리 자신만만해하기에 난 또 천하에 이름난 고수 줄 알았지, 뭐야! 크크크크!"

"제법 실력이 있긴 하군. 하지만 격장지계 따윈 통하지 않는다. 진형을 유지하며 압박하라."

여우탈 속 홍석은 유리해 보이는 정황과 달리 내심 당황하고 있었다. 단주에게 받은 광폭신공(狂暴神功)을 익힌 이후로 내력이 몰라보게 강력해졌다. 어지간한 무인은 이제 상대가 되지 않았다. 이런 실력을 갖추고도 통행료만 받는 게 성에 차지 않아 나섰거늘.

'이 새끼들, 왜 이렇게 강해?!'

여태까지 만난 새끼들과는 급이 달랐다. 단순히 내력만을 뜻하는 게 아니라, 싸울 줄을 알았다. 통상적인 경호 무인은 경직된 놈들이 많아서 변칙에 약한데, 이놈들은 대비가 되어 있었다.

'씨발, 잘못 골랐네!'

서로에게 가는 날이 장날이 되고 말았다.

이 단주와 단원들도 방심하지 않았다. 대공자로 인해 훈련 열풍이 불면서 기본 역량이 강해지긴 했지만, 가모님의 훈련 난입이 없었다면 지금과 같은 난전에서 곤란을 겪었을 것이다.

'개똥도 약에…… 죄송합니다! 가모님!'

단주와 단원들은 마음 한구석에 대역죄를 지은 기분이 들었다. 그래서일까, 장주님을 사수하겠다는 필살의 의지를 불태웠다.

흠.

모두가 바쁜 가운데, 천우는 아버지의 곁을 지켰다.

그 앞을 가복이 지키고는 있지만, 적금단의 방어력이 꽤 견고했다.

"가복아."

"예, 대공자! 이 앞은 제가 반드시 사수하겠습니다!"

"가서 죽여라."

"……예?"

"닥치는 대로 죽이라고."

"그럼, 여기는 누가 지킵니까?"

"적을 죽이지 못하는 칼은 필요 없다."

"못 죽이는 게 아니라, 안 죽이는 겁니다. 지금부터 저를 천살성으로 불러 주십시오!"

자, 천살성 가복 나가신다.

허!

종복을 살인 도구 취급한 아들의 행태에 구서진은 어이가 없었지만, 중간에 급발작한 책임이 있어 따지진 못했다.

'잘하려나?'

가복이가 뺀질거리긴 해도, 영특한 녀석임을 부정하진

않았다. 장차 가문의 재정을 담당하도록 교육했었다. 문자를 습득하고, 책을 읽도록 한 것도 삶을 종복으로 끝내지 않았으면 하는 바람이었다.

'훈련과 실전은 엄연히 다르거늘.'

자기 목숨 귀한 줄 아는 녀석이긴 해도, 의외로 성격은 여렸다. 사람을 죽일 수나 있을지 걱정이……?

스륵!

폭!

털썩!

구서진의 괜한 기우였다.

빼질거리는 녀석답게 대차게 나갔지만, 가복은 본신을 드러내지 않았다. 은밀히 뒤로 접근해서 목에 칼떡(刀餠)을 넣고, 뒤로 귀신처럼 빠진다.

폭! 폭! 폭!

근접 거리의 빠른 보신을 이용하여 이리저리 칼떡을 꽂아 넣는다. 요괴단은 자신이 죽는 걸 확인도 못 하고 지푸라기처럼 허망하게 쓰러졌다.

'……아니 무슨!!'

아들이 도살자고, 종복은 천살성이면.

궁합도 안 보나?

창졸간 10명을 죽였다.

전세가 한순간에 역전되었다. 어떻게든 광기와 숫자로 밀어붙였던 요괴단에게 공포가 전염병처럼 퍼졌다.

비등하긴 해도, 숫자로 밀어붙여 진력을 빼면 승산이 있을 줄 알았다.

그런데 갑자기 뒤집힌 형국에 홍석은 망연했다.

"……대체 뭐야?"

"나 불렀어?"

"헉!"

"앞을 봐야지."

불현듯 옆에서 나타났다.

화들짝 놀란 홍석은 찔러 들어오는 이성락의 검을 간신히 막았다. 반응이 조금이라도 늦었다면 검에 심장이 꿰뚫렸을 것이다.

푸욱!

대신, 목을 찔렸다.

"……이…… 개자식!"

뎅강!

홍석은 유언조차 끝까지 잇지 못했다.

가복의 단검이 목을 잘라 버렸다. 상대가 누구든 상황의 유리함을 맘껏 이용했다.

"천살성 나가신다!"

"……미친놈!"

이성락은 가복이 제정신인지, 머리 뚜껑을 열어 보고 싶어졌다. 자신의 몫을 죽였다는 생각도 들지 않았다. 어이가 없을 정도로 충격적인 광경이 펼쳐졌기 때문이다.

대공자를 후광 삼아 제멋대로 날뛰는 만작어(萬作魚) 같은 녀석인 줄 알았더니, 흉악함을 숨긴 영악한 교어(鮫魚)였다.

'그렇더라도 천살성이 뭔지나 알고 지껄이는 거야?'

강호의 금기나 다름없는 불문율을 누가 듣기라도 해 봐라.

무림에 퍼지는 순간 대륙 공적으로 낙인이 찍힐 수 있었다. 호랑이 간을 삶아 먹지 않고서야, 저딴 말을 함부로 지껄여선 안 되었다.

"내 상전은 천하제일 도살자시다~~~!"

이성락은 골이 지끈거렸다.

자랑하는 건지, 욕 먹이는 건지, 혼자는 안 죽는다는 건지 구분이 되진 않았다. 의도가 없다기엔 구리고, 본인은 철저히 부정하고 있었다.

"기습이 매끄럽지 않다. 네 속도라면 비명이 들리기 전 다음 목표를 죽였어야 했어."

"예, 도련님!"

그 주인과 그 종복이었다.

환상적인 궁합을 보여 주고는 있었다.

그 즉시 가복은 빛살이 되어 여우탈 서너 개를 허공으로 날려 버렸다.

"아들아, 쟤가 진정 내가 아는 그 뺀질이 가복이 맞느냐?"

"저도 처음에는 개복인 줄 알았습니다."
"……?"

종복마저 도살자로 만들어 놓고 그게 할 소리더냐?

콩 심은 데 콩이 나고.

도살자 아래 도살자가 태어나는.

그럼에도 만족하지 않는 아들의 심드렁함에 구서진은 혀를 내둘렀다.

'쟤는 언제 또 저리 강해졌대?'

구서진의 의문은 이 단주와 단원들에게도 해당이 되었다.

가복이 무공을 배운 이후로 많이 까불고 다니기는 했지만, 저 정도로 월등히 강해졌을 줄은 미처 몰랐다. 적금단이 고전을 면치 못했던 요괴단을 혼자서 반수 이상을 죽인 것도 놀라웠다.

'어째서 이토록 능숙한 거냔 말이다!'

경지가 높을수록 실전도 강하긴 하나, 반드시 비례하진 않는다. 온실 속의 화초란 말이 괜히 나오진 않는다. 실전을 겪어 보지 않으면 실수는 나올 수밖에 없다. 하물며 살아 있는 존재, 사람을 죽여야 한다면 더더욱.

'이놈, 진짜 천살성 아냐?'

겉으론 여자깨나 울릴 기생오라비 상이지만, 그 모든 게 본심을 숨기기 위한 위장이었다면?

소름 제대로 돋는다.

"천살성 나가신다! 길을 비켜라!"

아니, 그냥 미친놈인데.

역사적으로 천살성은 본성을 들키지 않으려고 애를 써 왔다. 저딴 식으로 떠벌리고 다니진 않는다.

"……항복합니다, 살려 주십시오!"

"살려 주십시오!"

더는 승산이 없자, 요괴단은 가면을 벗어 던지며 무릎을 꿇었다.

"도련님, 이러면 어쩌죠?"

"죽이기 쉽겠지."

"아, 그렇군요."

"항복할 때를 노려라."

멸악패도는 악인의 참회를 배제한다. 항복을 받아 줄 때는, 더 많은 악인을 죽여야 할 때뿐이다. 악인의 후회와 반성은 지옥에 가서 무한히 하면 된다.

푸욱!

가복은 대공자의 조언을 금과옥조처럼 여겼다. 그 즉시 항복한 요괴단의 목에 칼떡을 꽂아 주었다. 지옥 가는 길에 떡이라도 먹으라는 심정으로.

"……이…… 악마 같은 놈들!!"

"돈을 빼앗는 것으로 부족해 사람을 죽인 놈들이다. 아량은 일고의 가치도 없다."

천우의 단언에 적금단은 전율했다.

그중에서도 이 단주는 대공자의 냉혹한 심계에 공포를 느꼈다. 의룡이란 별호에 어울리지 않게 돈을 내어 준 연유를 이제야 깨달았다.

이 모든 사태를 유도한 것이다. 당장은 본성을 드러내지 않겠지만, 결국에는 이리되리란 계산이 깔려 있었다.

'한데, 이러고도 의룡으로 불려도 되는 겁니까?'

용의 칭호를 얻었다면 그에 걸맞은 성품을 지녀야 했다. 물론, 현실적으로 용이라고 하여 품성이 좋다고만 볼 순 없지만, 이처럼 용의주도하며 냉혹한 성품을 의룡이라 하기엔 어폐가 있었다.

빙룡, 철룡, 혈룡.

최소 이 중에서 골라야 했다.

"악인은 무조건 죽여야 한다. 망설임은 사치란 걸 명심해라."

"아무렴요. 저는 방심하지 않습니다! 헤헤헤헤!"

저런 말을 어떻게 저리 당연하게 한단 말인가!

사람 취급을 하지 않는 걸 넘어, 악마의 유혹이 따로 없었다. 그 앞에서 태연히 웃고 있는 종복도 제정신으로 보이진 않는다.

"그런데 저도 무기가 따로 필요하지 않을까요? 단검이 기습하기엔 편한데, 정석적인 대결에선 손해를 많이 보는데요."

"적합한 무기를 구해 주마."

"이 가복, 도련님의 멸악패도에 반드시 부응하겠습니다!"

도살자와 천살성의 의기투합에 다들 고개를 절레절레 흔들었다. 주변에 널브러진 대가리들이 부조화를 이루었다.

"너는 저놈을 쫓아라."

"누구?"

천우의 시선이 한 곳을 향하고 있었다.

'이때부터였나 보군.'

20장 밖, 우거진 숲에 호리호리한 체격의 사내가 있었다. 그는 기척을 죽인 채 조심스럽게 사태를 살폈다.

'적당히 하라니까.'

군대에서 도망친 탈영병에게 무공을 가르쳤었다. 처음에는 무공을 가르친다는 말을 믿지 못했지만, 내기를 사용할 수 있게 되면서 따르게 되었다.

'제길, 써 보지도 못했잖아.'

사내는 요괴단의 전멸보다 광천신공이라 속여서 전수한 폭사경(爆死硬)을 시험하지 못해 아쉬웠다. 폭사경의 성취가 최소 5성을 넘어야 자의로 폭사시킬 수 있는데, 가장 뛰어났던 홍석이 4성이었다.

'멍청하기는.'

폭사경의 성취가 빠른 연유는 본원진기, 즉 생명력을 사용하기 때문이다. 일반적으론 본원진기를 쓰면 부작용이 나타나기 마련인데, 폭사경은 수명을 담보로 하기에 3년이 넘지 않으면 태가 나지 않는다. 대신, 3년 이후로는 사용할 때마다 급격하게 소진이 되어 결국에는 목내이가 된다.

그는 흔적을 지우고, 미끼로 쓸 요량으로 폭사경을 탈영병에게 전수했었다. 하지만 시험은커녕, 써 보지도 못하고 날려 버렸다. 목내이는 화력과 지속성이 뛰어나서 땔감으로도 훌륭한데.

'저놈은 또 뭐야?'

비록 5성은 아니더라도, 4성만 해도 일류 무인과 견줄 수 있었다. 수적인 차이도 있을 테고, 충분히 상대할 수 있을 줄 알았다. 그런 예상은 첫 교전부터 어긋났고, 생뚱맞은 놈이 귀신처럼 날뛰면서 1년의 노력을 허사로 만들었다.

'종복이 아니라 숨겨진 호위였나?'

방심할 수 없는 놈임은 분명했다.

멀찍이서 보고 있어서 눈치챘지, 싸우는 중이었다면 자신도 낭패를 면하기 힘들었을지도 모른다.

'어디서 저런 놈을.'

절정에 이른 보신경이었다. 이제 와 개입하기에는 무척이나 까다로운 상대였다. 어차피 요괴단은 만약을 대비해서 만들어 놓은 방패막이에 지나지 않았다. 폭사경을 사용하지 못한 것이 아쉽기는 하지만, 무공에 목매는 무지몽매한 땔감은 많았다.

'운 좋은 줄 알아라.'

오늘 아주 좋은 재료를 찾아냈다. 설마 외진 시골 마을에 귀인이 있을 줄 누가 알았으랴. 요괴단의 아쉬움을 달래고도 남을 재료였다.

이제 돌아가려는데.

응?

눈이 마주쳤다.

우연인가?

"이런!!"

들켰다는 걸 직감하자, 사내는 신속히 돌아서 도망쳤다. 정면 대결을 벌이기엔 부담이 되었다. 직감상 이런 느낌이 들면 반드시 도망쳐야 했다.

쌔애앵!

수풀이 앞을 가렸지만, 사내의 신형은 빛살 같았다. 깃털처럼 가벼우면서도, 지형지물을 효과적으로 이용해 따라잡기가 수월치 않았다.

'귀음신을 따라잡을 경신은 천하에 얼마 없다…… 뭐야?'

10장의 거리가 있었다. 한데, 멀어지기는커녕 유지하고 있었다. 이곳 지형을 모를 텐데도, 이토록 빠른 경공을 시전하는 자라면 생각보다 더한 난적이었다.

'제법이지만, 나를 잡을 수 있으리란 기대는 하지 마라!'

정면으로 50장 거리에 세 방향으로 갈리는 길이 나온다.

지금과 같은 상황을 염두에 두고, 함정을 만들어 놓았다.
걸리든, 안 걸리든 중요하진 않았다.
 따라오겠다면 그 자체로 실수였다.
 펑!
 폭발과 함께 뿌연 연기가 시야를 가렸다.
 잠깐의 시간만 벌어도 충분하다. 그거면 거리를 충분히 벌리고, 손쉽게 따돌릴 수 있었다.
 '어딜 감히!'
 그는 사전에 만들어 놓은 흔적을 뒤로하고 3개의 갈림길 중 하나를 택했다.
 휘이잉!
 바람에 연기가 사라진다.
 뒤늦게 모습을 드러낸 가복은 멈추고 있던 숨을 내쉬었다.
"날랜 놈일세."
 대공자께서 요괴단의 수괴를 잡으라고 명할 때까지만 해도 큰 기대는 하지 않았었다.
"그래 봤자, 독 안에 든 쥐지만."
 물론, 방심은 금물이었다. 방금도 앞뒤 재지 않고 추격했다면, 놈이 터뜨린 연기에 당했을 것이다. 호흡을 멈추고, 거리를 유지한 덕에 피해를 보지 않았다.
"어떻게 아신 거지?"
 초면이라, 이게 더 궁금하다.

제8장
추적 참 뭣같이 하네

　의식만 있고, 몸은 말을 듣지 않는다. 애를 써 봐도, 동상처럼 꼼짝할 수 없었다. 어떻게든 살아 보겠다고 주변을 살폈지만, 절망적인 현실과 마주했다.
　자신처럼 잡혀 온 여인이 다섯이나 더 있었고, 그보다 더 많은 유골이 공터의 한편에 쌓여 있었다.
　여인은 안을 밝히는 어스름한 불빛 사이로 비치는 광경에 소름이 끼쳤다.
　'난 죽기 싫다고!'
　살고 싶다. 살아만 있다면 후일을 기대할 수 있으니까. 이대로 아무것도 해 보지 못하고, 허무하게 죽고 싶지 않았다.
　한편으로 놈에게 정절을 짓밟히면서까지 살아야 하는지 갈등했다.

'내가 왜 이런 꼴을 당해야 하냐고!'

억울했다.

할아버지는 수명대로 살고 싶으면 얌전히 치료에만 전념하며 은인자중해야 한다고 강요했다.

하란 대로 했는데, 이게 뭐냐고?

세상 구경은커녕 비명횡사하게 생겼다.

'난 죽지 않아. 내가 안 꾸며서 그렇지, 꾸미면 천하절색이라고 했어! 살려만 주면 그 어떤…… 젠장!'

최후의 자존심이었다.

생면부지의 남에게도 하지 못할 짓이었다. 연약한 여인이나 납치하여 죽인 색마에게 굽신거리고 싶진 않았다.

'제발, 누가 나 좀 구해 줘! 뭐든지는 아니더라도, 충성은 할게!'

이거 빼고, 저거 빼고.

절망적인 현실에서도 알량한 자존심을 지키려고 하다니.

어이가 없었다. 이런 성격은 아닌 줄 알았는데, 숨겨져 있던 본성이 튀어나오고 있었다.

'살려 달라고, 씨발!'

그녀는 평생 욕이라고는 해 본 적도 없었다. 극한에 처하자, 입에 쩍쩍 달라붙듯 쌍욕이 뇌리를 맴돌았다.

어떻게든 이 숨 막히는 공포와 죽음에서 벗어나지 못하면 미쳐 버릴지도 몰랐다.

'나 이렇게 안 죽어! 살려 주면 발가락이라도 핥…… 거

긴 너무 더럽잖아. 입술은…… 부끄럽다고!! 그냥 살려 줘!'

이거저거 조건 따지는 것부터가 아직은 살 만하다는 증거일 수도 있겠지만, 실상은 현실도피였다.

주변에 널려 있는 유골의 사기가 골수까지 스며든 부작용일지도 모르겠다.

'개새끼, 죽어서도 저주할 거야!'

공포, 절망, 분노가 순환하듯 무한히 이어졌다.

오늘 할아버지만 있었다면 납치되지도 않았다. 따지고 보면 경계를 허술하게 한 할아버지의 탓이었다. 병든 손녀를 안전하게 지키지는 못할망정, 약초 캐러 가 버리면 어쩌란 거냐고?

'……할아버지, 미안! 그래도 이건 아니잖아!'

치료도 하기 전에 죽게 생겼는데, 영약이 무슨 소용이냐고!

완전히 치료할 수 있는 것도 아니고, 고작 진도를 늦추는 것이 전부였다.

분노와 공포가 고조되어 미치려는 찰나.

"……야이, 개새끼야!"

목이 트였다.

이는 우연이 겹친 결과였다. 타고난 천형과 몸에 품고 있던 영약이 일순간에 터져 나오면서 목이라도 트인 것이다.

그럼 뭐 하냐고, 몸이 움직이지 않는데.

저벅, 저벅!

흐걱!

들었어?

발소리가 하필 이때?

세상에 죽으란 법은 없다고 하지 않나. 이런 식이면 어떻게 살아?

그녀는 작금의 상황을 저주했다. 놈이 듣지 않기를 바라기엔 이 동굴의 울림판이 지나치게 훌륭하다. 작은 소리도 멀리까지 들릴 판국에 시끄럽게 떠들었으니, 죽으라고 고사를 지낸 격이었다.

"그래, 맘대로 해라! 어서 죽이라고!"

"소원이라면 들어주마."

"이 미친놈이, 죽는 게 소원인 사람이 어디 있어!"

"살려 주마."

"내 정절은 소중해! 절대로 발가락은 핥지 않을 거야!"

"취향이 특이하군."

"그 전에 얼굴부터 보여 줘!"

"성격도 이상하군."

위소향은 죽음의 공포 속에서도 짜증이 치밀었다. 말은 할 수 있지만, 몸은 움직일 수 없는 상태라 상대의 얼굴을 보지 못한 채 벽 보고 얘기해야 했다. 일단, 얼굴을 봐야 마음을 정할 수 있었다.

'못생겼으면 혀를 깨물고 죽고 말 테다!'

정절을 잃더라도 잘생긴 놈한테 잃는 게 낫다는, 죽음 앞에서도 미남미녀는 각별했다.

"점혈을 풀어 주겠다."

점혈법의 위치와 사용법은 비슷하나, 특이점을 조금씩 가미하며 개인의 독창성을 드러낸다. 해서 같은 수를 써도, 내력과 성질이 다르면 점혈이 풀리지 않는다. 하물며 사특한 자일수록 점혈을 까다롭게 하는 경향이 있었다.

실제로 고수의 반열에 오를수록 점혈을 풀기가 어려워지는 이유였다. 그래서 종종 어설픈 지식으로 점혈법을 풀다가 난처한 상황에 부닥치기도 한다.

본인은 좋은 의도였겠지만, 결과가 사망이면 원망의 대상이 될 수밖에 없다.

어?

진짜로 점혈이 풀렸다.

위소향은 의아한 기색도 잠시, 젖 먹던 힘을 쥐어짜며 일어섰다. 바닥에 떨어진 돌멩이를 잡고 기습적으로 집어 던졌다.

"죽엇!"

휘익, 슈웅!

팟, 푸스스스!

천우는 날아오는 돌멩이를 주먹으로 쳐서 가루로 만들었다. 굳이 과시할 필요는 없으나, 오해를 푸는 데 이보다 효율적인 수단도 드물었다.

아~~~!

바로 오해가 풀렸는지, 위소향은 눈꺼풀까지 맥없이 풀렸다. 그녀에겐 돌멩이가 허공에서 저절로 부서진 것처럼 보였을 것이다.

천우는 친절한 주먹을 쥐락펴락하며.

"오해가 풀리지 않았나?"

"……풀렸어요, 오금도 풀리고, 거기도 풀리고, 다 풀렸어요!"

보이지도 않는 주먹이었다. 저 주먹에 맞으면 얼굴도 가루가 되어 사라질 수 있었다. 그 앞에서 오해 탓에 죽고 싶진 않았다.

삶과 죽음 앞에서 초연하진 않더라도, 당당한 척은 할 수 있을 줄 알았는데 현실이 그리 녹록하지 않았다.

"다행이군."

"당신이 아니었어?"

"안 풀렸나?"

"풀렸다니까요, 급박한 순간이다 보니 판단력이 흐려졌을 뿐이라고요!"

"위급하더라도 객기는 고통을 자초할 뿐이다. 편하게 죽고 싶었다면 최대한 순순히 따르는 편이 이로웠을 거다."

"편히 죽자고, 색마한테 제 고귀한 정절을 허락하라는 거예요?"

"놈은 여인의 저항을 즐긴다. 어차피 죽일 거지만, 저항할수록 고통을 주지. 일단 눈꺼풀을 베고, 신경이 남도록 손발톱을 하나씩 뽑지, 그 후에 고통이 가중되도록 혈을 눌러서……."

"그만해욧! 누가 그딴 거 듣고 싶대!"

지나치게 담담해서 착각했다.

이 인간, 살벌한 얘기를 남의 일이라고 막 말하고 있었다.

부르르!

그녀는 상기할수록 이상성욕의 변태 살인마에게 사로잡혔다는 사실에 다리가 후들거렸다.

"우선 나가지."

"당신을 어떻게 믿고요?"

"끌려 나가고 싶나?"

"……아니요, 가요!"

완전히 믿기엔 의구심이 들었지만, 다른 여인들의 점혈도 풀어 주었다. 잡아 놓고 이렇게 번거로운 짓을 할 이유도 없었다.

천우는 여인들을 데리고 밖으로 나갔다. 각자 알아서 가라고 하기엔 길이 미로처럼 복잡했다.

아아!

동굴 밖으로 나온 여인들은 그제야 안도했다.

한편으로 혹시나 돌변할지도 모른다는 일말의 두려움이 있었다. 범인을 인지하기도 전에 납치당하는 바람에 낯선 사람을 믿지 못했었다.

"계곡 아래로 내려가다 보면 갈림길이 나온다. 오른쪽 길로 가라. 길게 솟은 바위가 있을 거다. 바위를 기준으로 좌측으로 돌아가다 보면 사람들이 기다리고 있을 거다."

"은인께선 함께 가시지 않는 건가요?"

"원흉을 남겨 두면 또 다른 피해자가 나올 거다. 너희 같은 피해자가 또 나오길 바라진 않겠지."

"아! 은인의 존함을 말씀해 주시면 평생 잊지 않겠습니다!"

"구가장의 구천우다."

여인들은 천우가 알려 준 대로 서둘러 내려가기 시작했다. 고마움과는 별개로 이곳에서 한시라도 빨리 벗어나고 싶은 두려움이 컸다.

멈칫!

여인들의 뒤를 따르려던 위소향은 발을 멈추고 돌아섰다.

"정말로 그 색마 놈을 죽일 건가요?"

"그래."

"그럼, 저도 도울게요!"

"원한다면."

사람은 지독한 공포를 경험하게 되면 두 번 다시 떠올리기도 싫어한다. 하물며 아직 여물지도 않은 연약한 소녀라면 어떻겠는가. 다른 여인들처럼 공포를 외면한 채 자리를 피하는 것이 보통이었다. 당한 만큼 갚아 주겠다는 태도만 봐도 보통 강단이 아니었다.

'아니, 왜?'

의례적인 요식행위를 바랐던 위소향은 당황스러웠다.

자신처럼 아름답고, 연약한 소녀가 도와주겠다고 하면, 저 인간의 성향상 방해되니 물러가라고 할 줄 알았다. 그래서 돌아선 길로 가려는데, 하고 싶으면 하란다.

예상치 못한 수락에 당황했지만, 위소향은 티를 내지 않았다. 이제 와 내려가겠다고 한다면 지나치게 구차한 데다가, 속 보이는 짓이었다.

'그래, 이대로 가기엔 너무 억울해! 이리된 거, 색마 놈의 최후를 꼭 보고야 말겠어!'

위소향은 결의를 굳게 다졌다.

세상을 살다 보면 별의별 일들을 다 겪는다고 했다. 오늘의 고난처럼, 절맥도 이겨 내리라 다짐했다.

'설마 지진 않겠지?'

저리 자신만만해하는데, 질까?

자세히 살펴보니 탄탄한 몸과 달리 생각보다 어렸다. 말투는 500년 묵은 애늙은이 같기는 해도.

위소향에겐 천우의 성숙한 소년미가 이색적으로 다가왔다. 여하튼 돕겠다고 한 이상, 가만히 있을 순 없다.

"제가 뭘 하면 될까요?"

"땔감을 가져오도록."

"……예?"

"알아들었을 텐데."

절맥이 있긴 해도 귀는 멀쩡했다. 다만, 산중의 밤이 일찍 찾아오기는 해도, 땔감이 필요할 만큼 오래 기다려야 하는지 의문이었다.

"땔감이 필요한 연유가 따로 있나요?"

"가장 고통스러운 죽음이 화형(火刑)이다."

"바로 준비하겠습니다, 구 대협!"

"천천히 해도 된다."

"아니에요. 최대한 오래 태워야죠!"

"훌륭하군."

위소향이 땔감을 준비하는 동안, 천우는 진흥산의 동굴을 살폈다. 준비를 마치자 슬슬 놈이 올 때가 되었다.

가복의 무위가 놈보다 뛰어나긴 해도 추적술은 경험이 없으면 낭패를 면하기 힘들다.

천우는 의외의 복병을 맞아야 했다.

흠.

이제 와야 하는데, 오지 않는다.

쐐액!

파앗!!

기습적으로 날아오는 날카로운 암기, 바위에 맞고 부서진 파편은 돌 조각이었다. 흔하게 굴러다니는 돌도 날카롭게 벼리면 암기와 다르지 않겠지만, 생각보다 위력이 강한 데다가 정확했다.

'이 새끼, 대체 뭐야?'

갈림길에서 터트린 산혼연(散渾煙)은 최음 성분이 있어, 4성 이상의 내력을 억제하는 산공의 효과가 있었다.

연기를 흡입했다면 추격하는 도중 이상을 느끼고 포기해야 했다. 계속 추적하게 된다면 사내의 본성을 이기지 못하고 추한 꼴을 당할 수 있었다.

그때까지만 해도 종마영은 자신하고 있었다. 세 방향으로 남겨 둔 흔적을 간파한 눈썰미는 대단하나, 곧 추하게 발광하다가 떨어질 줄 알았었다.

'흡입하지 않았다고?'

무위와는 별개로 경험은 많아 보이지 않았다. 변칙적인 수에 임기응변으로 능수능란하게 대응하는 것은 꿈에서나 가능했다. 최소한 당황하거나 멈칫은 해야 하는 것이 정상이다.

완벽하진 않더라도, 최선의 대응을 해 왔다.

'대체 어떻게 알고 쫓아오는 거야?'

개코나 추적술에 일가견이 있는 놈도 아니었다. 하는 꼴을 보면 견적은 나왔다. 무위를 믿고, 속도로 따라잡으려고 했었다. 시간이 흐를수록 내력의 강약 조절에 실패해야 하거늘.

그렇기에 쉽게 생각했다.

'그새 적응했다고?'

속도의 지속성은 내력과 체력에 비례했다. 이를 효율적으로 운용하지 않으면, 산악 지형에서 더더욱 빠르게 지친다. 그런데 이놈은 이 짧은 시간 적응한 걸 넘어서 응용하고 있었다.

방금만 봐도 그렇다.

추적하는 중에 암기를 던지는 건 제대로 훈련하지 않으면 효과가 크지 않다. 조준하기도 까다롭고, 위력을 제대로 싣기도 어렵다.

반면에 놈은 단 한 수로 위협을 가하고, 진로마저 방해했다.

'북쪽으로 가야 했는데!'

방향이 틀어졌지만, 되돌리긴 어렵다. 놈이라면 이때를 노리고 거리를 좁힐 것이다.

'그렇다고 되돌아갈 수도 없고!'

완전히 따돌리지 않은 상황에서 목적을 들키면 곤란했다.

운수가 좋은 줄 알았더니, 개패였다.

'끈질긴 놈, 좀 떨어져라!'

추적에는 소질이 없을 줄 알았는데, 의외로 할 만했다. 놈이 어떻게든 도망치려고 수를 쓸 때마다 간파하는 재미가 있었다.

'내가 추적에 일가견이 있구나!'

내외력도 만전은 아니지만, 견딜 만했다.

구가장을 도약만세삼창으로 돈 효과를 톡톡히 보고 있었다. 성취에 견줘 쪽팔림이 큰 줄 알았는데, 대공자의 안목에 경탄을 금치 못했다.

'잘 보이기도 하고.'

회피 훈련도 대공자의 화풀이를 빙자한 구타인 줄 알았는데, 보는 눈이 남달라졌다. 상대의 수작질이 훤히 보인다고 해야 할까? 개수작을 부릴 때마다 깔아 놓은 함정이 읽혔다.

'별거 아니네.'

대공자의 종합 훈련에 비하면 쥐새끼는 간의 기별도 안 왔다. 되레 좋은 본보기가 되어 자신감을 한층 끌어올려 주었다. 비교 대상이 구가장의 도련님과 아가씨들이라 좌정관천(坐井觀天)이 아닐는지 걱정이 되긴 했었다.

'방심은 금물이야.'

잘 나가다가 한번 삐끗하면 저세상 구경하는 곳이 무림이다. 실수니까 다시 시작하자는 개소리는 통하지 않았.

쥐도 궁지에 몰리면 고양이를 물듯, 이럴 때일수록 신중해야 했다.

'뛰어 봤자 이 가복님의 손바닥 안이긴 하지만. 흐흐흐흐!'

오늘만큼은 내가 바로 여래다.

"언제까지 기다려야 하는 거예요?"
"흠."
"오기는 오는 거죠?"
"흠."
"온다면서요, 입이 있으면 대답을 좀 해 봐요."
"내 종복이 이 정도로 유능할 줄은 미처 몰랐군."
"갑자기 뭔 개소리예요?"

천하패도의 패황일지라도 모든 상황을 완벽히 통제하진 못한다. 그건 오만이자, 실패의 원인을 제공한다. 그저 매 순간 완벽함을 추구하기 위해 노력하고 돌아볼 뿐이다.

'추적에 재능이 있었군.'

기대치가 크지는 않았다. 그래서일까, 재능을 알아 가는 재미는 있었다.

추적술은 수시로 상황을 예측하고 최적의 임기응변을 갖추어야 하기에 경험이 축적되어야 했다. 적당한 수준의 추적술은 배움의 영역이나, 최상의 추적술은 재능의 영역이었다.

'여러모로 운이 따르는군.'

아버지의 뜻을 따랐을 뿐이거늘, 수신제가의 의도치 않은 낙수 효과였다.

그러나 종복의 재능을 미리 알아보지 못한 건 주인으로서 실격이었다. 주인이라면 마땅히 종복의 능력치를 간파하고 있어야 했다. 그래야 적재적소에 효율적으로 사용할 수 있었다.

"언제 오냐고요?"

"말이 많군."

"저처럼 연약하지만, 재색을 겸비한 소녀한테 너무 무례한 거 아니에요!"

"나는 네 은인이다."

그러니 좀 무례해도 괜찮다, 라는 뜻인가?

무식한 논리였지만, 위소향은 받아들였다. 법은 멀고, 주먹은 가깝다. 저 인간은 평범한 잣대로 판단해선 안 된다는 걸 깨닫고 있었다. 어쩌면 자신을 납치했던 색마 새끼, 그 이상일지도 모른다.

"이렇게 오래 있을 줄 몰랐는데, 이름도 말하지 않았네요. 저는 위소향이에요."

"구천우다."

"그건 알고 있다고요. 혹시 저한테 궁금한 거나 물어보고 싶은 건 없어요?"

"천음절맥은 보통 열여덟 살이 되면 체내에 쌓인 음기가 폭발하면서 칠공에서 피를 토하면서 죽는다. 치료 방도는 만년화리의 내단, 금령과를 공청석유를 비롯한 약재와 배합하여 복용해야 한다. 이만하면 다 아는 거 아닌가?"

"……씨발, 맞네!"

위소향은 욕부터 박았다.

궁금하지 않은 것보다 정확하게 알고 있어서 화가 치밀

었다. 어차피 죽는다 이거냐? 그래서 여태 관심이 없었던 것 같아서 서러움이 폭발했다.

"그래요, 저 죽어요! 됐어요!"

"살 수 있다."

"말로는 뭔들 못 할까요! 지금 말한 것들이 실제로 존재하기나 하냐고요! 설령 존재한다 쳐요. 어딨는지 알기나 하고요? 안다고 쳐요. 만년화리가 내단을 곱게 준대요?"

"아주 현실적이군."

그래도 살 수 있으니 희망을 가지라고 할 줄 알았다.

순순히 인정해 버릴 줄이야!

위소향은 입을 닫았다.

대화하다 보면 절맥이 아니라 화병으로 죽을 것 같았다. 이 인간, 보는 것 그 이상으로 사람을 화나게 하는 재주를 타고났다.

"조용하니, 좋군."

……이 망할 인간이!

진짜 산이 떠나가라 시끄럽게 해 줘? 이쯤 되니 색마 새끼보다 이 인간부터 조지고 싶어졌다.

응?

순간 이상한 생각이 들었다.

천음절맥의 치료법은 할아버지만이 알고 있었다. 특히, 금령과와 공청석유의 배합에 관해서는 비기라고 해도 좋을 정도다.

"당신, 할아버지를 알고 있어요?"
"광의라면 알고 있다."
"설마, 날 인질로 잡으려고?"
"가라."
"……아니네요."
천우의 손짓에 위소향은 미간을 찌푸렸다.
누가 봐도 굉장히 귀찮아하고 있었다.
세간에는 미친 의원으로 소문이 나서 신의와 마의보다 부족한 평가를 받지만, 실제로는 달랐다.
혹시나 하고 숨겨진 의도가 있는지 물은 건데, 저리 나오면 물어본 사람이 얼마나 민망하겠어.
"세간에 알려진 소문은 사실이 아니에요. 할아버지는 은혜를 입으면 반드시 갚는 사람이라고요."
"집에 의원이 있으면 편하긴 하겠군."
대수롭지 않은 구 소협의 태도에 위소향은 뿔이 잔뜩 올랐다. 할아버지의 의술을 이리 폄하하다니, 정의로운 손녀로서 용서할 수 없었다.
"신의나 마의보다 할아버지가 더 뛰어나거든요!"
"너를 증명하는 데 광의가 필요한 것이냐?"
정곡을 찔린 위소향은 피를 토할 뻔했다.
이 매정한 인간이!!
절맥으로 고생하는 연약한 소녀를 칼로 두 번 찌르고, 확인 사살까지 하는 냉혈한이었다.

'굳이 그렇게까지 말할 필욘 없잖아요!'

위소향은 구 소협의 무례함에 역정을 내려다, 아차! 싶었다.

곰곰이 따져 보면 맞는 말이었다.

또한, 실례를 범한 쪽은 구 소협이 아닌 자신이었다. 구함을 받은 주제에 감사는 못 할망정 진의를 의심해선 안 되었다.

"제 불찰이에요. 도와주셨는데 의심해서 죄송해요!"

"그 나이 때는 실수를 통해서 배우지. 마음에 담아 두지 않아도 된다."

"오오, 은근한 협객이셨군요."

"악을 멸할 뿐이다."

겉으론 차갑고 직설적이지만, 속내는 정의롭고 의도를 숨기지 않았다. 본인을 협객으로 포장하며 떠벌리는 자들보다는 믿음이 갔다.

무림에서는 구 소협 같은 은근한 협객이 더욱 각광받아야 했다. 왼손이 한 일을 양손이 했다고 자랑하는 자들은 위선자였다.

'은근한 협객이 되려면 연륜이 있어야 하는데, 의외로 나이가 많나 보네.'

소향은 아래로 두 살, 위로 열 살까지는 협상 가능했다. 그 이상은 협상에 난항이 생긴다. 자식은 4명까지는 최선을 다해 보겠으나, 5명은 무리지 않을까? 천생 우물인 자신과 달리 사내는 기력이 달릴 수 있었다.

'아이, 망측해라. 이상한 생각 좀 하지 말라고!'

절맥으로 인해 외출도 못 하고 집에서 누워만 있다가 보니, 상상의 나래가 지나쳤다. 망상을 시작하면 꼭 백년해로까지 가는 경향이 있었다.

현모양처도. 비극의 여인도. 나라를 좌지우지하는 경국지색의 요부도 되어 봤다.

'상상은 자유지.'

스무 살도 못 살고 요절하게 생겼는데, 상상도 맘대로 하지 말라는 건 너무하잖아.

망상이 길었던 소향은 급히 민망한 기색을 지웠다. 황급히 구 소협이 오해하지 않도록 선을 그었다.

"이런 말 하면 이상하겠지만, 저는 은인이라고 해서 연정을 품거나, 죽어 간다고 해서 마음이 흔들릴 만큼 유약하지 않아요."

"알겠다."

측은지심과 동정심에 흔들리지 않는다고 소신을 밝힌 소향이지만, 천우에겐 지식 전달에 지나지 않았다.

"관심 없는 척 환심을 사는 방법은 구시대적인 유물이거든요!"

"그렇군."

왜 이렇게 인정이 빨라. 단호히 부정하거나, 당황한 기색이라도 보여야지.

그게 소녀에 대한 올바른 예의였다.

척이 아니라 관심이 없었다.

소향에게 구 소협은 지나치게 단단한 목석이었다. 그렇다면 누구에게나 목석이어야만 했다. 다른 여인에겐 마른 장작처럼 활활 타오른다면 자괴감에 겨우 안정시킨 절맥이 갑자기 도질 것 같았다.

"온다, 준비해."

"알았다고요~~!"

"언성이 높다. 부주의하군."

"……알았다고요."

누구 때문인데.

"이 지겨운 놈!"

간신히 추격자를 따돌렸지만, 종마영은 끈질긴 추격에 치를 떨어야 했다. 어찌나 집요하게 쫓아오는지, 중간중간 잡힐 뻔한 위기도 몇 번이나 되었다.

"개 같은 놈!"

더 약 오르는 것은 잡힐 뻔했을 때, 완전히 잡지는 않는다는 것이다. 거리를 둔 채 힘만 빼려고 했다. 만약의 사태를 대비한 아주 약은 짓이었다. 안 되겠다 싶어 정면 대결을 유도했지만, 그땐 또 붙어 주질 않았다.

"약삭빠른 새끼!"

추격전이 지속될수록 놈의 실력을 판단하기 애매했다.

자신보다 강한 것 같으면서도 정작 상대를 하지 않았다.

혹, 근접전에서 약한 것일 수도 있었다. 그렇다고 확신도 없이 정면 대결을 벌이자니 놈의 의도에 말리는 것 같았다.

이도 저도 아닌 채로 추격전이 계속되고 말았다. 잡힐 것 같으면서도, 싸울 것 같으면서도 결국엔 안 하니까 맥이 빠졌었다.

그런데 추격은 또 살벌하게 잘했다.

놈의 흐름에 휘말리면서 종마영은 평소보다 더 많은 내외력은 물론 심력을 소모하고 말았다. 차라리 맞붙었으면 하는 심정으로 돌아서면, 아니나 다를까 멀어진다.

도주하면 다가서고, 돌아서면 멀어지는.

닿을 듯 닿지 않는 안타까운 추격전이었다.

도망치기도, 싸우기도 애매한 간격을 어찌나 잘 지키는지, 놈만 보이는 선이 따로 있나 말도 안 되는 의심이 들기까지 했다.

그런 상황이 반복되자, 이놈이 의도적으로 그러나 싶어서 멈췄더니 죽일 듯이 공격을 또 해 온다. 이제 됐다 싶어서 맞붙으려니, 또 귀신처럼 거리를 두었다.

"징그러운 새끼, 두 번 다시 보지 말자!"

살면서 그런 기묘한 놈은 난생처음이었다. 압도적인 강자라면 아예 붙을 생각도 하지 않겠지만, 잘하면 이길 것도 같아서 사람을 환장하게 만들었다.

다시는 보고 싶지 않게 하는, 상극이었다.

"아니지, 다음에 꼭 보자!"

종마영은 혀를 적시며 입맛을 슬쩍 다셨다. 이번에 잡은 제물은 진흙에 가려진 희귀한 칠색 진주였다.

그 개새끼 때문에 화는 나지만, 운이 따랐다. 조금이라도 늦었다면 먹지도 못하고, 상해서 버려야 했다.

귀음백사공(鬼陰魄邪功)의 성취가 어느 순간부터 정체되었다. 아무리 음기, 사기, 귀기를 흡수해도 6성을 넘어가지 못했다.

그 원인을 이제야 알았다.

음기, 사기, 귀기는 비슷해 보여도 각각의 성질이 달랐다. 이를 통합하여 융화를 이루어 성취를 이루어야 하는데, 그 단계에 오르기가 쉽지 않았다.

더욱이 귀음백사공은 음양합일의 조화와는 거리가 멀었다. 원리는 분명하다. 음기, 귀기, 사기 중 하나의 기운으로 남은 두 기운을 찍어 눌러 귀속시키는 것이다.

천음절맥.

음기의 총화.

음기공을 익히고 있는 무인에게는 그 어떤 영약보다 귀했다. 어느 하나 버릴 것도 없으며 완전히 흡수하여 체화한다면 귀음백사공의 대성도 멀지 않았다.

그다음은 죽여서 귀기를 흡수하는 것이다.

음기, 귀기, 사기의 순으로 귀음백사공의 새로운 경지를 이룬다면 지금처럼 도망 다닐 필요가 없었다.

쓰읍!

절로 입맛이 도는 종마영이었다.

사내 맛을 본 적이 없는 계집이니 죽기 전에 극락의 황홀함을 맛보여 준다면 여한이 없겠지.

종마영은 동굴로 들어섰다.

겁에 질려 벌벌 떨고 있을 계집을 떠올리니, 더러웠던 기분이 조금은 맑아졌다. 아무것도 하지 못하는 절망감, 앞일을 알지 못하는 공포감, 누군지도 모르는 데서 오는 두려움이 뒤섞일 때 종마영은 극도의 희열을 느꼈다.

절망에 버무려진 제물은 작은 희망에도 시키는 대로 절대복종하게 된다. 여인의 육신이 아닌 정신을 통제할 때 비로소 완전해지는 배덕감과 성취감이 있었다.

응?

기척이 없다.

솟구쳐 오르는 불안감에 서둘러 제물이 있는 곳으로 들어섰다.

"……없어?!"

다른 계집도 전부 없어졌다.

종마영의 뇌리로 작금의 사태가 어찌 돌아가는 건지 스치자 불같은 노화가 치밀었다.

"이 빌어먹을 개새끼가, 이걸 노렸구나!"

어쩐지 잡을 수 있었을 텐데도, 거리를 두고 시간을 끌었다. 놈의 이상한 행동들이 이제야 이해가 되었다. 동굴 안에 있는 제물들을 빼돌리기 위해서 최대한 질질 끌었던 것이다.

그런 줄도 모르고, 종마영은 동굴의 위치를 들키지 않기 위해서 최대한 멀리 돌았었다.

결국, 놈의 손바닥 안에서 놀아난 것이나 다름이 없었다.

"정답."

"……이런!"

종마영은 황급히 돌아서며 반대 방향으로 쇄도했다. 이곳에 자리를 잡은 것은 도주로가 3개나 되기 때문이다.

콰앙, 퍼엉!

도주로는 1개가 되었다.

"……권풍!"

단순히 권풍을 사용했다고 해서 놀라진 않는다. 바람만 분다고 권풍이 아니듯, 그에 걸맞은 속도와 파괴력을 지녀야 했다.

작금의 권풍은 능히 절정 그 이상이었다.

흐엑!

극히 찰나였다.

눈이 마주친 종마영은 영혼이 뭉개지는 듯한 충격을 받았다.

'……무슨!!'

근원을 알 수 없는 두려움이었다.

요괴단을 전멸시키고, 자신을 미친 듯이 추격한 놈을 종복으로 다른 자.

 그때도 눈이 마주쳤지만, 거리가 있었다. 다시 마주했을 땐, 위화감이 든 연유를 깨닫는다.

 억겁의 죽음이 떠오른다.

 '……죽는다!'

 도망쳐야 했다.

 항거 불능, 대적해 봤자 개죽음이었다. 발악을 해 본들 벗어나지 못하는 절망적인 재앙에 종마영은 미친 듯이 도망쳤다.

 쐐애액!

 유일한 방도는 미로처럼 연결된 동굴을 이용하는 것이 전부였다. 진홍산의 동굴을 자신보다 잘 아는 사람은 없다.

 놈이 여기까지 어떻게 들어왔는지는 알 수 없지만, 동굴 전체를 알지는 못할 것이다.

 '도망쳐야 해, 나는 이대로 죽지 않아!'

 동굴 안의 자잘한 샛길을 이용해야 했다. 추적하지 못하도록 부순다면 따라오지…… 아니?!!

 퍼엉!

 개수작 부리지 말라는 듯, 권풍이 샛길을 박살 냈다.

 볼썽사납게 서두르는 바람에 의도를 들킨 종마영은 가던 길로 가야 했다. 권풍이 날아온 거리가 있었다. 조금만 빗나갔어도, 몸이 남아나지 않았다.

 맞으면 즉사였다.

퍼엉!

무지막지한 무형권풍이었다.

정면 대결은 애초에 불가능하다. 동굴을 무너뜨리는 방식도 어림없다. 3개의 도주로 중 하나인 이곳은 제일 단단한 지형이었다. 어지간한 충격으론 부서지지 않는다. 샛길처럼 몸만 통과할 수 있는 지형이 아닌 이상 소용없는 짓이었다.

더욱이 놈도 그걸 알고 있기에 기회를 주지 않았다.

'우쭐해하지 마라!'

이곳이 가장 단단한 지형이지만, 끝은 정반대였다. 반대쪽 입구까지만 가게 된다면 놈의 추격에서 벗어날 수 있었다. 지금이야 여유를 부리지만, 그것도 얼마 남지 않았다.

응?

그러고 보니, 놈이 옆구리에 뭔가를 들고 있었다.

숙였던 고개를 들자.

'······이런 개 같은!!'

귀음백사공의 성취를 올려 줄 가장 귀중한 제물, 천음절맥이 비릿한 조소를 짓고 있었다.

너 같은 놈 따윈 두렵지 않다는 듯 조롱했다.

그것이 종마영에겐 역린이 되었다.

퍼억!

잠깐의 분노, 그 찰나를 꿰뚫고 들어온 권풍이 종마영의 얼굴을 가격했다. 인피면구의 거죽이 찢어지며 완전히 다른 얼굴이 나타났다. 여인을 품을 때나 보여 줬던 종마영의 진짜 얼굴이었다.

어린 시절 앓은 두창으로 인해 얼굴 전체가 곰보가 되어 있었다. 망가진 얼굴로 인해서 괴물 취급을 당하며 지독한 멸시를 받았었다.

그때의 자격지심이 남아 여인을 품을 때면 이 얼굴을 보여 주고, 따르도록 했다. 자신을 보고 복종하며, 헐떡거리는 걸 볼 때 극락을 느꼈었다.

"와! 씨발! 떡두꺼비가 아니라 그냥 두꺼비잖아! 저딴 괴물한테 당할 뻔하다니, 소름 돋네!"

"……닥쳐랏~~~!"

소향은 생긴 걸 극도로 따졌다. 망상에서 항상 미남들과 만난 부작용이었다. 더욱이 저 색마 놈은 못생긴 걸 떠나 구역질이 날 정도로 역겹게 생겼다. 저딴 괴물한테 정절을 빼앗기고 죽을 수도 있었다는 사실에 치가 떨렸다.

"생긴 대로 노는 놈이군."

"구 소협은 말투가 싸가지…… 좀 그렇지만, 잘생겨서 그나마 정화가 되네요. 어쨌든 저딴 못생긴 색마한테 당할 뻔한 걸 생각하니 열 받네요. 최대한 고통스럽게 죽여 주세요!"

"그러지."

"……웬일이세요?"

"협객의 의무다."

소향은 설마 들어줄 줄 몰랐는지 기대 이상으로 감격에 겨워했다. 망상에서도 나쁜 남자가 매력적이었는데, 왜 그런지 실제로 겪으니 알 것 같다.

저 색마는?

쟤는 못생겼잖아.

부글부글!

빠드득!

종마영은 분노에 젖어 피가 나도록 이를 갈았다. 그의 과거는 저와 같은 악순환의 반복이었다. 지금도 봐라, 제압할 수 있으면서도 여유를 부리고 있었다.

"죽여 버릴 테다!"

종마영은 여인의 앞에서 협객을 자칭하며 떠들어 대는 놈들을 격멸했다. 자기가 뭐라도 되는 양 놀잇감으로 만들며 우쭐했었다. 그래서 강해지기로 다짐했고, 받은 그 이상으로 능욕해 주었다. 결국엔 벌벌 떨며 살려 달라고, 발바닥을 핥아 대는 꼴들이 얼마나 같잖고 우스웠던지.

휘익!

꽝!

숨겨 놓은 비장의 수.

자신을 귀찮게 추격했던 놈에겐 통하지 않았지만, 동굴 안이라면 얘기가 달랐다. 폭음과 함께 산혼연이 퍼져 나갔다. 협객 놀음을 하는 위선자에게 어울리는 최후를 선사해 줄 것이다.

우웅, 화르르르르!

일순 연기가 압축되더니, 삽시간 불타올라 흔적도 없이 사라진다. 극강패도의 흡인지력과 삼매진화의 가공할 화력에 곰보 자국이 열화상으로 터져 나갔다.

흐악!

미친 듯이 뜨거운 열풍에 종마영은 기겁했다.

잠시 이성이 분노에 잠식되어 사태 파악이 안 되었다. 한시라도 빨리 도망쳐도 부족한 판국에 공격이라니, 애초에 통할 리 만무했다.

"재롱은 다 피웠나?"

"아직 끝나…… 푸웩!"

권풍이 직선으로 날아가 꽂힌다.

종마영은 허리가 꺾이면서 튕겨 나갔다. 반응하기에는 이전과는 차원이 다른 속도였다. 죽이지 않으려고 적당히 조절했다는 걸 보여 주어 압도적인 격차를 자랑했다.

빠드드득!

바닥을 볼품없이 구르고 나서 튕기듯 일어선 종마영은 핏발이 선 채로 이를 갈다가 오싹한 한기에 정신이 번쩍 들었다.

부르를!

다시 놈과 마주하자, 감히 항거할 생각이 들지 않았다. 마치 자신을 제멋대로 가지고 노는 것 같았다.

'……내가 무슨 짓을!!'

어서 도망쳐야 했다.

아니꼽고 분하지만 상대가 되지 않았다. 지금까지 수많은 고난 속에서도 살아남은 것은 직감을 믿고, 만전의 대비를 해 놓았기 때문이다.

"구 소협! 저 새끼, 땅굴로 도망치잖아요! 어서 잡아요! 제 치부를 알고 있을 수도 있다고요!"

"그러지."

……?

이 사람 왜 이렇게 잘해 줘.

혹시, 나 좋아하나?

"돌부처께서 뭘 잘못 드셨나? 이럴 분이 아니신데?"

"그렇죠? 아까부터 이상하게 제 말을 잘 들어…… 누구야?"

혼잣말에 대화가 되자, 소향은 급히 정체를 물었다.

동굴의 암염에 가렸던 사내가 모습을 내보였다.

"가복."

"구 소협의 종복?"

"맞아."

뭐지, 이 종복은?

요즘은 종복도 얼굴로 뽑나? 구 소협과 다른 뺀질거리는 어른미(美)가 있었다. 어느 쪽이 더 잘생겼다고 하기엔 취향의 차이였다. 게다가 인기척도 없이 귀신처럼 나타난 걸 보면 무공 실력도 높아 보인다.

하지만 소향은 잘생겼다고 무조건 통과시키는 지조 없는 여인이 아니다. 따질 건 따지는 강단이 있었다.
"그런데 왜 반말이에요?"
"본 종복은 소저보다 나이가 많아."
"그래도 종복?"
"도련님, 애 좀 때려도 됩니까?"
가복은 도련님의 심복으로서 아무에게나 부림을 당하지 않을 권리가 있었다. 그 막중한 권리를 침해한다면 그간 배운 무공으로 용서치 않으리라.
"나처럼 미모와 재색을 겸비한 소녀를 때리겠다고요?"
"그래서 미인박명이지."
"종복이 왜 유식해요?"
"자고로 상전을 모시려면 사서삼경 정도는 떼야 해."
"……아니, 무슨!!"
소향에겐 구 소협도 이상했지만, 가복도 만만치 않게 이상했다. 그 주인에 그 종복이었다.
"다음은 없다. 전력을 다하도록."
천우는 내력을 실어 단언했다. 이제부터 본격적으로 추격하겠다는 엄포였다.
"가복, 소향을 안고 따라와라."
"예, 도련님!"
어멋!
소향은 재색을 겸비한 연약한 소녀의 권리로 부끄러운

듯 난감한 비명을 질렀다. 이럴 때 비명을 지르지 않으면 능숙해 보일 수 있었다. 망상이었으면 두 팔로 목을 휘감았을 텐데.

'쩝!'

얼마 못 살 수도 있는데, 그 전에 다른 여인들과 비슷한 경험치는 올려놓고 가야 형평성이 있었다.

'죽기 전에 원 없이 해 보고 싶은데!'

현실과 이상은 엄연히 달랐다. 여인은 그래선 안 된다는 정조 관념이 이상을 가로막는다.

'지들은 할 것 다 하면서!'

반복 학습을 통한 경험은 소중한 자산이듯, 소향은 가복의 목을 살포시 잡았다. 그렇다고 오해는 하지 마라. 추격에 방해가 되지 않으려는 미소녀의 배려였다.

겸사겸사 경험을 쌓는, 일거양득의 효율성은 미소녀의 합리적인 판단이었다.

'도련님이 왜 이러실까?'

가복은 의아했다.

색마라면 발견 즉시 참살했으면 했지, 수차례나 기회를 줄 도련님이 아니었다.

'딱히 접점이 있는 것도 아니고.'

불과 얼마 전까지만 해도 방구석 대공자로 불렸었다. 집에서 나가지를 않는데, 색마와 엮일 일이 얼마나 되겠는가. 원한을 논하기엔 사람을 많이 만나지도 않았다.

'진짜로 애 때문이라고?'

결론을 도출하자면 그래야 하는데, 그럴 거면 자기가 안고 갈 것이지. 호감이 있는 여인을 자신에게 안으라고 한 걸 보면 또 아닌 것 같은데.

옆구리에 짐짝처럼 들고 다닐 때부터 연정하고는 거리가 멀긴 했다.

혹시, 날 사내로 보지도 않으시는 건가?

그럴 리가 없지.

사내 중의 사내가 바로 자신이었다. 혹여 모르니, 도련님하고 목욕을 같이해야겠다.

'어디 보자……'

색마야 대공자께서 알아서 잘 처리할 테고, 가복은 품에 안긴 소녀를 살폈다. 대공자가 관심을 가질 만한 면상인지, 종복으로서 확인해야 했다. 왜냐고? 대공자의 부인은 종복을 부릴 권한이 있었다.

빤히.

사람은 자세히 보지 않으면 모른다. 그 사람의 진가를 확인할 땐 면밀히 살펴야 한다.

"뭘 뚫어지게 쳐다봐요. 예쁜 건 알아서는!!"

"성깔은 아닌데……."

"아니긴 뭐가 아니에요. 내가 평소에 검소한 편이라 안 꾸며서 그렇지, 꾸미면 천상의 화용월태거든요!"

"자신감 하나는 천하제일미긴 해."

"자신감이 아니라, 사실을 말하는 거예요. 정 그렇게 못 믿겠으면 연분, 연지, 향료, 대미, 액황, 면엽, 사홍, 순지, 동경을 준비해 주세요."

"……?"

보통은 아니라는 걸 가복도 알고 있었다. 색마에게 붙잡혀 언제 죽을지 모를 일을 경험하고서도 피하지 않은 것만 봐도 대단한 강단이었다.

그 와중에 공짜로 화장 용품까지 얻어 내려는 걸 보면 실속도 있었다.

'나쁘지 않은데.'

첫인상과 다르게 계속 보게 되는 매력이 있었다.

'이게 그 말로만 듣던 전설의 내미지상인가?' 라고 하기엔 성격이 지나치게 드세다.

'보면 볼수록, 참.'

이럴 때가 아니지. 계속 보고 있었더니 가복은 무의식적으로 넋을 놓았었다.

꽈앙!

흐억!

삶을 포기하지 않는 색마의 생존 본능도 대단하긴 했다.

한편으로 작정하고 괴롭히는 천우의 집요함에 가복과 소향은 소름이 돋았다.

'이런 쪽으로 소질이 있으시긴 하지.'

'씨발, 잘한다! 속 시원하다, 뻥 뚫린다!'

천우는 가복처럼 조이거나 풀어 주지 않았다. 최후의 기력까지 끄집어내지 않으면 죽는 간극을 절묘하게 유지했다.

종마영은 살기 위해서라도 매 순간 최선을 다하지 않을 수 없었다.

'……나는 이대로 죽지 않아!'

저항은 불가능했다. 살고자 하는 본능만으로 빠져나갈 곳을 향해 내달렸다. 간발의 차이로 빗나갈 뿐, 조금의 방심도 허락하지 않았다. 남아 있는 내외력과 본원진기마저 쥐어짜게 했다.

우우우웅!

귀음백사공을 대성하지 못한 상태에서 한계 이상으로 내력을 끌어 올리면 음기, 사기, 귀기가 폭주하여 원래의 자신을 잃을 수 있었다.

하지만 지금은 그런 걸 따질 때가 아니었다. 어떻게든 살아남아야 복수도 할 수 있었다.

'……반드시 죽이고 말 테다!'

공포에 잠식되면서도 복수심을 불태우는 것도 이상했다. 놈에 대한 복수심은 그 이상으로 근원적이었다.

마치 전생부터 이어져 오는 악연처럼.

그럼에도 치밀어 오르는 분노는 주체하기 힘들었다. 놈은 자신의 구차한 도주를 제물에게 과시하듯 보여 주고 있었다.

'다 잡았다고 자신하지 마라!'

이런 상황이 올 줄은 몰랐지만, 환음몽상진을 설치해 놓았다. 진 안에 미약과 최음향을 뿌려 놓았기에 호흡을 막아도 중독을 피하기 어렵다.

종마영은 자신을 구해 줄 줄 알았던 대상에게 도리어 능욕당하게 될 제물을 기대했다.

스륵!

환음몽상진으로 진입한 종마영은 다소 안도했다. 놈이 진에 당하지 않더라도, 탈출할 시간은 벌어 줄 수 있었다.

'하루, 아니 반나절만 있었어도 오늘과 같은 수모를 겪지는 않았을 텐데!'

제물만 흡수했었어도, 비참한 꼴을 당하지 않았다. 최소한 놈과 자웅을 겨뤘을 수도…… 없나?

부르르르!

되돌아볼수록 말도 안 되는 짓이었다. 놈과 마주쳤을 때, 진흥산이 아니라 더 멀리 도망쳤어야 했다. 제물이 아깝긴 해도, 목숨을 잃으면 아무짝에도 쓸모없었다.

그럼에도 아까웠다.

사내의 손을 타지 않은 극상의 천음절맥을 어디서 다시 구한단 말인가!

더욱이 천음절맥은 사내와 음양합일을 하는 순간 음기가 탁해진다.

우웅, 팟!

휙!

기의 파문, 압축된 무언가가 사라지는 소리였다.

종마영은 믿지 못하며 고개를 돌렸다. 설마 하는 기색이었다. 하지만 시작된 불행은 꼭 연이어서 일어나기 마련이다.

천우의 진언이 동굴을 울린다.

"사상의 역, 오행의 금, 팔괘의 곤, 팔문의 생."

"……어떻게?"

환음몽상진의 해진법이었다.

의문이 들었지만, 종마영은 서둘러 도망쳤다.

환음몽상진에 안심하고 뭉그적거려선 안 되었다. 미로와 같은 동굴에서 제물을 정확히 구했다면, 자신에 대해서 알고 있다는 뜻이 되었다.

슈웅!

꽈아앙!

또다시 권풍이 날아왔다.

이번에도 종잇장의 차이였다.

피하지 못했다면 오른팔이 날아가며 어깨까지 와류에 휘말려 찢어졌을 것이다. 그 증거로 권풍에 닿은 벽면이 부서지면서 소용돌이가 휘몰아쳤다.

꿀꺽!

무지막지한 전사력.

권풍에 형성된 와류에 스치기만 했는데도, 피부가 찢어

지는 고통 그 이상으로 충격이 왔다.
'……백보신권!'
소림의 칠십이종절기의 백보신권이 이럴까?
호사가들은 백보만 벗어나면 목숨은 건질 수 있다고 떠벌리나, 실제로 백보는 상징적이었다. 백보가 아니라 10장 밖에서도 살아남기 힘들다.
'도망쳐야 해!'
대결 자체를 생각에서 지웠다. 무조건 출구로 향한 후, 동굴을 무너뜨려야 했다. 그것만이 놈의 추격에서 벗어날 수 있는 유일한 방도였다.
그 순간.
귀를 쏘아 대는 앙칼진 외침이 토해졌다.
"이 X같이 생긴 놈아! 연약한 여인들이나 납치할 줄 알지! 저보다 강한 사람 앞에서는 아무것도 못 하고 도망이나 치는 생긴 대로 노는 소인배 개X끼야! 너는 거기도 작을 거다, 씹X야!"
"……?"
소향의 쌍욕에 가복은 말문이 막혔다.
대체 누구한테 그딴 욕을 배웠을까? 시원하기는 한데, 어디 가서 말도 못 꺼낼 상스러움이었다.
효과는 있었다.
멈칫!
필사적으로 도망치던 종마영이 순간 화를 못 참고 머뭇

거렸다. 이젠 하다 하다 제물에게도 조롱당하니 얼마나 억울하겠는가.

게다가 터무니없는 허위 사실이었다.

"나는 작지 않…… 커억!"

천우는 시간을 주지 않았다. 권풍을 내질러 결백을 밝힐 기회조차 박탈했다.

"도망이나 칠 것이지."

소향은 호가호위를 맘껏 누렸다. 구 소협을 방패로 삼은 채, 안전지대에서 신랄하게 쌍욕을 박았다.

'걸렸다, 이놈!'

색마가 멈칫한 걸 보자, 약점을 잡은 듯 집요할 정도로 외모를 비하했다.

"거기도 작은 놈이 속까지 좁으니까 얼굴이 그따위로 박살 나지! 네 어미 아비도 네 얼굴 보고 식겁해서 갖다 버렸을 거다!"

와~~!

가복은 감탄을 금치 못했다.

세상에 이런 소녀가 있을 줄이야. 부끄러움 따윈 다른 여자들에게만 있는 모양이다. 아무렇지 않게 패륜을 지껄이는 용기는 용자…… 용녀…… 어쨌든 대단했다.

"공감한다."

"……도련님?!"

천우의 공감에 소향은 의기양양했고, 가복은 혀를 내둘

렸다.

 단 한 마디에 불과하지만, 살기 위해서 도망치고 있는 종마영의 등에서 처절한 분노가 화신처럼 보일 지경이다.

 꽈드드득!

 가복과 소향의 예상대로 종마영은 치를 떨고 있었다. 도무지 분노를 주체하기 힘들었다.

 '내 반드시 살아남는다. 그래서 네놈이 피눈물을 흘리는 걸 보고야 말겠다.'

 저주였다.

 6성에 머물렀던 귀음백사공이 한계를 넘어 본원진기까지 소모하자 7성의 심득이 편린처럼 찾아왔다.

 종마영이 동굴에서 무공을 수련한 것도, 귀음백사공의 음한기 때문이다. 최악의 상황에서 극한에 이르러 잠재력이 폭발했다.

 기적을 만들어 냈다.

 하지만 단순히 기적으로 치부하기엔 종마영의 상태가 굉장히 위험했었다. 음기, 사기, 귀기를 한계까지 몰아 썼는데도, 파격이 아닌 기연이 되기란 행운만으로 설명하기 힘든 전생의 한(恨)이었다. 기억하지 못하는 수만 년의 원한이 만들어 낸 예상을 벗어난 기연이었다.

 쌔애앵!

 성취를 얻었다고 해서 티를 내진 않았다. 정면 대결을 하기엔 놈은 너무 위험했다. 다 잡은 물고기처럼 여유를 부리는 놈에게 통쾌한 한 방을 날리려면 성취를 감추고, 최선을 다하는 척 방심을 유도해야 한다.

꽈앙!

종마영은 권풍을 간신히 피한 듯 유난을 떨며 입구를 향해 도주했다. 어떻게든 내색하지 않으려고 안간힘을 썼다.

슈융!

동굴의 끝.

곧 출구가 보일 것이다.

귀음혈장을 출수하기 위해 보신경을 전개하면서 기를 조심스럽게 모았다. 출구를 나가는 즉시 우측의 경사진 벽면을 두들길 심산이었다. 잘하면 동굴 전체가 무너져서 진홍산이 무덤이 될 수도 있었다.

'잘난 척 으스대는 것도 끝…… 아니!!'

출구가 가까워질수록 종마영의 얼굴엔 불신이 들어찼다.

출구가 사라졌다.

무너져 내린 돌무더기가 출구를 완전히 막아 버린 것이다. 지금까지 출구에 도달하기 위해서 자존심도 버리고 도망쳤는데?

휙!

종마영이 뒤를 돌았다.

"출구 없는 희망이라. 서글프군."

"네놈이 날 가지고 놀았구나!"

"그게 어쨌다는 거지? 네놈도 인간의 절망을 즐기지 않았느냐."

"닥쳐! 죽여 버릴 테다!"

"그 실력으로? 가소롭군."

종마영의 분노가 드디어 공포를 이겨 냈다. 도무지 참을 수가 없었다. 도망칠 수 있을 줄 알고 구차하게 몸부림을 쳤거늘, 철저하게 농락당했다.

'아직 끝나지 않았다!'

귀음백사공이 7성에 이른 걸 놈은 모른다. 이 한 번의 기회를 살려 귀음혈장으로 치명타를 입힌다면 승산이 있었다. 놈만 제압하면 종복은 이제 자신의 상대가 아니었다.

권풍을 발출할 때, 종마영이 속도를 높였다.

스륵!

천우의 주먹이 허공을 친다.

"걸렸다, 이놈!"

잘난 체하는 놈에게 뒤통수를 갈길 절호의 기회였다. 사각을 점한 후, 전력을 다한 수장을 뻗었다.

퍼어어엉!

수장에 감각이 왔다. 극성의 귀음혈장이 적중했다. 제아무리 경지에 이른 무인이라도 귀음혈장에 당하면 음혈기에 치명타를 입게 된다.

"잘난 체하더니 꼴좋구나!"

"별거 없군."

음혈기가 내부를 얼렸을 텐데, 손으로 먼지를 털듯 툭툭

털어 냈다.

"……어떻게?"

"7성에 오른 것은 의외긴 해. 하나, 귀음백사공 따윌 대성한다고 해도 소용없다."

천우는 종마영의 성취를 알고 있었다. 후일 색귀가 일으킨 참사를 보면 지금과는 비교가 되지 않았다. 대성했던 색귀조차 패황에겐 잡귀에 불과했었다. 하물며 여물지도 않은 귀음혈장 따윈 생채기도 과분하다.

퍼억!

쿨럭!

지금까지와는 성질이 다르다. 피할 수 있도록 도주를 유도할 때와 달리 단전을 으깨 버렸다.

주르르르!

단전이 부서지면서 피가 역류하더니 식도를 타고 솟구친다.

토하는 순간 남겨진 기력까지 분출될 수 있었다.

종마영은 토하지 않으려고 애를 썼으나, 역류한 핏물에 볼이 부풀더니 운무처럼 분출했다.

털썩!

부르르르!

내가기공의 무인일수록 공력을 잃었을 때의 반진력이 일반인과는 비교도 하기 힘들 정도로 크다. 그 원인은 단전을 중심으로 제어되었던 내력이 사방팔방으로 멋대로 분출되어 기맥과 혈맥을 강타하기 때문이다.

하물며 종마영이 익힌 귀음백사공은 정상적인 무공이 아닌 편법으로 만들어진 사공이었다. 내부에 쌓아 놓은 정제되지 않은 음기, 사기, 귀기는 원래 상태에서도 제어가 어려웠다. 그런데 통제를 잃는다면 어떻겠는가.

파직, 우드득!

천우는 단전을 부순 것으로 끝내지 않고, 천천히 부서지는 걸 느끼도록 종마영의 사지를 박살 냈다.

크아아악!

부르르르!

폐부를 찌르는 통렬한 비명이었다.

참을 수 없는 고통과 영혼을 잠식하는 사기에 헛것까지 보이는 종마영이었다. 그동안 죽인 한 맺힌 여인들의 절규가 바닥까지 끌어 내린다.

"아직 부족하다."

100회차의 천우는 천하를 평정하고 태평을 이루었다. 하지만 최단의 멸악패도를 위해선 희생이 불가피했었다.

천우는 오늘 선택으로 인한 희생과 만나게 되었다. 속죄라고 하기엔 무의미하나, 외면했던 것도 사실이었다.

그때의 선택을 후회는 하지 않는다.

단지.

화가 났을 뿐이고, 갚아 주고 싶었다.

크아아아악!

뿌드득, 뿌드득!

오지… 마!

색귀는 전신이 뒤틀리며 찢어지는 분골착근의 고통과 업보가 되어 돌아온 귀기로 인해 제정신을 유지하기 힘들었다.

"안락은 허락하지 않겠다."

천우는 패황기를 집어넣어 색귀의 정신을 강제로 끄집어냈다. 온전히 심신의 모든 고통을 또렷하게 받기를 원했다.

크아아아악!

죽고 싶어도 죽지 못하는 색귀의 처절한 몸부림은 인간이 겪고 싶지 않을 염라지옥을 떠올리게 했다.

"……죽여 줘, 제발…… 죽여 줘~~~!"

색귀에게서 더는 살고 싶다는 말이 나오지 않았다. 죽여 달라고 사정사정해야 했다.

그는 한시라도 빨리 이 고통에서 벗어나고 싶었다.

하지만,

장장 두 시진이 이어졌다.

소향과 가복은 그 광경을 지켜보며 마른침을 삼켰다. 통쾌한 복수는 맞지만, 다리에 쥐가 날 정도로 지켜보게 할 줄은 미처 몰랐다.

'앞으로 도련님 성질 건드리지 말아야겠다.'

'구 소협의 적은 절대 되지 말자. 될 것 같으면 그냥 죽자!'

찰나지만, 색귀가 불쌍하다는 생각마저 들게 했다.
그렇다고 동정하진 않았다. 색귀는 당해도 싼 개새끼였다. 그저 상대가 너무 지독할 따름이다.
"아쉽게도, 땔감을 쓸 때가 왔군."
결자해지를 위해 천우는 소향에게 화섭자를 쥐여 주었다.
자기가 주워 온 땔감을 태울 때였다.
화르르르!
크아아아아!
소향은 주저하지 않았다. 살아온 내내 절맥으로 고통을 받았다. 구 소협이 오지 않았다면 색마에게 능욕당한 후 죽었을 것이다. 이쯤에서 끝내 주는 걸 색마는 고마워해야 했다.
"훌륭하다."
"고마워요."
화화화활!
처절하게 불타오르는 색귀의 최후였다. 마지막 한 줌의 잿더미가 될 때까지 생생한 고통에 몸부림을 쳐야 했다.

같은 시각.
구서진은 뜻하지 않게 팔자에도 없는 일을 하게 되었다.
여인들은 색마에게 납치된 후 종일 굶었는지 허겁지겁 주는 대로 식사를 마쳤다. 그제야 안도한 여인들은 피곤이 몰려왔는지 수마가 그녀들을 덮쳤다.

구서진은 간이 천막을 내주었다. 당장 집으로 돌려보내기엔 날이 어두워졌다.
'이놈이 귀찮은 일은 전부 아비한테 떠넘기는구나!'
생색은 아들이 내고, 고생은 아비가 하는 배은망덕이 대체 어디 있냔 말이다. 본인은 아내밖에 없는 일편단심이기는 하나, 여인들은 아들만 기억하고 있었다.

-인수현에서 기다리겠습니다.

여인들을 통해 전해 받은 쪽지에 적힌 아들의 전언이었다.
무사히 집까지 데려다주라는 의미였다. 이럴 줄 알고 아들은 본가와 이름을 밝힌 것이다.
아들이 명색이 의룡이다.
아비가 돼서 아들의 선행을 외면할 수는 없는 노릇이 아닌가. 하물며 겨우 구했는데, 산중에서 여인들이 해를 입는다면 괜한 구설에 오를 수 있었다.
결국, 아비라면 아들이 싼 똥을 치우고, 밑 처리까지 깨끗하게 해야 했다.
"똥 싼 자식 따로 있고, 똥 치우는 아비가 따로 있구나."
"상단주님, 그딴 얘기를 왜 그런 자세로 하는 겁니까?"
이성락 단주는 달의 정취를 감상하는 상단주의 고아한 등을 보다가 변 같은 소리에 미끄러질 뻔했다.

제9장
속죄

"몇 살이라고요?"
"몇 번을 말해, 대공자께선 이제 열여덟이라고."
"그게 말이 돼?"
"은근슬쩍 말 놓진 말자."
"넌 종복, 난 미소녀잖아요!"
 그따위 신분제는 처음 들어 보지만, 그냥 그런가 했다.
 솔직히 불장난에 그토록 환하게 웃는 미소녀는 처음 봤다. 장작이 타는 것도 아니고, 사람이 불타오르는 앞에서 저주를 퍼붓는데 꿈에 나올까 겁이 난다.
 '나보다 어리잖아!'
 미소녀라고 하기엔 소향은 열아홉 살이었다.
 친하게 지낼 겸 오라버니라고 불러도 되냐고 물어본 걸 후회했다. 가만히나 있으면 누님이 될 수도 있었을 텐데.

'저게 어떻게 열여덟 살이야?'

자세히 보면 열여덟 살이 맞아서 더 짜증이 난다. 풍기는 분위기가 남달라서 보기보다 많은 줄 알았다. 보는 그대로라고 하기엔 인생의 굴곡과 질이 달라 보인다.

"고생이 많았나 보네요."

"우리 도련님은 여태 고생이란 걸 모르고 방구석에서만 생활해 오셨는데."

"농은 인제 그만해요!"

"친한 사이도 아닌데, 농을 왜 해?"

"진짜? 방구석의 여포가 실존하는 거였어?"

"자꾸 말 놓진 말자."

가복은 조심스럽게 한 대만 칠까, 말까 고민했다. 이년이 의외로 선을 분명히 지킬 줄 알았다.

'영악스러운 게 맘에 들긴 하네.'

소향의 집은 다른 여인들과 달리 진흥산에서 멀지 않았다.

집 주변을 진법으로 둘러쳐 외부인의 출입이 불가능했는데, 하필이면 색마가 진법에 능해서 납치당하고 말았다.

천우는 집을 둘러보며.

"누추하군."

"너무 솔직한 거 아냐……요."

"말을 놓고 싶으면 놓아도 된다."

"정말……요?"

가복이 급히 나섰다.

말을 놓는 순간, 남녀 관계가 꼬이면서 대화가 어색해질 수 있었다. 더욱이 지금까지 막 대했는데, 앞으로도 존대하기는 귀찮았다.

"절대! 겸상도 안 됩니다!"

"종복이 어딜 나서……요!"

"구가장은 자칭 뼈대 있는 전통의 명문가입니다. 족보가 꼬이면 여러모로 골치가 아플 겁니다, 도련님!"

"그것도 그렇군."

천우는 멸악패도와 수신제가를 위한 상명하복을 중시할 뿐, 그 외에는 깊이 따지지 않았었다.

평상시엔 뜻대로 해도 되나, 멸악패도에 방해가 된다면 책임을 져야 했다.

전쟁에서 하극상은 즉결참이 듯.

"시장하군."

"그런데요?"

"나는 손님이다."

"저는 환잔데요!"

"조부께서 고생이 많으시겠군."

"차리면 되잖아요!"

절맥일 뿐, 사지는 멀쩡했다. 어떻게든 손녀의 병을 고치겠다고 조부는 고된 몸을 이끌고 대륙 천지를 싸돌아다니는데, 식사조차 스스로 해결하지 못한다면 남겨 두고 떠나지도 못했다.

"가복이는 소향이를 돕거라."

"아무렴요, 저만 믿으십시오. 매의 눈으로 철저하게 감시하겠습니다. 알다시피 저는 맛없는 건 못 먹습니다!"

"종복이면 주는 대로 감사히 처먹어욧!"

가복과 소향이 주방에 들어가고, 천우는 집의 중심에 놓인 청사에 앉았다.

"생각보다 일찍 오는군."

자리에서 일어선 천우의 시선 끝에서 광풍이 불어닥친다. 속도가 갑자기 더욱 빨라지더니 일순 정면에 도달했다.

"네 이놈들~~~!!"

산천초목을 떠들썩하게 만드는 기함 괴성이 토해졌다.

기함에 섞인 격노한 내력이 일갈한다.

촤아아아!

미친 용의 분노를 여실히 체감했다. 타오르는 듯이 승천하더니 내리찍듯 장력을 토해 냈다.

꽈아아앙!

마지막까지 쥐어짠 장력은 초절정의 고수조차도 받아 내기 힘든 파괴력이었다.

다만, 상대가 맞았을 때의 얘기였다.

스륵!

장력에 적중한 천우가 연기가 되어 사라졌다. 그제야 노인은 잔상임을 깨닫지만, 때는 이미 늦었다.

뻐억!

권격이 오른쪽 안면 위 태양혈을 여지없이 강타했다.

선명한 권흔이 노인의 꺼진 태양혈에 남았다.

바르르!

철퍼덕!

찰나의 떨림 후, 실 끊어진 인형처럼 쓰러졌다. 의식을 되찾으려는 발버둥조차 삭제하는 내가중수권의 통제된 백미였다. 파괴력을 높인 살상력보다는, 의식을 끊어 내는 데 중점을 두었다.

"……할아버지!!"

소란을 듣고 뛰쳐나온 소향의 외침이 쩌렁쩌렁했다. 피보다 진한 목청이었다.

"이게 무슨 짓이에요!"

"나는 후발선제를 취했을 뿐이다."

"……이익!"

그 말은 네 할아비가 먼저 공격했다는 뜻이 되었다.

무림에서 선수를 치고, 역으로 당했다면 죄를 묻지 않는 건 불문율이었다. 그러나 경지의 차이가 크다면 아량을 베풀어 주어야 했다. 먼저 덤볐다고 다 죽이면 세상에 남아날 무인은 몇 없었다.

"막고서 자초지종을 설명하면 되잖아요!"

"광의가 설득이 되는 분이었나?"

"그건… 아니죠…… 제기랄!!"

광의(狂醫) 위백경.

신의와 마의 다음으로 알려졌으나 실력만 놓고 본다면 차이는 없다고 봐도 무방했다. 그런데도 광의를 세 번째…… 아니, 꺼려하는 연유는 그 폭급한 성향에 있었다.

의원이라면 어떤 상황에서도 냉철해야 하는데, 자기 성질을 이기지 못하고 폭주하곤 했었다.

물론, 내막을 안다면 마냥 광의의 탓으로만 볼 순 없었다.

그런 광의가 금이야, 옥이야 애지중지하는 손녀가 약초를 캐러 나간 사이에 사라졌다. 어디로 갔는지 사방팔방 돌아다니며 흔적을 찾다가 집에서 연기가 피어올랐다. 혹여 돌아올지 몰랐고, 그 상태로 멀리 갈 수 없다고 보았다.

연기를 보자마자 득달같이 달려왔는데, 웬 사내놈이 햇볕을 즐기는 자리를 떡하니 차지하고 있었다.

눈이 돌아가지 않으면 광의가 아니겠지.

'아직은 광룡공이 9성에 미치지 못하는군.'

실은 광의의 성향은 무공에서 기인했다.

광룡공이란 이름에서 알 수 있듯이 일반적인 무인이라면 익히는 순간 폭주하여 마인처럼 미쳐 날뛰게 된다. 침술과 영단으로 제어하지 않았다면 광의로 끝나지 않았을 것이다.

"밥은 다 됐나?"

"지금 밥이 문제예요?"

"은인에게 밥 한 공기조차 대접하기 싫다는 건가. 박하군."

"……아니, 말이 왜 그렇게 돼요?"

소향은 대화가 참 어렵다는 걸 깨달았다.

하지만 구 소협만 그럴 뿐, 종복하고는 대화가 잘 통했다.

"도련님, 식사가 다 됐습니다. 찬이라고 할 만한 건 별로 없지만, 맛은 그럭저럭 괜찮은 편입니다."

"이 정도면 감지덕지죠, 나니까 없는 재료로 이만큼이나 맛을 살린 거라고요!"

가복과 소향의 주장대로 천우는 그럭저럭 만족스러운 식사를 할 수 있었다.

'나쁘진 않군.'

천우 나름의 성의였다.

끄응!

앓는 신음이 새며 의식이 돌아온다. 뒤를 이어 끊어졌던 기억이 송곳처럼 찔러 왔다. 관통하듯 연결된 의식이 전후의 사정을 밝힌다.

벌떡!

그는 박차듯 자리에서 일어섰다.

"이놈, 어디 있느냐?"

"갔어요."

"그래, 갔구나……. 소향아, 괜찮은 게냐?"

"일단 자초지종부터 들으세요."

"그보다 그 새끼들, 벌써 튀다니 눈치가 빠르구나!"

"할아버지! 그만 출싹대고 앉으라고요!"

 손녀의 막말에 울컥! 했지만 무사히 돌아와 준 것만으로도 광의는 하늘에 감사했다.

 만약 진짜로 손녀를 잃어버렸다면 평생 죄책감에 시달린 채 살아가야 했을 것이다.

 그러다 손녀에게 어찌 된 연유인지 듣게 되자, 광의는 얼굴이 시뻘게진 채로 쥐구멍을 찾고 싶어졌다. 자신이 대체 무슨 짓을 저질렀는지 이제는 확실하게 깨닫게 되었다.

"나 때문에 떠난 건 아니지?"
"할아버지가 깨기 전에 가겠다고 하던데요."
"나 그렇게 몰상식한 사람 아닌데……."
"물어보지도 않고 10성의 광룡장을 출수하신 분이, 그렇구나."
"사실은 아직 9성이란다."
"자랑하시는 거예요?"
"……미안하구나."

 광의도 할 말은 있었다. 하나 남은 혈육을 잃었는데, 눈에 뵈는 게 있으면 이상하지.

 게다가 한 방에 기절했다. 수준 차이가 그렇게나 크다면 어른 공경은 못 해도, 어른 공격은 하지 말았어야지.

 그래, 다 이해한다고 쳐.

 최소한 해명할 기회라도 주고 가야 했다.

 손녀 앞에서 배은망덕에 적반하장을 보였는데 이렇게 가

버리면 자신은 대체 뭐가 되냔 말이냐.

살아오면서 부끄러운 적이 고작 서른세 번밖에 없었거늘, 이번 같은 경우는 난생처음이었다.

'어쩌지? 뭘 줘야 하나? 이놈 설마, 내 손녀를?'

씻지 못할 수치와 부담감을 주어 손녀에게 호감을 사려는 개수작일지도.

"다시 만나자는 말은 없고?"

"뒤도 안 돌아보고 가던데요."

"풍류공자란 것들이 그런 식으로 관심이 없는 척 수작을 부린다고들 하지."

"천음절맥인 것도 아는데요."

길어 봤자 1년을 산다. 꼬시려고 했으면 지금 꼬셨어야지, 시간 다 잡아먹고 난 후에 후회해 봤자 마차 떠난 지 오래였다.

손녀가 내민 쪽지에 광의는 미간을 찌푸렸다.

"이게 뭐라고?"

"제 치료를 위한 영약의 위치라고 했어요."

"이런 개 같은 놈들이! 영약으로 네게 환심 사려는 수작이 분명해!"

"자요."

손녀가 손목을 내밀자 의아했지만, 광의는 일단 상태부터 살폈다. 색마 놈이 무슨 수작을 부렸을지 알지 못하는 상황이었다. 가장 먼저 해야 할 일을 그놈 때문에 잊고 말

앉다.

"필시 상태가 악화…… 어?"

"2년으로 늘었다고 했어요. 그 안에 어떻게든 하래요."

"……이 무슨!!"

광의는 기겁하지 않을 수 없었다.

천음절맥의 내부에 쌓이고 있는 음기를 제어하여 힘으로 찍어 눌렀다. 이런 식의 무식한 수를 쓰면 기맥이 온전히 버티기 힘들 텐데, 이마저도 제어해 냈다.

'이런 미친!'

경이롭다고 해야 할까?

위험한 도박 수긴 해도 시간을 벌어 줬다는 건 분명했다.

그렇다면 이 쪽지의 내용이 사실일 수 있었다. 거리 대비 시일과, 연단할 시간까지 고려가 되었다.

"……내가 무슨 짓을! 갚지 못할 은혜를 입었구나!"

"이것도 받으세요."

두 번째 쪽지가 감격을 단숨에 지워 버렸다.

-찾은 영약의 가치만큼 계산하시오.

돈이 있었으면 산에 안 살지.

『101회차 패황』 4권에서 계속